光文社文庫

文庫書下ろし／長編時代小説

夜叉萬同心　一輪の花

辻堂　魁《かい》

光　文　社

この作品は光文社文庫のために書下ろされました。

目次

北
永田町
虎ノ御門
新シ橋
数寄屋橋
尾張町
木挽町
幸橋
溜池
土橋
汐留橋
芝口橋
愛宕下
芝口
梅窓院
人町
今井谷
氷川明神
新下谷町
善光寺
青山原宿村
葺手町
愛宕権現
天徳寺
長谷寺
神谷町
濱御殿
市兵衛町
六本木町
増上寺
飯倉町
上渋谷村
善長寺
森元町
東福寺
渋谷村
麻布村
新網町
一ノ橋
中之橋
赤羽橋
金杉川
金杉橋
渋谷川
下渋谷村
善福寺
麻布広尾町
麻布新町
芝田町
三ノ橋
渋谷広尾町
黒村
天現寺
東海道
四ノ橋
麻布
細川越中守
泉岳寺
袖ケ浦
動尊
三田村
高輪
品川歩行新宿
黒村
御殿山
目黒川
品川北本宿
洲崎
鳥海橋
白金
猟師町
中の橋
大崎村
品川南本宿
桐谷村
谷山村
居木橋
戸越
二口市
大井
新井宿
北大森
池上
新田明神社
堤方
北蒲田
下袋
呑川
小山
下沼郡
上沼郡
矢口道
羽田
下丸子
矢口
八幡塚
六郷川
多摩川
原
矢口渡し
平間渡し
六郷渡し
向河原
中丸子
上平間
下平間
小向
戸手
塚越
川崎宿

序　浪士仕切

一

その男は、太い楓《かえで》の木の根方にしゃがんで、一輪《いちりん》の黄色い野《の》げしを指先に摘《つ》まみ、くるり、くるり、と廻していた。

ぴいるる、ぴりりり……

こさめびたきの美しい鳴き声が、寂《じゃく》とした山《やま》あいに流れ、色濃く繁《しげ》った木々よりはるか高く、真っ白な雲の浮かぶ青空の彼方《かなた》へ響きわたっていった。

男は三度笠《さんどがさ》を目深《まぶか》にかぶり、縞《しま》の合羽《かっぱ》を腕まくりにした肩にからげ、質素な紺《こん》木綿《もめん》の単衣《ひとえ》を尻端折《しりはしょ》り、手甲脚絆《てっこうきゃはん》、素足に草鞋掛《わらじがけ》の拵《こしら》えに、黒鞘《くろざや》の長《なが》どすを鉄色の角帯《かくおび》にざっくりと一本差しの渡世人風体《とせいにんふうてい》だった。

四月上旬の初夏とは言え、まだ春の名残《なご》りを思わせるのどかな昼下がり。こさめびたきの鳴き声に誘われて、男は三度笠を持ちあげ、弄《もてあそ》んでいた野げしから谷あいの景色へ目を遊ばせた。

昼下がりの明るみが、三度笠に隠れていた男の、白髪雑《ま》じりの無精髭《ぶしょうひげ》と、眉間《みけん》から右頬にかけて、ひと筋に走る古い疵痕《きずあと》をくっきりと映し出した。

男は、昼下がりの明るみがまぶしそうに、目を細めた。

すると、疵痕の皮がまるで生きているかのように歪《ゆが》んで、頬の削《そ》げた険しい顔つきにいっそう荒《すさ》んだ隈《くま》を注《さ》した。

歳のころは、四十代の半ばにも、また五十代半ばをとうにすぎたくたびれた年寄にも見えた。

そこは丹沢山地《たんざわさんち》の北東の麓《ふもと》、相州津久井郡《そうしゅうつくいごおり》の宮の前村《みやまえ》から名手村《なで》へ通じる、谷あいの馬道《うまみち》だった。

道の片側は、はんの木やはぜの木、うるしなどが蔽《おお》う山肌で、片側は険しい崖が相模川《さがみがわ》の渓流《けいりゅう》に落ちていた。

崖の上から、深い木々の間に渓流の紺色の川面が見おろせた。

馬道が山肌に沿ってゆるやかにくねる山側に、道祖神《どうそじん》を祀《まつ》った小さな祠《ほこら》があって、楓の高木がその祠のわきに枝葉を広げ、木漏《こも》れ日《び》が祠の屋根と馬道に斑《まだら》模様《もよう》の葉影を落としていた。

とき折り吹く心地のよい谷風が、葉影をかそけく震わせている。

男はもう四半刻《しはんとき》（約三〇分）近く、楓の根方にしゃがんで、山あいを流れるこさめびたきの鳴き声を聞いている。

やがて、男は野げしを捨て、やおら、長身の痩軀《そうく》を根方から持ちあげた。合羽を幅の広い肩にからげたまま、長い手足を無雑作《むぞうさ》にふるわせて解きほぐした。そして、馬道の斑模様の中へ進み、宮の前村のほうへ向いてすっくと立った。

渡世人の三度笠に、斑模様の葉影がゆれている。

少し前から、複数の人のだらだらしたざわめきが、宮の前村のほうより馬道をのぼってくるのが聞こえていた。

ざわめきは、山肌に沿って馬道がくねってくるあたりに近づき、ほどもなく、侍《さむらい》風体がひとり、昼下がりの日射しの下に見えた。

侍風体は、革色《かわ》の袖《そで》なし羽織《ばおり》をまとい、黒い半袴《はんばかま》に朱鞘《しゅざや》の二刀を帯びていた。

菅笠をかぶった顔を伏せがちに、ゆるやかな大股を運んで、馬道をのぼってくる。そのあとから、またひとり、ふたり、と侍風体が続いて、さらに、十人ほどの一団がぞろぞろと山肌の陰から姿を現した。

ざわめきは、その一団が交《か》わす話し声や笑い声だった。

菅笠や編笠《あみがさ》、饅頭笠《まんじゆう》をかぶった者かぶらぬ者、手拭《てぬぐい》を頬かむりにした者、羽織を着けた者や着けない者など、衣装はばらばらだが、みな袴姿に二本差しである。

屈託《くつたく》を感じさせない遣《や》りとりや笑い声を交わし、行手《ゆくて》にはまったく注意を払っていなかった。

渡世人は、一団が十三人と聞いていた。

無宿《むしゆく》の浪士《ろうし》であっても、十三人もが党を結べば村々を押し歩くのに心強い。自《おの》ずと血気は盛んになり、四半町《ちよう》（約二七メートル）ほど行手の道祖神の祠のそばの渡世人ひとりを見つけたとしても、大して気に留めないのに違いなかった。

だが、革色の袖なし羽織の侍風体は、行手の道祖神の祠のそばに、楓の木漏れ日を浴びて佇《たたず》む渡世人を見つけたときから、ゆるやかな歩みは変えぬまま、菅笠の陰に隠れた眼差しを凝《じ》っとそそいでいた。

やがて、後ろの一団も、渡世人を訝《いぶか》しみ始め、ざわめきはだんだん止《や》んでいった。ざわめきが途絶えると、あたりの山々が寂《しん》と静まりかえって、こさめびたきの囀《さえず》りが静けさの中に流れていく。通りかかる馬子《まご》の姿ひとつない。

なんだあいつは……

ひと声が静けさの中に漏れたが、それに応じる声は続かなかった。

渡世人は、五、六間《けん》（約九〜一一メートル）のところまできた袖なし羽織の歩みを阻《はば》むかのように、馬道の中ほどへ、一歩二歩と立ち位置を移した。

袖なし羽織が歩みを止め、後ろの浪士らもそれに倣《なら》った。

袖なし羽織は菅笠を持ちあげ、昼下がりの明るみに顔を曝《さら》した。三十前後と思われる、色白の顔だちの整った男だった。

「そこの男。なんぞ用か」

と、角《かど》のある高い声を先にかけた。

「滝沢伝次郎《たきざわでんじろう》さんとお仲間のみなさん、とお見受けいたしやす」

渡世人が、老いぼれた見た目より張りのある声をかえした。

「いかにも滝沢伝次郎だが、おまえは誰だ」

「権三《ごんざ》、と申しやす。お見知りおきを願いやす」

「権三か。初めて聞く名だ。無宿渡世だな。用件があるなら、聞こう」

「お察しの通り、みなさんと同じ無宿渡世でございやす。ただ今あっしは、近在の馬方衆《うまかたしゅう》をまとめる川尻《かわしり》村の差配役《さはいやく》、麴屋直弼《こうじやなおすけ》親分さんに、滝沢伝次郎さん始めみなさん方が、これより先、名手、中村《なかむら》、野尻《のじり》、沼本《ぬまもと》の各村へお入りになるのをお控えいただくよう、お願いする役目を申しつかっておりやす。みなさん方、この道はここでいき止まりでございやす。畏《おそ》れ入りやすが、道を引きかえすか変えるかしていただきやす」

権三の言葉を咀嚼《そしやく》する短い間《ま》をおき、伝次郎は鼻で笑った。

「ふん。用件はわかった。だが、われらは道を引きかえす気も変える気もない。おまえの願いは聞けぬ。それがこちらの返答だ。別に畏れ入る必要はない」

伝次郎は、薄笑いを浮かべていた。

「願いを聞いていただけねえなら、無理にでもみなさん方をここでお止めしなきゃあなりやせん。少々ごたつくことになりやすが、それでもよろしいんで」

権三が語調を改めて言い、浪士らはざわついた。

伝次郎は、ひと重《え》の尖《とが》った目を権三へ、凝っと向けた。それから、ほかに仲間がいるのかと、馬道の前後や、木々に蔽われた山肌を見廻した。

仲間がひそんでいる気配はなかった。

浪士らは訝しげに権三を睨《にら》み、沈黙している。ふと、その中からくすくす笑いがもれた。

「何もごたつきはせん。われらはこの先に用がある。おまえが首を突っこむことではない。川尻村の差配役にもそう伝えておけ。退《ひ》け権三。もういい歳だろう。

ずい分くたびれているぞ。意気がっていたら怪我では済まぬぞ」

「滝沢さん、もう一度申しやす。この道はここでいき止まりでございやす。きた道を引きかえすか、道を変えるかしていただきやす」

権三は平然と繰りかえした。

伝次郎が、ちっ、と舌を鳴らした。権三から目を離さず、後ろの浪士らへ首をふって見せた。

「こいつを退かせろ」

伝次郎の両側から、刀の柄《つか》に手をかけた二人が悠然と歩み出てきた。いかにもこういう荒々しいふる舞いに慣れた様子だった。

無雑作に権三へ迫り、刀を抜き放った。

上段《じょうだん》と八双《はっそう》にとり、二刀が木漏れ日にきらめいた。

「老いぼれが、とっとと失《う》せやがれ」

「せえい」

二人は怒声《どせい》を放ち、ぶんぶん、と刃を鳴らして浴びせかけた。

権三のからげた縞の合羽が、ばん、とひるがえった。

ひるがえった合羽が二人の眼前を蔽った一瞬、権三はすっぱ抜きに右手の男の腕を斬りあげ、男が悲鳴をあげ、腕を抱えて前へつんのめっていく横腹を、左手の男へ蹴り飛ばした。そして、左手の男が蹴り飛ばされた男ともつれたわずかな隙に、長どすの片手上段の袈裟懸《けさがけ》を見舞った。

左手の男は、水玉の手拭を頬かむりにしていた。

手拭がはらりと裂け、男の額《ひたい》に走った切先《きつさき》の痕が赤いひと筋を引いた。

わっ、と顔を歪めた男は右の男ともつれて、馬道に土埃《つちぼこり》をあげた。

すかさず、権三は伝次郎へ突き進み、伝次郎は柄に手をかけた恰好のまま、ずるずると後退していくその両側から、新たに男らが走り出て、さらに、

「囲め囲め……」

と、喚《わめ》きつつ数人が権三の背後へと駆け抜けていく。

しかし、権三は踏み出しながら、新手《あらて》のひとりの一撃を、地を這いそうなほど身体を畳んでかい潜《くぐ》り、男が残した片方の膝頭を叩き割ると、一転して畳んだ身体を宙へ躍らせ、今ひとり、饅頭笠をかぶった男の手首に刃を打ちあてた。

「籠手《こて》えっ」

権三が剣道場の若侍のように、高らかに吠えて地に降り立ったとき、膝を割ら

れた男は足を抱えて堪《たま》らず横転し、饅頭笠の男は籠手を打たれて刀を落とし、疵を押さえて坐《すわ》りこんだ。

押さえた指の間から、見る見る血があふれ出す。

四人が一合《いちごう》も交わさず、馬道に転がされた。うめき声をあげ滴《したた》る血を見て、残りの男らの動きは止まった。権三の周りを囲んでも、動くのをためらった。

一方の権三は、一瞬もためらわなかった。

伝次郎へふり向き様《ざま》に踏みこんで、片手大上段より袈裟懸を落とした。

伝次郎は柄に手はかけていたが、まだ抜刀もしていなかった。

仰《あお》のけに仰《の》け反《ぞ》って、ぎりぎりに切先をはずして抜刀したが、菅笠の縁《ふち》をきり割られ、その割れ目から権三を忌々《いまいま》しげに睨んだ。

そこで、権三の動きが止まった。追い打ちをかけず、伝次郎を見つめた。

「滝沢さん、この道はここでいき止まりだと、言っただろう。この四人は手加減した。深手じゃねえ。手当てをすれば今なら間に合うぜ。大人しく引っかえし、手当てをしてやったらどうだ。仲間だろう。それでもまだ無理矢理押し通る気なら、次は手加減なしだ。この馬道に馬糞《ばふん》と一緒に屍《しかばね》を晒《さら》すことになるぜ」

沈黙と睨み合いが続いた。

ぴいるる、ぴりりり……

こさめびたきの美しい鳴き声が、寂とした山あいに聞こえている。高い青空には真っ白な雲が浮かんで、ゆっくり流れていた。

二

二日後の午前、相模川沿いの明音寺《みようおんじ》の本堂に、名手、中村、野尻、沼本の村《むら》名主《なぬし》と村役人、そして、滝沢伝次郎率《ひき》いる総勢十三人の浪士らが会していた。

四村の村名主と、革色の袖なし羽織の滝沢伝次郎にもうひとりが並んで対座し、それぞれの後ろに村役人や十一人の浪士らが控えた。

両者の中立《なかだち》をする恰好で、津久井郡近在の馬方衆をまとめる川尻村の差配役・麹屋の直弼が、黒羽織を着け、両者の間に着座している。

麹屋の紺看板《こんかんばん》をまとった五人の若い者が、直弼の後ろに居並び、その後方の本堂の一角に、地味な紺木綿の単衣に月代《さかやき》をのばした権三が、ただひとり、目だたぬように端座《たんざ》していた。

十一人の浪士らの中に、白い晒《さら》しが着物の前襟《まええり》や袖からのぞいている二人、足を投げ出して杖《つえ》代わりの竹竿《たけざお》を寝かせている者、頭を晒しでぐるぐる巻きにしている者が雑《ま》じっている。

その四人は、本堂の一角に殊勝《しゅしょう》に畏《かしこ》まっているかに見える権三とは、決して目を合わせなかったし、ほかの浪士らも権三を見遣《みや》って不意に目が合うと、慌ててそらした。

目をそらさず権三を見つめ、不敵に唇を歪めて冷《ひや》やかな会釈《えしゃく》を投げたのは、滝沢伝次郎ひとりだった。

その日、名手、中村、野尻、沼本の村名主と村役人、滝沢伝次郎率いる無宿渡世の浪士らは、川尻村の麴屋直弼が引請人《ひきうけにん》となって、浪士仕切《しきり》契約の一札《いっさつ》をとり交わしたのだった。

無宿渡世の浪士らが党を結び、陣屋《じんや》の取り締まりのおよばない村々へ立ち入り、止宿《ししゅく》足料などの強請《ゆす》りを働くことを、押し歩行と言った。

浪士仕切契約とは、引請人が中立して、浪士仕切金を代償に、浪士らが村へ立ち入らないようにするとり決めを浪士らと結ぶことである。

そういう迷惑で物騒な徒党《ととう》から村を守るため、近在の村々が集まって、引請人を頼むことはしばしば行われた。すなわち、川尻村の麴屋直弼は、名手、中村、野尻、沼本の四村が雇った用心棒である。

麴屋直弼は、津久井郡の相模川流域の馬方の差配役であり、なおかつ、近在の村々を縄張りにする博徒《ばくと》の親分でもあった。

諸国に無宿渡世の者が増大していた。殊《こと》に関八州《かんはっしゅう》ではその横行《おうこう》が著《いちじる》しかった。

数年前、幕府は勘定方《かんじょうかた》に八州取締役をおき、幕府の農業政策の振興と、無頼《ぶらい》な無宿者の取り締まりを図《はか》ったが、ほとんど効果がなかった。

貨幣経済が農村部に広まって、農村部も農業一本の世ではなくなっていた。また、離農《りのう》した農民に限らず、町民であれ武士であれ、一旦、世を渡る方便を失った者の多くが無宿となった。

この春の初めごろから、胡乱《うろん》な浪士集団が相模川流域の村々に立ち入り、村名主や村役人の住居へ勝手にあがりこんで、村が相応の足料を進んでとり計《はか》らうまで止宿し、村に居坐った。

浪士らは、両刀を帯びた侍風体というだけの、十三名の素性も定かではない無頼な集団だった。

相模川流域の村々に立ち入りつつ、相模川上流へとさかのぼり、今度はどこそこの村がやられた、次はあそこの村が……と、上流の村々に頻々《ひんぴん》と浪士集団の押し歩行の噂が届き、村人らは不安に慄《おのの》いていた。

この事態に、名手、中村、野尻、沼本の相模川上流四村の村名主と村役人が寄り集まって、相談を持った。

遠からず、浪士集団が村に立ち入ることは間違いない。われらの村は林業を生業《なりわい》とし、山間《さんかん》にわずかな畑を耕し暮らすだけの寒村《かんそん》である。浪士集団に立ち入られ、難渋《なんじゆう》をかけられては堪ったものではない。

仕切人をたてることに相談がまとまった。

四村の村役人らは、川尻村の麴屋直弼に仕切を頼んだ。

仕切を請けた直弼は、村役人らに言った。

浪士集団を腕ずくで追っ払っても、あとの憂《うれ》いが厄介《やつかい》だし、力ずくではこちらも血を流すことになりかねない。と言って、下手《したて》に出て宥《なだ》めるだけでは、かえって図に乗らせ、弱みにつけこまれる恐れがある。

「やつらの出鼻を、一度がつんと挫《くじ》き、それから話をつけて、やつらが憾《うら》みを残さねえように立ち退《の》かすってえのが、穏便に収まっていいでしょう。そういう役廻りに打ってつけの男がおりやす。そいつにやらせやしょう」

と、渡世人の権三の名をあげた。

権三に綽名《あだな》はなかったが、生国《しょうごく》も氏素性《うじすじょう》も一切知られていないため、《名なしの権三》と、八州の渡世人らの中には呼ぶ者もいた。

腕利き、群れからはぐれた孤狼《ころう》。歳は四十五か六。

「もう若くはねえが、腕のほうはまだまだ衰《おとろ》えちゃあいねえと、聞こえておりやす。喧嘩場《けんかば》で受けた古疵が、顔にこうありましてね」

直弼は、眉間から頰へ疵痕をなぞるように指先を引いた。その権三が、当麻村《たいま》の知り合いの貸元《かしもと》の下に逗留《とうりゅう》していた。

急いで人を遣《つか》わし助っ人を頼むことに、話が決まった。

滝沢伝次郎ら十三人の浪士集団と結んだ浪士仕切契約は、四村の各村が、浪士仕切金一分《ぶ》一朱《しゅ》と鐚銭《びたせん》二百六文《もん》を支払うととり決め、
一、其の御村方困窮《こんきゅう》につき、止宿足料等、御取り計らい御難渋につき、浪士立入申さざる様、拙者《せっしゃ》どもへ御頼みこれ有る。これにより一統申し合わせの上、御世話に相成《あいな》り申さざる様、取り極め候。後日のため、よって件《くだん》のごとし。
文化《ぶんか》六年四月九日　　滝沢伝次郎

……

引請人　川尻村麴屋直弼　印

名手村、御役人衆中

と記した《一札の事》を各村ごとに交わした。

仕切契約が結ばれると、滝沢伝次郎率いる浪士集団は、早々に明音寺を出立して、四村の名主や村役人、直弼と手下の若い者ら、そして権三の見守る中、相模川の広い川原と紺色の流れが見わたせる土手道を、下流へと去っていった。

疵ついた者の雑じった十三人が立ち去る消沈《しょうちん》した姿は、それが無頼な浪士らであっても哀《あわ》れを誘った。権三は、伝次郎にひと言かけようかと思ったが、野暮はするまい、と思い止《とど》まった。

その夜は、川尻村の麴屋直弼の店《たな》で世話になった。

明日は早くに発《た》って八王子《はちおうじ》をへて、武州《ぶしゅう》へ向かうつもりだった。これといってあてはなかった。忍《おし》城下はずれの五郎蔵《ごろぞう》親分と甚《じん》ノ《の》助《すけ》親分が縄張りを廻《めぐ》り少々もめ事が起こり、どちらの親分も人手を集めている噂が聞こえていた。

権三はいってみるつもりだった。

用意された部屋には濡縁《ぬれえん》があって、垣根も塀《へい》もない殺風景な庭の向こうに、樹林の黒い影が、綺麗な星空の下につらなっていた。浴衣《ゆかた》一枚で濡縁に出ると、肌寒いぐらいだった。それでも、蚊《か》の羽音が耳元で鳴っていた。

「権三さん、眠れねえかい」

部屋の間仕切《まじきり》の襖《ふすま》が開き、直弼が顔をのぞかせた。

「親分さん」

権三は浴衣をなおし、部屋に入ろうとするのを、

「そこでいいじゃねえか。寝酒の一杯を誘おうと思ってね」

と、一升徳利《いっしょうどっくり》に碗《わん》を二つ手にして濡縁に出て、権三に並んで胡坐《あぐら》をかいた。

直弼は中背《ちゅうぜい》ながら、骨太で肉づきもよく、濡縁が尻の下で軋《きし》んだ。権三との間に碗をおき、太い片手で一升徳利を傾けた。

「おれはいつもこうなのさ。まあ、つき合ってくれ」

「遠慮なく、いただきやす」

権三は両掌《りょうて》で碗を持ちあげ、ゆっくりと舐《な》めた。

「ふう、美味《うめ》え。寝る前のこの一杯が楽しみでね。女房に鼾《いびき》がうるせえと文句を言われるが、鼾は酒の所為《せい》じゃねえし、こいつはやめられねえ。権三さん、膝

をくずして楽にしてくれ」

直弼は居ずまいを正した権三に言って、ひと息に呑み乾《ほ》した自分の碗にまた酒を、とと、と注いだ。

「明日、発つかい」

「武州の忍のほうへ、いってみようかと思っておりやす」

「忍かい。あそこは今、五郎蔵親分と甚ノ助親分がもめて、どっちの親分も人手を集めているそうだ。権三さんならどっちの親分も喜んで迎えてくれるだろう。権三さんは腕利きってだけじゃねえ。何よりも度胸がいい。あの二本差しの物騒な十三人を相手に、たったひとりで見事な始末だった。あいつら、権三さんに痛めつけられただけじゃねえ。権三さんには敵《かな》わねえ、こいつがいる限りはだめだと思ったのさ。大したもんだ。ただ腕っ節《ぷし》が強えだけでできることじゃねえ。ここがいる」

直弼は、人差し指で頭と分厚い胸をつんつんした。

権三はこたえず、ただ笑みをかえした。

「権三さん、うちは好きなだけ居てくれてかまわねえんだぜ。近ごろは、食いっぱぐれた得体の知れねえのが、ここら辺の村へふらりと迷いこんで、村に難渋をかけることが増えていてね。ひとりや二人なら何とか追い出せても、五人六人、今度のように二本差しが十三人も党を結んだのがきたら、村役人だけじゃあとても手に負えねえ。こっちに仕切引請人の役が廻ってくるわけさ。そういうとき、身内に腕利きの権三さんがいてくれたら心強え。親分子分の杯《さかずき》を交わすわけじゃねえ。客分として、普段はぶらぶらして、うちの若い者に剣術の稽古でもつけてやってくれればいいのさ。なんなら、忍でひと働きしたあと、またうちへ戻って草鞋を脱いでくれてもかまわねえ。どうだい。あてのねえ旅暮らしより、そのほうがずっといいと思うぜ」

「ありがとうございやす」

権三は物思わしげに言った。

直弼は、権三が迷っている様子を見て、暗い庭のほうへ目をやった。

「わかるよ。旅暮らしが長えと、草鞋を脱ぐきっかけがつかねえもんさ。迷うのは無理もねえ。権三さん、旅暮らしを始めて何年になる」

「ざっと、二十五年になりやす」

「二十五年か。そいつは長えな。ずっと、八州かい」

「信濃《しなの》と越後《えちご》に一度旅をしやしたが、大体は八州をぐるぐると……」

「江戸はどうだい」

「江戸は、町奉行所の目がうるせえんで、足を踏み入れたことはありやせん」

「場末の品川《しながわ》とか、内藤新宿《ないとうしんじゆく》、板橋《いたばし》、千住《せんじゆ》あたりはどうだい」

「あそこら辺の宿場町も、今は御府内《ごふない》御府外《がい》の区別もあいまいですから、町方《まちかた》の目が光っているそうで。ただ、ずっと以前に一度だけ、品川宿へはいったことがありやす。通りすぎるという程度ですが」

「品川にはいったことがあるのかい。品川は、日本橋《にほんばし》から町家《まちや》が殆《ほとん》ど途《と》ぎれずに続いて、江戸も同然だ。そうだ。品川と言やあ……」

直弼は碗の酒を、気持ちよさそうにあおった。

「権三さん、天馬党《てんまとう》の噂は聞いたかい」

「天馬党？　上方《かみがた》から西国《さいごく》を荒《あら》し廻っている一党の天馬党ですか」

「そうだ。荒っぽい手口で押しこみを働いて、平気で殺しもやる盗人《ぬすっと》集団だ。頭《かしら》は弥多吉《やたきち》という無宿者さ」

「甲州《こうしゆう》鰍沢大野村《かじかざわおおの》無宿弥多吉と、人相書《にんそうがき》を見たことがありやす。弥多吉の歳は三十。人相書を見たのは一昨年でしたから、今は三十二ぐらいですかね」

「ほう。弥多吉の人相書を見たのかい」

権三は首肯《しゆこう》した。

「弥多吉を入れて、十四人の一党をずらりと書きつらねた人相書で、三十代の半ばごろもいたし、十六、七というのもありやしたね」

「仲間割れやら、とっ捕《つか》まったりしたやらで、一味も半分ほどになって、ひと昔前の勢いはねえ、天馬党も落ち目だと聞いているがね」

「天馬党の、どんな噂なんですか」

「去年の秋の終りごろ、駿河《するが》の村が次々に荒らされて、あれは天馬党の仕業《しわざ》じゃねえか、一味の生き残りが西国や上方の厳しい取り締まりを逃れて、関東へ下ってくるんじゃねえか、と噂が流れた。そのあと半年ばかり、噂は聞こえなかったんだが、この四月の初めに、品川南本宿《みなみほんしゆく》の島本《しまもと》という旅籠《はたご》が押しこみに遭《あ》った。押しこみの一味は、六、七人だったらしい。島本は南本宿では老舗《しにせ》の旅籠で、さほど大きくもなく小さくもねえ。案外に小金《こがね》を堅実に溜《た》めていそうな、押しこみが狙うには、ちょうど手ごろな中堅どころの旅籠だったのかもな。主人の左吉郎《さきちろう》が賊《ぞく》に斬られて、女房と幼い子を残し、敢《あ》え無《な》い最期を遂《と》げた」

「最期？　島本のご主人が斬られて、お亡くなりになったんですか」

直弼は、権三が島本の主人が斬られた話に関心を示したので、意外に思った。

「権三さん、島本の主人を知っているのかい」

「いえ。まったく、存じあげねえ方です」

「そうかい」

と、直弼は碗をあおった。

権三は碗を持ったまま、むっつりと考えこんだ。

「で、じつはね。その島本に押しこんだ一味が、天馬党じゃねえかと言われているのさ。そうかそうじゃねえか、確かなことは不明だが、もしも天馬党の仕業なら、これまでとは手口が違っていたようなんだがね。実際、おれの知る限り、天馬党が品川宿みてえな大きな宿場の、泊り客やら使用人やら飯盛《めしもり》やらが大勢いる旅籠とか、繁華《はんか》な町家の、人手の多い大店《おおだな》の商家に押しこんだことはなかった。立場《たてば》の質屋《しちや》とか問屋《とんや》とか、宿場はずれの賭場《とば》の上がりを狙ったとか、村名主の店とか、騒がれても大した騒動にならねえ土地柄を選んで、念を入れずときをかけず、金目の物をさっと掻《か》っ攫《さら》ってさっと引きあげる、そういう手口だった。ところが、島本の押しこみは、荒っぽさは同じでも馬鹿に念が入って、島本の銭箱《ぜにばこ》を洗い浚《ざら》い奪っていったんだが、どうもこれまでの天馬党の手口らしくねえ」

「天馬党の仕業というのは、どこから」

「それがどうやら、陣屋のほうから流れてきた噂らしいのさ。どこの陣屋の誰が言い出したのか、そいつはわからねえがな。お上《かみ》のほうじゃ、天馬党の動きをなんぞつかんでいるのかもしれねえ。まあ、それだけのことで、こっちにはかかわりのねえことなんだが」

「島本は今、どうなっているんで。押しこみに遭って、ご主人を失い、旅籠はもう開けねえんじゃありやせんか」

「それが、櫂《かい》とかいう三十になるかならねえ女将《おかみ》が、亭主の初七日《しよなのか》の法要が済んだ翌日には旅籠を開いて、商売を始めているようなのさ。島本は老舗の古い旅籠というだけじゃねえ。品川南本宿四十軒を束ねる元締《もとじめ》で、元締の役目上、主人の不幸があったからといって、旅籠を長々と閉じちゃあいられねえらしい。女の細腕じゃあ品川の旅籠を営《いとな》むのは無理だと、元締の役目をとって代わろうと狙っている旅籠もあるそうだからさ。櫂という女将は評判の器量よしで、女ながらに懸命に老舗の看板を守っていて、同情を寄せる向きも多いようだが、島本は苦境に追いこまれ、今に売りに出すんじゃねえかと、そんな噂も聞こえている」

「島本を売りに出す。そうなんですか」

権三は呟《つぶや》くように、繰りかえした。そして、碗をゆっくり持ちあげ、冷たい酒を口に含んだ。

権三の脳裡《のうり》に、目黒川《めぐろがわ》に架《か》かる鳥海橋《とりうみばし》から見える光景が甦《よみがえ》った。

北品川の先に高輪《たかなわ》の町家と、海岸下の、石ころだらけの海辺に打ち寄せる静かな波が白くくだけていた。目黒川は暗い紺色の江戸の海にそそぎ、海には数えきれないぐらいの篊《ひび》が、ずっと江戸のほうへと続いていた。

いく羽《わ》もの鳥が海面を飛翔し、海辺や海岸に集まり、鳴き騒いでいた。

長えな、と権三は呟いた。

懐《なつ》かしくて堪らず、ついほろりとさせられるような情が、権三の肚《はら》の底からこみあげてきた。

第一章　品川暮色

一

北町奉行所表玄関の式台《しきだい》をあがって、玄関の間《ま》の長い廊下を大白洲《おおしらす》の裁許所《さいきよしよ》のほうへとり、例繰方詰所《れいくりかたつめしよ》と三部屋に分かれた詮議所《せんぎしよ》の前をすぎた突きあたりの杉戸を潜って、三之間《さんのま》、二之間《にのま》に続いた奥に桐《きり》之間がある。

桐之間の東方は、間仕切を隔《へだ》てて裁許所に入側《いりがわ》と広い板縁《いたえん》があって、白砂利《しろじやり》が鮮《あざ》やかな大白洲が板縁の下に広がっている。

桐之間は奉行が裁許所に出座《しゆつざ》する控《ひか》えの間である。正月には与力や同心の椀飯振舞《おうばんぶるまい》の年賀の宴が、二之間三之間の間仕切をとり払って行われる。

四月半ばに近い午前、萬七蔵《よろずななぞう》は桐之間の間仕切の襖を背に、正面奥の鏡板《かがみいた》に向いて端座していた。

つい先ほど、北町奉行・小田切土佐守《おだぎりとさのかみ》の登城の駕籠《かご》が出立し、大白洲の裁許所は開かれていない。

公事人溜《くじにんだまり》の低いざわめき以外、奉行所内は静かな夏の気配が流れている。

正面の鏡板の片側に、引違いの腰付障子《こしつきしょうじ》が開け放たれ、板縁先の庭の明るみが桐之間にやわらかく射しこんでいた。南側の庭を囲う海鼠壁《なまこかべ》際にもちの木が色濃い葉を繁らせ、小鳥が飛び交《か》い囀《さえず》っている。

詮議所で詮議が始まったらしく、奉行所の下番《かばん》が、公事人溜の公事人の名を読みあげる声が聞こえてきた。

そのとき、後ろのほうの杉戸が引かれる音がした。

続いて足早に畳を踏み、三之間、二之間の間仕切の襖が引かれた。

七蔵は、鏡板に向いたまま手をついた。

久米信孝《くめのぶたか》が、七蔵の傍《かたわ》らを商人のような小幅な足どりを運び、鏡板を背に着座して、くだけた口調を寄こした。

「待たせた、まんさん。手をあげてくれ。来客があって内座之間《うちざのま》がふさがってるんでね、こっちにきてもらった」

そして、手をあげた七蔵に、日焼けした細い顔をゆるめて頷きかけた。背中を少し丸めた痩軀《そうく》に、麻裃《あさがみしも》を着けている。

久米は小田切土佐守の内与力《うちよりき》で、目安方《めやすかた》に就《つ》いている。

南北両町奉行所の三廻《さんまわ》りと言われる、定町廻《じょうまちまわ》り、臨時《りんじ》廻り、隠密《おんみつ》廻りには支配役の与力はおかず奉行直属のため、奉行の指図《さしず》は、奉行の側衆《そばしゅう》である内与力より言いわたされる場合が多かった。

久米は七蔵より、五つ上の四十八歳。奉行の指図を伝えるさい、萬ではなく《まんさん》と呼ぶようになったのは、七蔵が定町廻りに就いた、もう八年ほど前からである。

対座する七蔵は、痩軀ながら肩幅の広い五尺八寸（約一七五センチ）の上背《うわぜい》に、定服《じょうふく》の白衣《びやくえ》と絽《ろ》の黒羽織である。濃い眉《まゆ》にきれ長な目つきは鋭いが、表情をやわらげると、母親譲りの二重《ふたえ》の目に優しい愛嬌《あいきよう》がある。

背中に胼《ひび》をきらすには、まだ少々間がある四十三歳。北町奉行所隠密廻り方の同心である。《夜叉萬《やしやまん》》と、江戸の盛《さか》り場《ば》にたむろする無頼なやくざらの間で、そんな綽名がついたのはいつからだったか、当の七蔵も知らない。

庭のもちの木で、小鳥が鳴いている。

「早速《さつそく》、次の仕事だ、まんさん。品川宿へいってもらいたい」

久米はいきなり、珍しく硬《かた》い口調できり出した。

「品川宿のどちらへ」

七蔵が訊《き》くと、久米は膝の上で拳《こぶし》を作り、やや考える間をおいた。

「今月朔日《ついたち》の夜だ。品川南本宿の島本という旅籠に押しこみが入った。一味は七人で、騒ぐと打《ぶ》った斬ると脅し、実際、容赦《ようしゃ》しなかった。泊り客に怪我人や死人は出なかったようだが、島本の主人の左吉郎が斬られ、逃げ出した使用人の中に死人が出たらしい。まんさん、品川宿の押しこみの一件は、聞いてるね」

「聞いております」

「その一件の調べだ」

「あれは、勘定所の道中方《どうちゅうかた》が掛《かかり》では」

「道中方は道中方だ。町方もやることになった。ただし、隠密のまんさんがやるのだ。萬にやらせろと、御奉行さまの仰《おお》せだ」

「さようで」

「よいな……」

久米は念を押して続けた。

「島本は、品川宿では数代続く中堅どころの老舗だ。南本宿の旅籠仲間を差配する元締役を代々務めてきた。飯盛はお定めの三人か四人ほどを抱えてはいるが、品川女郎《じょろう》が目あての客が泊る旅籠ではない。長いつき合いで島本を定宿《じょうやど》にする客や、品川の景色を眺めて料理や酒、風流を好む好き者、江戸のお金持ちがわざわざ品川まで出かけ、寄合と酒宴《しゅえん》などにも利用したりとか、少々値が張る旅籠だ。しかし、女郎を大勢抱えた旅籠の騒がしさはないから、それがかえってよいという上客にも好まれている。むろん、経営は安定し順調だった。押しこみの一味は、島本のそういう事情を前以《まえもっ》て調べあげ、押しこむには手ごろだと見当をつけたようだ。ただし、泊り客の懐《ふところ》には目もくれなかった。島本のその日の売り上げやらの有金《ありがね》だけを、洗い浚い掻っ攫っていった。まんさん、一味は島本の泊り客が、懐の豊かな上客とわかっていたはずだ。にもかかわらず、客の懐を狙わなかった理由がわかるかい」

「そうですね。当夜、島本にどれほどの泊り客がいたか、それにもよると思いますが、一味はたぶん、泊り客の懐を狙って、余計なときと手間をかけたくなかった。素早く押しこんで、前以て調べた島本の有金を手に入れたら、客の懐もついでにと欲をかくより、まずは無事に引きあげることが先だった。欲をかけば、それだけ手間とときがかかる。つまり、それだけ危うくなる。だからでは」

「そういうことだ。荒っぽいが、じつに手慣れた玄人《くろうと》の手口だったらしい。死人は主人の左吉郎と、騒いだ使用人の二人だ。ほかの者はみな震えあがって、声も出せなかった」

「では、一味は押しこみを働いたあと、周囲の旅籠には気づかれず、闇にまぎれて易々《やすやす》と逃げ遂《おお》せたんですね」

「ところが、そうはいかなかった。周辺の旅籠が島本に異変が起こったことに気づいて、自身番《じしんばん》の物見の半鐘《はんしょう》が打ち鳴らされた。一味は慌てて逃げ出し、どうやら、目黒川をさかのぼった大崎《おおさき》村のほうへ逃走を図ったらしい。宿場の問屋場《といやば》の役人や町家の自身番の町《ちょう》役人らが、得物《えもの》を手に逃走した一味を追ったが、大崎村にいたるあたりで、足どりはぷっつりと途絶えた。以来、道中方の掛が一味の行方《ゆくえ》を探っているが、今のところ不明だ」

「足どりが、ぷっつりと途絶えましたか。たぶん、あらかじめ逃げ道の手だても講じていたんでしょう。確かに、一味は玄人のようですね。成りゆき任せの押しこみ働きとは思えません」

七蔵は腕組みし、朝、鬚《ひげ》をあたったばかりのすべすべした顎《あご》を、そろえた指の腹で物思わしげに摩《さす》った。

「まんさん、何か思うことがあるのかい」

「ちょいと、引っかかりますね。それほど用意周到な一味が、なんで繁華な品川宿の旅籠を狙ったんですかね。旅籠はいろんな泊り客がいて、客が一旦騒ぎ出すと収まりがつきません。鄙《ひな》びた宿場はずれの旅籠に押しこんだとか、寝入った客の財布をいただくこそこそ泥坊《どろぼう》とかなら、わからないではありません。品川宿のど真ん中の旅籠に押しこんだのが腑《ふ》に落ちないというか、意外なというか……」

「じつは、わたしもそうだ。どうも、腑に落ちない。というか、一筋縄では済まないのかもしれないな。だがまあ、それはそれとしてだ。この一件が道中方の掛にもかかわらず、御奉行さまが何ゆえ、まんさんにやらせよ、と命ぜられたか、その理由だ。つまり、隠密のまんさんにだ」

「島本押しこみには、ほかにも何かあるんですね」

「天馬党が、去年の秋の終りごろから冬にかけての数日の間に、駿河の村を次々に荒し廻った一件を覚えているだろう」

「覚えていますとも。その前に、大坂《おおさか》の町奉行所より、天馬党が取り締まりの手を逃れて関東へ下った見こみと、こっちに知らせが届いたあとでした」

「天馬党は十四人ほどの一党だったのが、何人かが大坂の町方に捕まり、仲間割れもあって、ひところの勢いはもうない。一味の生き残りは六人かせいぜい七人とも、大坂よりの知らせにはあった」

「すると、島本に押しこんだ一味は天馬党だと？」

「押しこんだのは七人。七人とも目ばかり頭巾《ずきん》をかぶり顔を隠していた。だが、頭数は合う」

「久米さん。天馬党の頭は甲州鰍沢大野村の弥多吉という無宿です。こいつは得物に種子島《たねがしま》を使うので知られていました。種子島の短筒《たんづつ》です。周辺の旅籠が島本に押しこみが入ったことに気づいて、半鐘が鳴らされたのは、一味が短筒を放ったからではありませんか」

「さすがはまんさん。察しが早い。主人の左吉郎が斬られ、使用人の一人が怯《おび》えて悲鳴をあげて逃げ出した。その後ろから、ずどん、と放った。種子島が放たれたなら、町内は吃驚《びっくり》して大騒ぎになるよ。一味は慌てて逃げ出し、死人は主人の左吉郎と使用人の二人だけだった。現場は血まみれの亡骸《なきがら》が転がって、凄惨《せいさん》なあり様だった」

「島本の押しこみ一味が種子島を使っていたと、町方に知らせはありませんでした。そいつは迂闊《うかつ》でしたね」

「掛の道中方が、町方に知らせてこなかった。宿場の事情に、支配外の余計な口出しは無用、町方の手を借りる気はないみたいなところが、道中方にはあるからな。種子島のことは、御奉行さまが昨日、勘定奉行さまから聞かされたのだ。御奉行さまが勘定奉行さまに、品川宿の押しこみの探索は、その後いかが相《あい》なりましたかとたまたまお訊《たず》ねになり、それで種子島が使われていたことがわかって、島本の押しこみがもしや天馬党の仕業ではないか、という次第だ。むろん、頭数が七人と種子島の短筒だけで、天馬党の仕業と決めてかかるのではない。だとしても、天馬党の仕業だとしたら、この一件は、西国から上方を荒し廻っていた天馬党が江戸へ下ってきて、最初の押しこみ働きになる。宿場は勘定所支配でも、品川宿は江戸の町家とひと続きで、町奉行所の支配地と入り組み、江戸の町家と言って差し支えない。となれば、江戸の町家を荒した天馬党を、道中方だけに任せておくわけにはいかないじゃないか。江戸町奉行所の面目にかけて町方の手で捕えよと、御奉行さまのお達しだ。だからまんさんなのさ」

久米は上体《じょうたい》を七蔵へかしげ、「いいな」と念を押した。

「しかし、一味が天馬党なら、品川宿には、もういないのではありませんか。押しこみを働いた四月朔日から、半月近くがたっています。一味が今も品川近辺にひそんでいるとは思えませんが。上州《じょうしゅう》か野州《やしゅう》か、そっちへ逃れているのでは」

「だろうな。けどな、案外に一味はまだ品川近辺にひそんでいるかもしれんのだ。というのは、一味のうちのひとりが、押しこみの最中に怪我を負ったらしい。それもどうやら、浅手ではなさそうなのだ。どういう経緯《いきさつ》で怪我を負ったのかはわからない。天馬党は仲間割れを繰りかえして仲間が減り、数年前までの勢いはないが、残った仲間同士の結束は固い」

「そうです。天馬党は、血を分けた兄弟同様の結束と聞こえています」

「結束の固い天馬党が、怪我を負った兄弟同様の仲間を見捨てて逃れるとは思えないだろう。怪我が深手だとしたら、怪我人を抱えて遠くへは逃げられん。つまり、一味は品川宿の近辺にひそんでいると、見こまれるのではないか。ひそんでいるとしたら、まんさんはどこら辺だと思う」

「町家でしょうね。村は無理です。かえって人目につく。そうか。もしかしたら一味は、案外に品川宿から江戸市中へ逃れて、どっかの裏店《うらだな》に身をひそめているかもしれません」

「江戸市中もあり得る。まんさん、天馬党がどこにひそんでいるか、見つけ出してくれ」

七蔵は頷いた。そして言った。

「天馬党は、情け容赦なく殺しをやる凶悪な一味です。一味の中に怪我人が出たってことは、怯えて逃げ出しただけじゃなく、島本の誰か、あるいは泊り客に、一味に手向かった者がいたわけですね」

「たぶんそうだ。しかし、こちらに伝わっているのは、一味に怪我人がいるらしいと、それだけだ。まんさんが品川へいって、直《じか》に確かめてくれ」

「島本は今、忌中《きちゅう》ですね」

「いや。もう旅籠を開いて客を入れているらしい。左吉郎と使用人の初七日の法要を済ませた翌日にはだ」

「ほう。満中陰《まんちゅういん》を待たずにですか。身内はどなたで」

「左吉郎の女房と聞いている。三十前後の年増《としま》で、名前は櫂。左吉郎との間に七つの女児と五つの男児がいる。ともかく、女将の櫂がきり盛りして、旅籠の再開を急いだようだ。再開を急がねばならないわけがあるのかな」

「老舗の旅籠を女手ひとつで、ですか。女将の手助けをする親類が品川にいるのか、それとも、誰か相談役がついているんですかね」

ふむ、と首をひねった久米に、七蔵は言った。

「承知いたしました。道中方にはどのように」

「御奉行さまのほうから勘定奉行さまに、町方が探索を始めると伝えられる。道中方のほうはいい。ただ、問屋場には顔を出しておいたほうがいいだろう。押しこみの当夜、一味を追った役人らの話も調べの参考になるかもしれん」

「奉行所には、しばらく顔を出しません」

「いいだろう。で、誰を連れていく」

「樫太郎《かしたろう》と、場所が品川宿ですから、顔の広い嘉助親分にも頼むつもりです。それと、お甲《こう》にも声をかけます。一味の潜伏先《せんぷくさき》を探るのに、女のほうがやりやすい場合があります。お甲なら、咄嗟《とっさ》の機転もききますし」

「いいだろう。要《い》り用は年番方《ねんばんかた》から、要るだけもらっていってくれ」

久米がそこでやっと膝の拳を開き、七蔵へ笑みを寄こした。

公事人溜のほうから、奉行所の下番が、公事人の名を読みあげる声が聞こえてくる。南側の庭の、海鼠壁際のもちの木に小鳥が飛び交って、初夏の午前が心地よさそうに囀っていた。

二

品川宿の歩行新宿《かちしんしゅく》は、江戸のほうから一丁目、二丁目、三丁目、次の北本宿《きたほんしゅく》は逆に三丁目から一丁目となり、目黒川に架かる中《なか》の橋《はし》を挟んで、三ヵ宿目の南本宿はまた江戸に近いほうより一丁目、二丁目と続き、七丁目まである。

南本宿の二丁目と三丁目の間、通りの東側に、《貫目改《かんめあらた》め所《しょ》》と《問屋場》が軒《のき》を並べていて、貫目改め所には、陣屋の手代《てだい》のほか、勘定所御普請役《ごふしんやく》が行李《こうり》の貫目改めの助役に出張っている。

その隣の問屋場では、定助郷《じょうすけごう》、加助郷《かすけごう》のおよそ百人百頭の人馬を宿役人《しゅくやくにん》が差配し、日本橋まで二里(約八キロ)、川崎《かわさき》までは二里半(約一〇キロ)の継《つぎ》たてを請《う》け負っている。

午前のその刻限、二十坪余の問屋場前の通りは、馬と人足《にんそく》、両天秤《りょうてんびん》の荷を肩にかついで運ぶ者、いき交う旅人や駕籠舁《か》き、遊山客《ゆさんきゃく》などで混雑していた。

帳簿と筆を手にした羽織袴の宿役人が、行李をいくつも積んだ荷馬を牽《ひ》く人足《にんそく》に書付をわたし、

「団蔵《だんぞう》、千住の天乃屋《あまのや》まで頼む」

「へえい」

と、遣りとりを投げ合う。人馬がざくざくと問屋場を出立していくと、そこへ新たな荷馬が次々と到着し、町内へ荷を運ぶ荷車が車輪をがらがらと鳴らして通っていき、問屋場は休む間もない忙しさである。

問屋場の店の間《みせのま》には前土間《まえどま》がなく、庇下《ひさし》の往来際《おうらい》まで床《ゆか》が出ていて、店の間の宿役人らが、店頭の人足と早口で言い合っていた。

土間は、店の間の片側を通り奥へと通じている。

「お忙しいところ畏れ入りますが、ちょいと、取次《とりつぎ》を願います」

店の間の机について帳簿をつけている若い宿役人に、声がかかった。

宿役人が帳簿づけの筆を止め、顔をあげると、人馬の混雑を背に、男三人に女ひとりの四人連れが店の間のすぐ前に立ち並び、若い宿役人を見守っていた。

宿役人は、四人をぶしつけに見廻した。

ひとりは、納戸《なんど》色の上衣《じょうい》に黒紺の細袴を着けた二本差しの浪人風体で、その浪人風体が宿役人に声をかけたらしかった。

残りは、桑染《くわぞめ》の単衣を尻端折りに手甲脚絆の草鞋掛の年配の男。藍地《あいじ》に菊文《きくもん》を散らした小袖を裾短《すそみじか》に着け、白の手甲脚絆に結《ゆわ》えつきの草履を履いた女。もうひとり、黒の腹掛《はらがけ》に井桁文《いげたもん》の半纏《はんてん》を黒の角帯でぎゅっと締めて尻端折り、手甲脚絆の、やはり草鞋掛に拵えた若い男の三人だった。

四人はともに菅笠をかぶって、傍《はた》からは一体どういう連れかよくわからないけれど、日帰りの物見遊山にでも出かけるような身軽さだった。

「ここは問屋場ですからね。宿ならあっちあっち……」

若い宿役人は、四人がきた往来のほうを筆で指し、ぞんざいに言った。

品川宿の旅籠は南本宿の三丁目までで、四丁目以降の七丁目までは、町地の表店《おもてだな》が続いている。

「こちらが問屋場とは、承知しております。宿を探しているんじゃないんです。宿役人の文次郎《もんじろう》さんに取次を願います。わたしは、北町奉行所の萬七蔵と申します。この三人は、わたしの連れなんで」

「え、北町奉行所の萬七蔵？　というと、江戸の町方のですか」

宿役人は、七蔵と後ろに並んだ三人の、物見遊山には思えぬ御用の顔つきに気づいて、言葉につまった。同じ店の間の机について帳簿づけをしている年配の宿役人へ見かえり、

「太左衛門《たざえもん》さん、江戸の町方の萬七蔵さまが、お見えです」

と、筆を七蔵らへつんつんさせ、小声になった。

年配の宿役人が、帳簿から気むずかしそうな顔を軒下の七蔵らへ向けた。ふむと七蔵へ小さく黙礼《もくれい》し、筆をおき、店の間のあがり端《ばた》へきて端座した。

宿役人同士が小声を交わし、年配の宿役人は二、三度頷くと、気むずかしそうな顔つきをやわらげて七蔵へ向いた。

「萬さま、宿役人を務めます太左衛門でございます。問屋場に江戸町方のお役人さまがお見えになることは滅多《めった》にございませんもので、ご無礼を申しました」

「なあに。こっちも町方らしくないこの恰好です。それはいいんです。こちらをお訪ねしたのは、差配役の文次郎さんにご挨拶がてら、うかがいたいことがありましてね。宿場は勘定所道中方の支配ですが、ちょいと町方にもからんだ御用なもんで、まずは、文次郎さんに取次をお願いいたします」

「承知いたしました。文次郎さんは奥の部屋におります。小一郎《こいちろう》、みなさんを案内《あない》して差しあげなさい」

はい、と若い宿役人は座を立ち、店の間わきの土間に降りた。

「どうぞこちらへ」

七蔵らの先にたって、土間を跨《また》いで二階へあがる階段の裏板を潜り、台所部屋と勝手の土間の間を通って、片側に風呂場と厠《かわや》があり、片側が差配役の部屋らしい土間に出た。土間の一角に、筵《むしろ》でくるんだ行李が積んである。

「文次郎さん、お客さまがお見えです。江戸の北町奉行所の萬七蔵さまです」

小一郎が、部屋に閉《た》てた腰付障子ごしに言った。

すぐに、障子へ人影が差した。腰付障子が引かれ、髷の白い文次郎が顔を出した。文次郎は七蔵と目を合わせ、「これはこれは」と目を瞠《みは》った。障子戸の敷居の手前に跪《ひざまず》き、手をついた。

「萬さま、ご無沙汰いたしておりました」

七蔵は菅笠をとって、文次郎に辞儀《じぎ》をした。

「文次郎さん、本途《ほんと》に久しぶりですね。ご挨拶がてら、ちょいと御用があって、お邪魔しました」

「萬さまの御用を邪魔などと、とんでもございません。おっと、嘉助親分、懐かしいねえ。親分も元気そうで、何よりだ」

「文次郎さん、お久しゅうございやす」

嘉助が丁寧に腰を折った。

「嘉助親分、今も萬さまの御用聞《ごようきき》を務めているってえのは、大したもんだ。髪は白くなっても、姿形は颯爽《さっそう》として、ちっとも変らないよ。わたしなんか、親分と同じ白髪でも、すっかり老いぼれさ」

「何を仰《おっしゃ》います。問屋場の差配役に就かれ、以前にもましてお忙しいご様子じゃあございませんか」

「なあに、歳をとって廻り番で差配役を請けているだけさ。長く問屋場に勤めていれば、誰でも番が廻ってくる。まあ、この先そう長くはないよ。何しろ、後ろがつまっているからね」

あはは、と文次郎は快活に笑った。

「ささ、萬さま、嘉助親分、それから器量よしの姐《ねえ》さんもこっちの若い衆も、あがってあがって。小一郎、お客さまに茶の支度と、茶菓子に羊羹《ようかん》をお出しするように頼んでおくれ」

「ただ今」

小一郎は土間を戻っていった。

部屋は八畳間で、東向きの腰付障子が開かれ、濡縁と穂垣《ほがき》で囲った狭い庭があった。七蔵と嘉助が並んで、その庭を背にした文次郎と向き合い、お甲と樫太郎は七蔵らの後ろに控えた。

七蔵と文次郎は、改めて挨拶を交わした。

ときのたつのは早いもんです。まったく、もうかれこれ五年で……

などと言い合っているところへ、問屋場の看板を着けた下男《げなん》が、茶碗や羊羹の小皿を運んできた。

「朝早くから品川までご苦労なことでございます。みなさん、茶菓子でも召しあがって、ひと息ついてください」

文次郎に勧められ、七蔵は熱い茶を一服した。それから、

「それで、文次郎さん。御用というのは、この四月の朔日、南本宿一丁目の旅籠の島本が、七人組の押しこみに遭ったあの一件についてなんです」

と、きり出した。

「やはり。そうではないかな、という気がしておりました」

文次郎は、膝においた手で調子をとった。

「島本の一件は、主人と使用人の二人が殺され、まことにむごい災難でございます。天下の江戸のお膝元、この品川宿のそれも宿場の中心地にかまえる旅籠が、まさか押しこみに遭うとは、誰も思いもよらぬことでした。わたしら問屋場の者

も、旅籠の者らもみな大騒ぎでございました。道中方のお役人さまが、血眼《ちまなこ》になって一味の探索をなさっておられますが、もう半月近くがたっても賊の行方はつかめておらぬようで、賊はとっくに上州か野州か、どっかへ行方《ゆくえ》をくらまし、勘定所では触書《ふれがき》を八州の陣屋に廻したとか、そんな話も聞こえております」

「八州に触書をですか」

「すると、勘定所道中方の探索に埒《らち》が明かぬゆえ、ついに町方が支配外の宿場にも乗り出した、というのでございますか」

「そうじゃありません。確かな証拠はないんで詳《くわ》しい話はできませんが、町奉行所に寄せられた島本押しこみの手口に、以前、町方にかかり合いのあった一味の仕業に似たところがあって、町方も島本押しこみの事情を確かめることになった、とまあそれだけのことなんですがね」

「ほう。島本押しこみの手口にでございますか、それは、どのような？」

「別に、珍しい手口ではありません。ですが、わたしら町方は、つまらない事柄や細かい事情が気になる性分《しょうぶん》でしてね。今はまだ、文次郎さんの肚の中だけに仕舞っておいてほしいんです。あくまで念のためですので」

「よろしゅうございますとも。肚の中に仕舞って、外にはもらしません」

文次郎は、羽織の下の角帯をぽんと叩いた。

半刻《はんとき》（約一時間）後、七蔵らは問屋場を出た。

文次郎は七蔵ら四人を、往来にまで出て見送ったのち、店の間の太左衛門と小一郎を奥の部屋に呼んだ。

濡縁に向いて執務《しつむ》用の机がおかれ、机の上に問屋場の帳簿が数冊積んであり、硯箱《すずりばこ》が並んでいる。

文次郎は、その執務机の座につき、傍らに居並んだ太左衛門と小一郎に、江戸の町方は、半月前の島本押しこみの事情を訊きにきたと伝えた。

「念のために確かめるというほどだから、大したことは訊かれなかった。道中方のお役人に、すでにおこたえしたことばかりだった。島本の一件が、道中方の掛であることに変わりはない。だが、萬さまは町奉行所の隠密廻り方でね」

「えっ、隠密廻り方ですか」

小一郎が意外そうに訊きかえした。

「そうだ。だから、道中方には町方の隠密が島本の一件を探っているのは、しばらく伏せておいてほしいと、ご要望なのだ。道中方の調べの障《さわ》りにならないようにと、だいぶ気を使っていたね。それと、小一郎は、島本押しこみの当夜、逃亡した一味の追手に加わったな」

「加わりました。なんの手がかりもつかめませんでしたが」

「それは仕方がないよ。萬さまは、一味が逃れた行方を確かめたいそうだ。おまえ、当夜の道筋を案内して差しあげなさい。午後、こちらにまた見えるそうだ」

「午後ですね。承知いたしました。隠密廻り方ですか。道理《どうり》で町方らしくないわけですね」

小一郎がぶつぶつと呟いた。

「文次郎さん、萬七蔵さまとは、いつごろからのお知り合いなんで」

太左衛門が訊ねた。

「享和《きょうわ》の世が文化の世になった、五年前（一八〇四）だ。太左衛門はまだ宿役人を務めていなかったかな。萬さまが定町廻りから隠密廻りを拝命してすぐに、隠密の調べで品川宿へきた。その折りだ」

「五年前の冬に、わたしは三十で宿役人の勤めを始めました。萬さまは、おいくつなんで」

「あの折りは確か、三十八と聞いたから、今年、四十三歳になるわけだね」

「三十八歳で隠密廻り方に拝命は、ずい分若いんじゃありませんか。江戸町奉行所の三廻りは、背中に胼の入った練《ね》れた町方の役目と聞きましたが」

「若いころから腕利きと、評判だったらしい。萬さまが三十五歳のときに定町廻りに就き、三年後には隠密廻りに役目替えになったのは、御奉行さまが萬は使えると認めたんだろうね」

「御奉行さまが……」

太左衛門が繰りかえした。

すると、小一郎が小首をかしげて訊いた。

「腕利きって、例えばどういう腕利きなんですか」

「わたしも、評判を聞いただけだから、いいか悪いかはわからないよ。萬さまの廻り方の探索は、そういう言い方は語弊《ごへい》はあるが、手段を選ばずというか、危なつかしいというか、評価が分かれてね。普通、町方の旦那《だんな》方は、いかがわしい場所や、そういう場所を住処《すみか》にする無頼な者らを嗅ぎ廻る汚れ仕事は、御用聞や下《した》っ引《ぴ》きにやらせるもんだが、萬さまは自ら汚れ仕事もやって、相当強引な手法も厭《いと》わないらしい。だから、無頼な博徒やならず者らの間では、腐《くさ》れ役人とも、夜叉萬とも、萬さまを呼ぶそうだ」

「夜叉萬？」

「夜叉の萬《よろず》さ。夜叉は正法を守護する鬼人《きじん》だ」

太左衛門と小一郎が、ふむふむ、とそろって頷いた。

「夜叉萬を陰で支えるのが、これも腕利きの御用聞と知られている嘉助親分だ」

「ええ、あの白髪の爺さんが」

小一郎が言った。

「白髪の爺さんで悪かったね。わたしも白髪の爺さんさ」

「あ、いや、そういう意味じゃなくて」

「そういう意味じゃない？　気に入らないね」

「仰る通り、嘉助さんの貫禄《かんろく》に、内心、ちょっとたじろぎました」

太左衛門が言った。

「だろう。嘉助親分はわたしと同い年の六十一歳。萬さまの有能な御用聞、つまり岡《おか》っ引《ぴ》きだね。知恵袋と言っていい。なんでも、若いころは萬さまの親父《おやじ》さんの御用聞を務め、腕をあげたらしい。ところが、萬さまがまだ子供のころ、その親父さんがやくざか博奕《ばくち》打ちかの恨みを買って刺されて亡くなった。それから嘉助親分は、五十すぎまでほかの町方について、そのあと、一時期、御用聞をやめて職人に戻っていた」

「職人ですか。なんの職人なんですか」

「嘉助親分は、日本橋北の本小田原町《ほんおだわらちょう》に、髪結《かみゆい》《よし床《とこ》》を営む腕のいい髪結職人さ。髪結職人の傍ら、町方の御用聞を務めていたのが、元々の髪結職人に戻ろうかと考えていた矢先、定町廻りに就いた萬さまに、やってくれねえかと頼まれた。遠い昔の若い時分に御用聞を務めた旦那の倅《せがれ》だよ。その倅に頼まれて、嘉助親分に断る理由はなかったんだろうね。それから、また五年ばかり、萬さまの御用聞を務め、その間に萬さまは同じ三廻りでも、隠密廻り方に替わった。五年がすぎ、五十八歳になって、嘉助親分もさすがに潮どきと思ったそうだ。三年前、もう歳ですからと、下っ引きに使っていたのを、こいつならと、御用聞を任せて、今度こそ退いたはずだったんだがね」

「任せた下っ引きが、あのもうひとりの若い衆なんですね」

小一郎が口を挟んだ。

「樫太郎さんだ。あの若い衆は、三十間堀《さんじっけんぼり》の木挽町《こびきちょう》で地本《じほん》問屋を営む文香堂《ぶんこうどう》の倅だ。岡っ引きや下っ引きを務める育ちじゃないんだけどね。いずれは戯作《げさく》読本の物書きに成りたいとかで、読本の種集めに嘉助親分の下っ引きを、物好きで始めた。ところが、案外に性根《しょうね》が一本で、気も廻るし動きも早い。嘉助親分に勧められ、本人も萬さまならと、希《のぞ》んで御用聞についたんだが、務めながら物書きになる希みは捨てていないらしい。あれでまだ二十歳《はたち》だからね」

「二十歳か。わたしより七つも歳下ですね。じゃあ、あの年増の姐さんは、どういう素性の？　口数は少ないし、ちょっと見には暗い感じですが、ちょっと見じゃなく、よおく見たら器量よしなんですよ」

「あれはお甲さんだ。あの年増のことは、以前、噂に聞いたぐらいで、詳しくは知らない。どんな経緯があって、萬さまの手先になったのかもさ。歳は、三十か、まだ三十にはなっていないのかもしれない」

「噂、と言いますと？」

「お甲さんの元は、これだ」

文次郎は、懐から財布を摘まみ出す仕種《しぐさ》をして見せた。

「これ？　じゃあ、これで……」

と、小一郎も財布を摘まみ出す仕種を真似《まね》た。

「父親が掏摸《すり》で、牢屋で亡くなったらしい。子供のころから父親に仕こまれ、腕のいい女掏摸だったと聞いたが、父親が捕まったとき、本人もお縄になった。萬さまの手先になったのは、小伝馬町《こでんまちょう》の牢屋敷を解かれてからだ。しばらく、上方にいたこともあるそうだ。いろいろあったらしいがね。小一郎、おまえ、お甲さんに、元はこれで、なんて言うんじゃないよ」

「やめてください。言うわけありませんよ」

小一郎が向《む》きになって言いかえし、太左衛門が話を嘉助に戻した。

「歳だからと、今度こそ退いたはずが、六十一の今も萬さまの御用聞を務めているのは、どういう事情なんですか」

「それはね、たぶん、歳はとっても岡っ引き気質《かたぎ》が騒いで、とても凝《じ》っとはしていられない、そういう性分なんだろうね。髪結《よし床》の主人に戻り、そのよし床を広ノ助《こうのすけ》という親戚の養子に譲って、隠居に納まった。ところが、隠居に納まったつもりが、萬さまに、また頼むぜ、と声をかけられると、即座に合点承知、というわけさ。嘉助親分のおかみさんは、それがうちの人の性分なんだし、こっちも承知で長い間連れ添ったんだから仕方がないよ、と諦め半分で、嘉助親分を見守っているって話も、聞いてるよ」

文次郎は、濡縁の先の穂垣に囲まれた狭い庭へ、ふっ、と笑みを投げた。

三

旅籠の島本は、宿場の本通りから南本宿一丁目と二丁目の境を、東南の海側へと曲がっていく往来の一丁目側に、品川宿では中程度の二階家を構えていた。

本通りからはずれた往来は、途端にひっそりとして、小店《こだな》がつらなる中に、島本の前だけが、少し賑《にぎ》わっているばかりだった。島本の広い前庇が往来へせり出し、二階の出格子に閉《た》てた障子戸が白々と並んでいる。

「あれだな、親分」

七蔵が前方へ向いたまま、後ろの嘉助に言った。

「のようですね」

嘉助がこたえた。

「案外に落ち着いた様子だな。半月前の災難をまるで感じさせない」

「本通りの旅籠の派手さはなくとも、確かに様子のいい旅籠ですね。ここら辺の旅籠は、島本一軒だけのようです。だから、狙われたんですかね」

嘉助は往来を見廻した。

「親分、一味はおそらく、島本が押しこみには手ごろだと、前以て目星をつけていたんだろうな」

「そう思いやす。あんまり目だたねえ往来に構える、品川じゃあ中程度の旅籠でも、老舗で定客がついて儲《もう》けは悪くはねえ。本通りの女郎衆を多く抱えた大きな旅籠は稼ぎになるでしょうが、客や女に騒がれちゃあ、却《かえ》って面倒になりかねません。そいつを秤《はかり》にかけて、島本を狙った。そうじゃありませんか」

「一味が島本の内情を、前以てじっくりと探っていたなら、この近辺のそう遠くはないどっかに、一味の住処《すみか》か、仮の宿があったはずだ」

「だとしても、一味はとっくに引き払っているでしょうね。普通なら……」

「普通ならな」

七蔵は島本の前まできて歩みを止め、表側の構えをゆっくりと見廻した。

庇下の間口は、周辺の店と比べてゆったりと広めだった。

前土間はなく、往来に向けて開け放った表から、店の間と台所の板間の間を、通路が奥へ通っていた。

中店《ちゅうみせ》にしては、店の間は広々としていた。往来側には板縁が設えてあり、両天秤の荷を足下においた行商《ぎょうしょう》が板縁に腰かけ、煙管《キセル》を吹かしていた。

一方の台所の板間は、往来側に縦格子の煙出《けむだ》しがあって、大きな竈《へっつい》や、膳《ぜん》や碗や皿、重箱などが棚に並んでいた。

前庇の下に炭俵《すみだわら》を積んだ荷車が停まり、頰かむりの人足らが、炭俵を通路の奥へかついでいくのを、年配の宿の男が指示を出していた。

島本の屋号を印した看板はないし、まだ泊り客のない午前の刻限で、柱や長押《なげし》には、泊り客の着板《ちゃくばん》なども下がっていなかった。

三人の下女《げじょ》が、店の間続きの部屋の掃除をやっていた。店の間から続く部屋の間仕切は全部引かれ、一番奥の部屋の両開きになった腰付障子の向こうに、宿の中庭まで見通せた。

旅籠の背戸《せど》側は、もう品川の海に違いなかった。

年配の宿の男は、炭俵を運んでいる人足らから往来の七蔵ら四人へ向き、軽く辞儀を寄こした。七蔵は宿の男に会釈をかえした。宿の男は人足らに、「終ったら言っておくれ」と伝え、七蔵らのほうへ近寄った。

「おいでなさいませ。こちらは旅籠の島本でございます。宿をお探しでございますか。それとも、島本になんぞご用でございましょうか」

「江戸北町奉行所の、萬七蔵と申します。こちらの女将さんに取次を願います」

「は、はい。江戸北町奉行所の、萬七蔵さまで……」

男は七蔵から、嘉助、お甲、樫太郎を、戸惑い気味に見廻した。四人の軽装の旅拵えは、町奉行所の御用を務める様子には見えなかった。江戸北町奉行所のといきなり言われても、と男は用心した。

「わたくしは、当宿の接客を任されております浩助《こうすけ》でございます。江戸の町奉行所のお役人さまが、女将さんにどのような御用で、ございましょうか」

「浩助さん。往来で御用の話は、はばかられます。女将さんは櫂さんですね。女将さんに今月朔日の一件で、とお伝えください。ご不審なら、問屋場差配役の文次郎さんにお確かめください」

「さ、さようで。ご無礼を申しました。ただ今、女将さんに伝えて参ります。少々お待ちいただきますように」

と、いきかけた浩助に板縁の行商が煙管を莨《たばこ》入れに仕舞い、腰をあげた。

「浩助さん、もういきやす。ありがとうございやした」

「そうかい。またおいで」

「へい。女将さんによろしくお伝えくだせえ」

「ああ、伝えておくよ」

そこへ、炭俵を運び終えた人足らが庇下に戻ってきた。

「浩助さん、全部運びやした」

「ご苦労さん。茶を出させる。ちょっと休んでおいき。女将さんに、こちらの御用を伝えてからすぐ戻って、書付をわたすから」

と、浩助は草履を小走りに鳴らして、通路の奥へ引っこんだ。

ほどなく、黒の喪服《もふく》に装《よそお》った女将が、姉弟と思われる童女《どうじょ》と童子《どうじ》の手を引き、浩助を従え、広い前庇の下へ出てきた。

丸髷《まるまげ》の下の二重の大きな目や、すっとした鼻筋にぽってりとした唇《くちびる》の目鼻だちは、端正《たんせい》すぎるのが却って、女将の相貌《そうぼう》に冷やかさを、むしろ険しささえ感じさせた。それでいて、女にしては背の高い痩身《そうしん》が、喪服の悲しい彩《いろ》に痛々《いたいた》しいほど似合っていた。

なるほど。器量よしと評判の女将か。

七蔵はつい見惚《みと》れた。

女将に手を引かれた子供らは、どちらも人形のように整った、綺麗な顔だちの姉弟だった。姉が七歳の笹江《ささえ》、弟が五歳の太一《たいち》、と問屋場の文次郎から聞いた。

笹江は父親似なのだろう。太一は母親に似ていた。

姉弟とも、父親・左吉郎の突然の不幸が、心の重しになっているのに違いなかった。母親の手を放さず、七蔵らを不安そうに見つめていた。

女将が、左右の子供らへ小声をかけて手を放すと、子供らはすぐに、後ろの浩助の手をとった。

店の間の板縁に腰かけた荷車牽きの三人の人足が、下女の出した茶を一服しつつ、女将と七蔵らの様子を眺めている。

女将は七蔵へ向き、指の長い白い手をそろえ、喪服の前身頃《まえみごろ》へあて、丁寧な辞儀をした。

「萬さま、お役目畏れ入ります。当島本の女将を相務めます、櫂でございます。萬さまの御用は、今月朔日の一件のお調べと浩助が申しました。念のためおうかがいいたします。宿場は勘定所道中方の御支配でございます。道中方のお役人さまのお調べが、すでにございました。江戸町奉行所が、改めて一件のお調べなおしをなさるのでございましょうか」

櫂が低い声をやわらげて言った。

「道中方と同じ事情を訊くことになります。ですが、町方が調べなおすというのではありません。調べる一件が同じというだけで、面倒でも、道中方は道中方、町方は町方、別々の調べとお考えください。よろしいですね」

櫂は黒目がちな目にためらいを浮かべつつも頷いた。

「では、お入りください」

櫂は七蔵から、嘉助、お甲、樫太郎に、みなさまもどうぞ、というふうに会釈を送り、通路へとった。

姉弟は浩助の手を放し、櫂より先に通路を駆けていった。


宿は、往来側と同じ二階家が、灌木《かんぼく》や石灯籠《いしどうろう》、松の木などが枝を躍らせている中庭を隔てて、品川の海が開けた海側に建っていた。

客の部屋は、往来側の二階と海側の一階と二階で、往来側の二階は、商用の客や寺社参りの参詣客《さんけい》、島本を定宿とする行商、振りの客などが宿泊した。

眺めのよい海側の部屋には、間仕切をとって、書画や骨董《こっとう》の品評会、江戸からわざわざくる通人《つうじん》らの句会、また泊りがけの酒宴などを開く座敷があり、また島本抱えの女郎衆と戯《たわむ》れるのも、海側の部屋であった。

往来側の一階は、客を迎える店の間、台所、納戸部屋に内証《ないしょ》と薪《まき》や炭、酒や醤油の樽《たる》、米俵などを収納する土蔵《どぞう》、使用人の部屋があり、狭い廊下を隔てて、主人一家の部屋に、仏間《ぶつま》と今は空部屋《あき》になっている隠居部屋が続きになっていた。

往来側と海側を、平屋の渡り廊下がコの字形の矩形《くけい》に結び、渡り廊下側には湯殿《ゆどの》と厠があった。ただ、中庭の反対側には渡り廊下はなく、板塀が中庭を囲い、愛想のない板塀の目隠しに、竹林が繁っていた。

竹林で隠された板塀に潜戸《くぐりど》があって、隣家との境の路地から潜戸を通って中庭に入ることができた。

半月前の押しこみは、客も女郎衆も使用人らも主人一家も寝静まった丑三《うしみ》つ(午前二時)の刻限、その板塀を一味の者が乗り越え、潜戸の閂《かんぬき》をはずし、仲間を中庭へ易々と引き入れた。一味は中庭側から、主人一家の住居へ侵入してきた。

すなわち、一味は島本の庭や旅籠の間取りを知っていた。初めから島本を狙った押しこみだった。

七蔵らは、主人一家の住まいの、中庭に面した六畳間へ通された。

腰付障子が開けられ、中庭の松や灌木のほかに、庭の一隅ではさつきの赤紫の花が咲き、さつきのそばで遊んでいる笹江と太一が見えていた。

三人の下女が海側の部屋の布団を、廊下の手すりにかけて干していた。

屋根庇の上に、青い空が高い。

女将の櫂と七蔵らが向き合っているところへ、荷車牽きの人足らとの用を済ませてきた浩助が、部屋の間仕切を引き、「失礼いたします」と部屋へ入り、櫂の後ろに畏まった。

「宿のお客さまに怪我人が出なかったことは、不幸中の唯一《ゆいいつ》の幸いでした」

と、櫂は話を続けた。

「あの日のお客さまは、海側の離れが三組で、夜ふけまで賑やかな酒宴を開いておられましたひと組が六人連れ。それから二人連れのお客さまと、おひとり様でございました。そちらの二組は、女郎衆を呼ばれてすごされました。離れのほうではずい分遅くまで話し声や笑い声が聞こえ、寝静まったのは、子《ね》の刻（午前零時）を廻っておりました。往来側の本棟の二階のお客さまは、小僧《こぞう》さんを連れたお二人と、おひとりの二組でございます。二組とも江戸のお店の方で、島本を定宿にしていただいております。いつも早朝に発たれますので、その夜も早々にお休みになられました」

「押しこみに気づいて、騒いだ客はいなかったんですね」

櫂が七蔵に頷き、物思わしげな間をおいた。

「わたしと主人が気づいて目覚めたときは、一味はもう寝間《ねま》に押しこんでおり、助けを呼ぶ間もありませんでした。そのときは、人数は三人でした。三人とも目ばかり頭巾で顔を隠して菅笠をかぶった頭らしきひとりが、片手に蠟燭《ろうそく》を一本にぎり、片手に鉄砲をかざしておりました」

「鉄砲は、短筒ですね」

「はい。火縄の煙が白く見え、嫌な臭《にお》いがしました。その男が子供らに鉄砲を向け、騒ぐな、騒ぐと子供を真っ先に始末すると、低く太い声で脅したんです。主人とわたしは、刀を首筋にあてられ、大人しくするしかなくて。でも、子供らが目覚めて怯えて泣き出したのを、わたしが慌てて掌《てのひら》で口を押さえ、声を出しちゃいけないって、静かにさせました」

「使用人らのほうは、どういうふうに？」

「そっちは、あたしが……」

と、浩助が櫂に代わって言った。

「使用人の男衆は、あたしと代吉《だいきち》という若い衆の二人に、島本の抱える女郎衆が三人。それに、下働きの婢《はしため》が二人。接客の中働きの女が四人でございます。婢は二人とも通いで、夜はおりません。当夜は、女郎衆は離れの客のお務めでございましたので、あたしと若い衆が納戸部屋、中働きの女四人が、納戸部屋と通路を隔てた女中部屋で寝ておりました。女将さんが仰ったように、そこへ賊が押しこんだと気づいたときは、刀を喉元にぴたりと突きつけられ、声を出すな、出したらひと突きだぞ、と目ばかり頭巾の賊のぎらぎらした目に睨まれ、恐ろしくて息をすることもできないあり様でございました。隣の代吉も同じで、勘弁勘弁、と怯えているのを、黙りやがれと、刀の柄でしたたかに打たれ、あとはもう、声を殺してめそめそしておりました。女中部屋からも短い悲鳴があがって、少しどたばたするのが聞こえましたが、すぐに静かになって、二階のお客さまには気づかれなかったようでございます」

「宿の料理人は、どなたが？」

「お客さまにお出しする膳の支度は、旦那さまが献立《こんだて》をお決めになり、女将さんが手伝われて、包丁は旦那さまがにぎっておられました。旦那さまは、一流の料理人でもございましたので。大人数の酒宴の折りは、臨時の手伝いを雇うことはございましても、普段は旦那さまと女将さんに、お任せしておりました」

「ご主人が亡くなって、初七日の法要が済んでから、四十九日を待たずに泊り客を入れていると聞いています。お客に出す膳は、どうなっているんですか」

「今はわたくしが、お客さまの膳の支度をしております。何年も夫の手伝いをしておりましたので、見様見真似《みようみまね》で、なんとか……」

櫂がこたえ、浩助が感心した素《そ》ぶりで言い添えた。

「そうなんでございます。見様見真似と仰られますが、女将さんの料理の腕も、相当なものでございますよ。修業を積んだ一流の料理人の腕前でございます」

「わかりました。それで、話を続けてください」

七蔵は、浩助から櫂へ目を向けた。

四

賊は手際よく、左吉郎と櫂夫婦、幼い笹江と太一まで後手《うしろで》に縛り、猿轡《さるぐつわ》を嚙ませた。一家四人は、寝間の隅に固まって坐らされた。子供らは怯え、櫂に寄りかかり震えていた。

櫂は二人の子供らに頷きかけて励《はげ》まし、この子らを守れなかったら自分も生きていない、と決めていた。

そこへ、浩助と代吉、中働きの四人が、同じように後手に縛《いまし》められ、猿轡を嚙まされ、櫂らのいる寝間に連れてこられた。

目ばかり頭巾の賊は新たに四人いて、使用人らの首筋や肩へ白刃《しらは》をあて、逆《さか》らったら容赦なくぶった斬るぜ、という態《てい》だった。

賊は、主人一家と使用人らをひと塊《かたまり》に、寝間の一角に坐らせた。

代吉は痛い目に遭わされたらしく、髷が歪み、目の下が腫《は》れていた。女のひとりが、声をひそめて泣いていた。

蠟燭をにぎった頭が、低い声をいっそう低く凄《すご》ませた。

「いいか。言う通りにしてりゃあ、おめえらに手は出さねえ。生かしといてやる。けどな、ちょっとでも逆らいやがったら、ただじゃあおかねえ。片っ端から始末してやる。覚悟しろ」

「てめえ、見るんじゃねえ」

賊のひとりが、中働きの横っ面《つら》を激しく張り飛ばした。島田《しまだ》の髪が乱れ、中働きは、ひい、と声を絞《しぼ》って身体を縮めた。みな顔を伏せ、賊と目を合わさないようにした。

「主人はおめえだな。よし、縄を解いてやれ」

頭が命じ、賊のひとりが左吉郎の縄を解いた。頭は短筒の銃口を左吉郎のこめ

かみに押しあて、

「立て。島本の有金を出せ。ぐずぐずするな」

と、こめかみを突いた。

左吉郎は、縄を解かれた手首を擦《こす》りつつ、観念して頷いた。寝間の間仕切を引き、頭と仲間のひとりを寝間続きの仏間へ導いた。仏間の納戸に仕舞っていた。左吉郎は納戸から、銭箱を両手で抱えてとり出し、仏間の畳においた。

銭箱は欅板《けやきいた》の二重底の造りで、上蓋《うわぶた》に鍵がかかっていた。

「鍵をはずせ」

仏間に箪笥《たんす》があり、左吉郎はその抽斗《ひきだし》の奥から鍵をとり出し、上蓋の鍵をはずした。銭箱の上蓋は、開くのではなく引き開ける造りで、左吉郎が上蓋を引き開けると、頭が左吉郎を、「さがれ」と突き退け、蠟燭の火を近づけた。

蠟燭の火が、ひとくるみの小判、わずかな金貨と銀貨、そして、数本の銭緡《ぜにさし》の銭を照らした。

「なんだ。老舗の旅籠がこれっぽっちけ。大したことはねえな。まあ、こんなもんだろう。こいつは二重底だな。何が入《へえ》ってる」

頭が二重底を引き出すと、抱えの女郎衆の証文や、手形切手《てがたきって》などが重ねてあった。頭は二重底の抽斗を投げ捨て、それらの紙片を畳に散らした。そして、

「こんな紙切れはおれたちに用はねえ。終りだ。方《かた》をつけろ」

と、仏間の仲間に目配せして、左吉郎へ顎をふった。途端、仲間はそれを承知していたかのように、

「それっ」

と、納戸の前で為《な》す術《すべ》なく佇んでいた左吉郎の肩から背中へ、いきなり長どすを浴びせた。左吉郎は不意を衝《つ》かれ、身をよじって横転した。

寝間からそれを見ていたみなは、恐怖に慄《おのの》いた。

横転した左吉郎へ止《とど》めを刺そうとするのを、櫂は猿轡の下で悲鳴をあげ、咄嗟に立ちあがりかけた。

と、それより先、代吉が恐ろしさに耐えきれず、暴れ馬のように突っ走り出した。一味の間をすり抜け、ひとりが追い打ちにふるった長どすに腕を斬られながら、われを忘れて寝間の障子戸を蹴破《けやぶ》って、廊下へ飛び出した。そこへ、
どん。

と、頭が仏間から代吉の逃げる廊下へ出て、短筒を放った。

代吉はつんのめって転倒し、床を震わせて通路の土間へ転がり落ちた。

宿の客が騒ぎに気づいたのは、そのときだった。なんだ、どうしたんだ、と声が聞こえたが、頭は左吉郎に止めを刺そうとした賊へ、廊下から喚いた。

「やっちまえ」

賊は左吉郎へ向きなおった。

しかしそのとき、左吉郎は最期の力をふり絞り、納戸のほうへ転がって、銭箱とともに仕舞っていた中脇差《ちゆうわきざし》をつかんだ。左吉郎は懸命に上体を起こして鞘を払い、ふり向き様に賊の腹へ突き入れた。

左吉郎の突きと、賊の浴びせた止めの一撃が相打ちになった。

左吉郎は血飛沫《ちしぶき》を噴き、賊は腹に突き入れられて絶叫をあげた。一歩、二歩、とたじろぎ、どしん、と尻餅をついた。

頭は尻餅をついた仲間から、櫂へふり向き、目ばかり頭巾の目を怒りに燃えたたせて睨みつけた。そして、櫂を睨みつけたまま怒鳴った。

「くそ。引きあげだ。誰か、銭箱を持て」

仲間の二人が尻餅をついた賊の両脇をとり、左右から抱えあげて引き摺《ず》っていき、ひとりが銭箱を抱え、一味は呆然《ぼうぜん》としている櫂らと左吉郎と代吉の亡骸を残し、たちまち姿をかき消した。

宿の客の騒ぎが大きくなり、それから、往来でも人が騒ぎ始めていた。

「押しこみだ。島本が押しこみに襲われた」

大声で叫びながら、人が往来を走っていった。


「一味が姿を消してほどなく、半鐘が鳴らされました。わたしは、真っ暗な仏間の主人の亡骸のそばで、ただ凝っと坐ってぼんやりしていたら、半鐘が、とてもけたたましく鳴り始めたんです。子供たちが、わたしのそばにきてぴったりと身体を寄せていましたので、わたしと子供たちは助かったんだと、半鐘の音を聞いてわかりました。主人には申しわけないけれど……」

櫂が潤《うる》んだ目を、中庭で遊ぶ笹江と太一へ向けて言った。

「夜明けにはまだ遠い真っ暗な刻限で、あっという間の出来事でございました」

浩助が、思い出すのもつらそうにうな垂《だ》れた。

腕組みをして聞いていた七蔵は、腕組みを解いて言った。

「一味は、中庭の塀を乗り越えて侵入したが、姿をくらましたのは、表からだったんですね」

「わたしたちは縛られたままでしたし、恐ろしくて追いかけることもできませんでしたから、見てはおりません。でも、ご近所の方々が駆けつけてくださって、表側の板戸がはずされたままだったと聞きました。それに、主人に刺された賊の血が、土間から往来へ点々と続いておりました」

「血の跡がはっきりと残っていて、賊の疵は相当深手のようですね」

「はい。そうだと思います」

「旦那さまと賊が相打ちになり、賊は刀を落として、腹に突きたった刀を素手でにぎって坐りこんだんでございます。二人が両腕をとって起きあがらせ、引き摺って慌てて逃げていきました。報《むく》いを受けたんでございますよ」

浩助がまた言い添えた。

「一味は全部で七人。問屋場の文次郎さんに聞いたところでは、隣の境の路地に足跡が残っていて、たぶん、ひとりが中庭の板塀を乗り越え、潜戸の閂をはずして残りの仲間を引き入れた。路地を通って海岸へ出られますね。しかし、一味は路地を海のほうへは逃げず、表の往来のほうから逃げた。ということは、船を使って海辺から陸《おか》にあがってきたんじゃない。どっからきて、どこへ姿をくらましたのか。今ごろは上州あたりまで逃げたか、それとも……」

櫂と浩助が七蔵に頷いた。

やおら、七蔵は「親分はどう思う」と隣の嘉助に言った。

「押しこみの狙いは、島本の銭箱を奪って、宿の客が気づいて騒ぎ出す前に、まだ寝静まった表の通りを、易々《やすやす》と姿をくらます。そのはずだったのが、左吉郎さんに手をかけ、思わぬ成りゆきで騒ぎになり、一味は慌てて逃げ出さざるを得なくなった。賊は銭箱を手に入れたのに、なぜ左吉郎さんに手をかけた」

「確かに、一味の狙いは老舗の島本の銭箱を奪って速《すみ》やかに、邪魔が入る前に姿を消す。そのはずだったし、上手く運んでいた。なのに、余計なことをしたばっかりに騒ぎが起こって、仲間も手疵を負った。つまり、賊はつまらねえ縮尻《しくじり》をやらかしたと、言えなくもありやせん。ただ……」

「ただ、なんだい」

「女将さん、ひとつおうかがいいたしやす」

嘉助が櫂へ顔を傾けた。

「短筒を手にした賊の頭らしいのが、終りだ、方をつけろ、と手下に言って、そいつはご亭主の左吉郎さんを手にかけたんでしたね。女将さんは、それがどういう意味か、おわかりなんですか。何が終りで、なんの方をつけるのか、その意味をご存じなんですか」

え？　というふうに櫂は戸惑い、首をかしげた。

「さっき、女将さんがそれを仰ったとき、気になったんですがね。一味の頭は、押しこみの仕事は終りだ、だから、さっさと方をつけろと、あっしには頭がそう言ったように思えるんですよ。つまり、頭が指図をして、手下がご亭主に手をかけた。女将さん、ということは、そもそも方をつけるのは、ご亭主の命を奪うことだったんじゃあ、ねえんですか」

櫂と浩助が、呆気《あっけ》にとられた様子を見せた。

「女将さん、ご亭主が誰かの恨みを買っていたとか、誰かとの間でごたごたに巻きこまれていたとか、そういうことはありませんか」

「いいえ。恨みを買っていたとか、ごたごたに巻きこまれていたとか、そういう人ではないと思います」

櫂は呆然としながらも言ったが、浩助はうな垂れて考えこんだ。

「子供たちにはよい父親でしたし、品川宿で代々続く島本を、老舗の旅籠の看板を損なうことがないように、でも、看板を守るだけではなく、少しでもよくしていこうと、そういうことしか考えていない人でした。ですから、恨みを買うとか、ごたごたに巻きこまれているとか、それはないと思います」

「女将さん、ご主人が亡くなり、今はまだ七七日《しちしちにち》の中陰《ちゅういん》です」

と、七蔵が言った。

「初七日の法要が済んで旅籠を再開してお客を入れていると、聞いています。大方のお店は、満中陰の法要を済ませるまでは忌中で、喪に服します。それぞれの事情がありますので、おかしいというわけじゃありませんが、島本が早々に旅籠を再開したのは、再開を急ぐ事情があったんですか」

「いえ。そうではありません。こんなことになりましても、島本を定宿にしてくださる商人のお客さまや、島本を宿にと、季節ごとの品川の風流を楽しみに、江戸から見えるお客さまもおられます。そういうお客さまが、このたびの一件を噂に聞いて、島本に泊れるならいつでも泊てもらうよと、心配してわざわざ品川まで訪ねてこられて、声をかけてくださいます。今はまだ中陰の忌中ですけれど、贔屓《ひいき》にしてくださるお客さまの申し入れに、どうおこたえしたらいいのか、浩助と相談いたしました。夫や代々の島本の主人なら、お客さまのお気持ちを大事にして、わざわざ訪ねてくださるお客さまに泊っていただくに違いない、と浩助が申しましたので、島本を開けることにいたしました。それに、先々代の忌中の折りは、牛頭《ごず》天王社《てんのうしゃ》の祭礼の期間と重なって、まだ夫の生まれる前のころでしたけれど、夫の父親は、初七日の法要を済ませたのち、お客さまをお泊したと聞いたことがあります」

櫂がこたえ、浩助が続けた。

「お客さまに忌中の事情をお伝えして、女将さんのご挨拶など表だったことは、遠慮しております。それから、酒宴や書画の品評会などの申し入れはお断りしておりますし、抱えの女郎衆にも、旦那さまの満中陰までは慎《つつし》むようにと言うております。それでも、宿の収支の勘定やお客さまにお出しする膳の支度とか、南本宿の旅籠仲間の寄合などは、女将さんを煩《わずら》わせねばなりませんが、女将さんに代わってできる限りのお客さまの応接は、わたくしがいたしております」

「それで、女将さんおひとりが、喪服を着けておられるんですね」

櫂は黙って頷いた。

「今、泊り客はどれほどで」

「今は数日前からお泊りの、相州の馬喰《ばくろう》のお客さまがおひとりです」

「馬喰のお客が、ひとりですか。それで宿の収支は合うんですか」

「合うわけは、ございませんよ。島本を開けるよう、女将さんにお勧めしたのは間違いでございました」

と、浩助が情けなそうに肩を落とした。

しかし、櫂は浩助に頬笑《ほほえ》んだ。

「いいんですよ、浩助。儲けを出すために開けているんじゃありません。定宿にしていただいているお客さまがいらっしゃるだけでも、ありがたいことです。収支の合わないのは、承知のうえです。喪が明けるまでの辛抱《しんぼう》です」

「いらぬお節介をお訊ねしやす。島本を開けている掛《かかり》は、泊り客があってもなくても要り用になりやす。島本の銭箱を押しこみに奪われて、そっちはどのように算段をつけていなさるんで」

と、嘉助が訊いた。

「わたしたちに同情して、支払いは落ち着いてからでいいと、言ってくださる業者さんはいらっしゃいますし、当面の資金繰りにと、融通《ゆうずう》を申し入れていただいたお客さまのお陰で、なんとか算段をつけております」

「融通をね。それはどういうお客で」

「手広く、いろんな方に融通をなさっておられる江戸のお客さまです」

「そちらの融通については、わたくしは女将さんにあまりお勧めできませんが」

浩助がちょっと顔をしかめた。

「わかっています、浩助。島本の営みに障りになるほどの融通を受けるのではありません。お客さまが心配して言ってくださったんですから、ご厚意《こうい》を無にはできないじゃありませんか。どうせ、資金繰りはしなければならないんです」

「そのお客とは、もしかして、高利で金を貸す金貸ですか」

七蔵が質《ただ》すと、櫂は少し憂い顔を見せた。

「一年ほど前から、島本を贔屓にしてくださって、酒宴なども何度か開かれ、子供たちもなじんで、可愛がってくださいます」

櫂は、笹江と太一が大人しく遊んでいる中庭へ、憂い顔をやった。

「江戸の高利貸ですね。誰ですか」

「邑里総九郎《むらさとそうくろう》さま、と仰います。江戸の芝口《しばぐち》一丁目に立派なお住まいがあって、大店のご主人やお役人さまの間でも顔が広く、このごろは、品川宿でもよく知られた方です。一件があって、邑里さんはすぐにお見舞いにきてくださいました」

七蔵と嘉助は顔を見合わせた。後ろの樫太郎とお甲が、

「姐さん、邑里総九郎を知ってるかい」

「うん、知ってるよ。かっちゃんは」

「あっしも知ってる。島本さんの定連なのか」

と、ひそひそ声を交わしている。

「そうでしたか。役人にも顔が広いと仰る通り、芝口一丁目の邑里総九郎さんの名前は、わたしも知っています。つき合いはありませんがね。品川宿で邑里総九郎さんがよく知られているとは、思いませんでした。親分はどうだい」

「あっしも初耳です。島本さんの定客だったとは、偶然ですね」

嘉助がこたえたとき、浩助がためらいがちに言った。

「邑里さんは島本を贔屓にしてくださる定客、というわけではございません。と申しますのも、邑里さんは品川宿の南本宿に新しく遊戯場《ゆうぎじょう》を開いて、品川宿を東海道《とうかいどう》の宿場の役割だけでなく、江戸からもお客さんを沢山呼んで盛りあげ、北の吉原《よしわら》より大きな、江戸の南の盛り場にして儲けようじゃないかと、お考えのようでございます。そういう目論見《もくろみ》があって、一年半ほど前から足しげく品川宿へこられて、旅籠や送り茶屋《ぢゃや》の旦那衆やら、宿場以外の町家の名主さんやらともしばしば談合をなさっておられます。それで島本にも……」

「遊戯場でやすか。品川宿に許されている女衆は、三ヵ宿全部で五百人と、定められておりやす。実際には、どちらの旅籠もお定めの倍以上の女衆を抱えているのは、みな知っておりやすがね」

「島本は、お亡くなりになった旦那さまのお考えで、抱えの女衆はお定めの三人から、せいぜい四人までにしております。島本は女衆と戯れるより、品川の海のよい景色を眺めつつ、美味《おい》しい料理と酒を味わい、島本のいき届いたおもてなしに寛《くつろ》ぐのがよいと、言っていただくお客さまが多いのです」

「するってえと、遊戯場を開くってえのは、旅籠のほかに、女衆を抱えた茶屋を品川に開くとかで」

「詳しくは存じませんが、邑里さんの目論見は、そっちではなく、どうやらこっちのようでございます」

浩助は、壺をふる仕種をして見せた。

「賭場を？　しかし、博奕は御禁制《ごきんせい》だし、旅籠の二階でひっそりと開帳《かいちょう》するぐらいなら、お役人も見逃がしているでしょうが、遊戯場を開いて博奕に興《きょう》じるというのでは目だって、お役人も見逃がしちゃいないでしょう」

「さあ、どうなんでございましょう。邑里さまは、勘定所の道中方のお役人さまにもお顔が通り、いろいろな手蔓《てづる》をお持ちのようですので」

「道中方の役人ですか。それはどなたで」

七蔵が聞くと、浩助は即座に言った。

「道中方組頭《くみがしら》の福本武平《ふくもとぶへい》さまとは、だいぶ懇意《こんい》にしておられます」

「道中方組頭の福本武平？」

七蔵は訊きかえしたが、櫂がさり気《げ》なく遮《さえぎ》った。

「浩助、それまでに。邑里さんには邑里さんのお考えがあって、なさっているのですから、宿の者がお客さまの事情も知らずに言うのは、よしましょう。お役人さま、わたしどもは噂や評判を聞くばかりで、邑里さんがどのような遊戯場をお考えなのか、確かなことは存じません。詳しい事情は、邑里さんにお訊き願います」

「そりゃそうだな、親分。そっちは道中方に任せておいて、こっちは押しこみ一味の行方を追うのが仕事だ」

「へい。押しこみ一味をとっ捕まえにきたんですからね」

「ところで女将さん、念のためにうかがいます。さっき、浩助さんが言われましたね。問屋場の文次郎さんにも聞いています。島本は、南本宿の旅籠仲間の元締役を、代々務めてきたんですね」

「はい。島本は大旅籠ではありませんが、享保《きょうほう》（一七一六〜三六）のころに四代前が旅籠を始めて、南本宿では一番古い旅籠です。明和《めいわ》（一七六四〜七二）の年に南本宿の旅籠仲間ができたとき、島本の三代目が元締役を任され、以来ずっと元締役を務めています。夫がこうなってしまいましたので、寄合にはわたしが出ないといけません」

「もっともだ。元締役が出ないんじゃあ、話になりませんよ。南本宿は大中小の旅籠を合わせて四十軒。口うるさい旦那衆を相手に、女の身で大変でしょう。邑里総九郎の遊戯場を南本宿に構える件も、寄合の話に出たんじゃありませんか。遊戯場ができたら、江戸からくる客も増えて旅籠が潤うとか、博奕目あての無頼な渡世人が増えて、宿場が物騒になるとか」

「出てはいます。でも、まだ確かな話ではありませんから」

寄合の話に、櫂は気乗りがしないようだった。だが、ふと、思いついたように言った。

「あの、お調べで宿をおとりになるなら、どうぞ、島本にお泊りください。大したおもてなしはできませんが、ここが宿ですと、お役人さまのお調べに、何かと都合がいいのではありませんか」

それから、庭の笹江と太一へ顔を向けた。

「子供たちも、そのほうが安心でしょうし……」

櫂の膝の白い手が、ほんのかすかにだが震《ふる》えていた。夫を喪《うしな》ったあと、島本を守っていかなければならない女将らしく、気丈《きじょう》にふる舞ってはいても、内心はさぞかし心細いのに違いなかった。

無理もない、と七蔵は庭の光の下で遊んでいる子供らを見遣った。

五

午後の空に天道《てんとう》がかかり、目黒川の土手道に夏の初めの明るい日射しを落としていた。夏らしく暑い日ではあったが、とき折り吹く川風が心地よく、土手道の木々を音もなくゆらしていた。

居木橋《いるぎばし》をすぎ、目黒川対岸の北東側は、下《しも》大崎村から上《かみ》大崎村へと続き、田植を終えたばかりのまだ水を張った田地が川沿いにつらなっていた。田地の向こうには白銀台《しろかねだい》の町家や寺院の堂宇《どうう》、武家屋敷の瓦《かわら》屋根が木々の間に望めた。

此岸《しがん》の南西側はもう荏原郡《えばらごおり》で、谷山《ややま》村、あるいは桐谷《きりがや》村のほうへいける。やはり青い田地が幾重《いくえ》にも重なって、彼方の小さな森や集落が夏空の下に見わたせた。

「宿場の各町家の町役人やら、わたしら問屋場の役人も追手に駆り出されました。問屋場には鉄砲も備えており、賊が鉄砲を使ったと知れましたので、鉄砲をかついだ者も一人加わって、中の橋の袂《たもと》におよそ二十人以上がそろいました。みな捕物道具と提灯《ちようちん》を手にして、血が点々と続く目黒川のこの土手道を上流のほうへ追ったんです。居木橋のあたりまではわかったんですが、そっから先は血の痕は消えて、一味がどこへ姿をくらましたのか、見当もつきません」

問屋場の小一郎が、七蔵と嘉助、お甲、樫太郎の四人を案内して、居木橋をすぎ、なおも上流の谷山村のほうへ向かっていた。

「北か南か西か、徒歩《かち》ですからそう遠くへいけないでしょうが、東の品川宿以外、逃げ道はいくらでもあります。わずか二十数名が追ったところで、どうにかなるものではありません。この先は谷山村で、次が目黒不動《ふどう》のある下目黒村です。もっとも、このまま上流にいけば、ですが。萬さま、どうしますか。このまま先へ、いきますか」

「橋を渡って、大崎村のほうへはいかなかったんで」

七蔵は小一郎を見かえった。

「居木橋あたりで血の痕が辿《たど》れなくなって、二手に分かれて、一手は大崎村のほうへ向かうことも相談しました。ですが、二十名ほどを二手に分けたら、追手は半分の十名ほどになります。押しこみの一味は、ひとり怪我人がいるとしても、総勢七人。もしも、分かれた一方が一味に出くわしたら、鉄砲も備えた凶悪な賊を相手に、捕まえるどころか、追手のほうに怪我人や死人が出かねないとみなが反対しまして、二手に分かれる手だてはとっていません」

「確かにそうだ。そいつは危ない」

「とにかく、賊が居木橋あたりまで、この堤道《つつみみち》を逃げたのは間違いありません。けど、その先がさっぱりつかめない。夜明けまでまだだいぶ間のある刻限でしたので、これ以上あてもなく闇雲に追っても、賊が見つかるとは思えない、道中方のお役人さまがきてから、指図に従うことにしようと話がまとまって、一刻《いっとき》（約二時間）ほどで品川宿へもどりました」

「賊が船を使ったとは、考えられませんか」

「それもないとは言えませんので、当然、道中方のお役人さまも、目黒川の河岸《かし》場《ば》を、ずっと上流まで訊きこみをして廻ったと聞いています。残念ながら、怪しい船が見かけられた話は、まったく聞けなかったようです」

「目黒川で、漁《りょう》はやらないんで」

「川漁師はいます。確かに、暗くなってから船に明かりを灯して、川中に網《あみ》を投げています。夜明け前に品川の市場《いちば》に運んで、水揚《みずあげ》するんです。六郷川《ろくごうがわ》のような大きな川ではありませんから、数は少ないですがね。当然、訊きこみは漁師にもあたっているはずです。とにかく、船を使った場合も考え合わせて、川筋も全部調べて、一味の尻尾《しっぽ》はつかめなかったようです。何しろ、真っ暗闇の刻限です。仮令《たとい》、川筋をさかのぼって逃げられたとしても、仕方がありませんよ。もう半月ほど前ですから、一味は今ごろ上州あたりでしょうね」

小一郎は白《しら》けた様子を隠さなかった。

「このまま上州まではいけませんので、ここら辺で戻りましょう」

七蔵が歩みを止めて言った。小一郎はほっとしたような笑みを七蔵へ向け、

「よろしいんですか。なんなら、戻りは道を変えますか」

と、その笑みを嘉助やお甲、樫太郎のほうへ廻した。

「このまま戻りましょう。居木橋のあの辺を、もう一度見ておきたい」

七蔵らと小一郎は、目黒川の土手道を引きかえした。

土手道をいきながら、小一郎が七蔵に話しかけた。

「それにしても、物騒な世の中ですね。島本は中店の旅籠ですが、南本宿の老舗ですよ。まさか島本のご主人が命を落とすなんて、あまりにも呆気なくて、この世の虚《むな》しさに胸がふさがれました」

「小一郎さん、島本で聞いたんですが、南本宿に遊戯場を作る儲け話が進んでいるそうですね。江戸の邑里総九郎という金融業者、と言っても高利貸ですが、その邑里総九郎が目論んでいるとか」

「はいはい。聞いています。確かに、邑里はあちこち根廻しをして、遊戯場の話はだいぶ進んでいるようですよ。文次郎さんに、お聞きになりませんでしたか。楊弓《ようきゅう》の矢場《やば》、見世物小屋、芝居小屋、芸人の興行、それから珍しい唐《から》の獣《けもの》を見世物にするとか、江戸の両国広小路《りょうごくひろこうじ》のような、品川宿のみならず、近在の住人やら江戸からもお客を集めて、毎日が祭のようなわくわくする楽しい場所にするんだそうです。ただし、女郎衆はおかないので、宿場の旅籠や茶屋と競合することはないらしいとか。ですから、南本宿の旅籠仲間や茶屋の旦那方は、宿場が今よりもっと賑わってみな潤うと、大旨、賛同しているとも聞いています。わたしども問屋場は、継たてが主な業務ですから、どういう遊戯場か、どこまで話が進んでいるのか、子細《しさい》はわかりませんが」

「賭場も開かれると、聞きました。それについては、どのように」

小一郎は、にんまりとして頷いた。

「そっちは御禁制の話ですから、大っぴらには聞こえてきません。けど、遊戯場は隠れ蓑《みの》で、じつはそっちが主ではないかと、噂にはなっています。定かではありませんよ。問屋場では、そんなふうに言われています」

「それほど評判がたっているなら、道中方が放ってはおかないはずですがね」

「邑里総九郎と道中方のお役人さまが、親密な間柄《あいだがら》であれば、お互い肚を割って談合を重ねて、いろいろと知恵を絞っていらっしゃるとかいないとか、とそれも噂にすぎませんけれど」

「道中方は、組頭の福本武平さんですか」

「萬さま、わたくしにはなんとも。どうぞ、文次郎さんにお訊ねください」

五人は居木橋の袂まで戻った。

土手道には数本の松の木が影を落とし、道祖神の祠が、松林の下に祀ってある。

土手下の水辺では、かいつぶりが水草の間で鳴き騒いでいた。居木橋を渡った先に、下大崎村の畦道《あぜみち》が田地の間をくねっている。

目黒川の紺色に沈んだ流れは、居木橋をすぎると東南の方角から東へと変えていき、一町（約一〇九メートル）ほど下流あたりに大小の寺院の土塀がつらなっている。堂宇の瓦屋根が午後の日を跳ねかえし、白く映《は》えていた。

そこにも、橋が架かっていた。

七蔵は居木橋の袂をすぎ、その橋のほうへとなおも土手道を戻った。のどかな田園の景色を見遣りつつ、物思いに耽《ふけ》っている様子であった。嘉助もお甲も樫太郎も、七蔵の物思いを邪魔しないように気を使って、声をかけない。

だが、小一郎がかまわず七蔵に話しかけた。

「空巣《あきす》や喧嘩騒ぎ、客と女郎衆の心中《しんじゆう》騒ぎとか、旅籠同士のもめ事とか、そういうのはこれまでもありましたが、島本が押しこみに遭って、主人と使用人が命を落とすような、あんな物騒な事件は初めてです。一味はもう、上州の湯に浸《つ》かって、のんびりしているんだろうな。萬さま、一味は捕まりますか」

「むずかしいね」

七蔵はぽつりと言った。それから、

「小一郎さん、押しこみに斬られた島本の左吉郎さんは、南本宿の旅籠仲間の元締役でしたね」

と、話を戻した。

「さようです。島本は中店でも南本宿では老舗で、代々、元締役を務めている旅籠なんです。左吉郎さんは先代を継いで、年配の癖《くせ》のある旦那方を上手《うま》くまとめていたんです。でも、こんなことになって、元締役は代わらざるを得ないでしょうね。女将の櫂さんが、忌中の喪服姿で寄合には出られていますが、女の細腕じゃあ元締役は無理だと、そういう声が出ているようです。櫂さんは器量よしで、しっかり者と言われていても、考えの古い旦那方は女じゃあ無理だと、決めてかかっていますから」

「邑里総九郎が進めている南本宿の遊戯場の目論見に、元締役の左吉郎さんはどういう立場だったんで」

「立場って、言いますと？」

「遊戯場に賭場を開くことに、賛同していたか異を唱《とな》えていたかですよ」

「ああ、それね。左吉郎さんは、南本宿の旅籠仲間では数少ない異を唱えているご主人でした。歩行新宿と北本宿の旅籠仲間も、南本宿に、遊戯場っていうか大きな賭場ができるなら、障りより宿場にお客が増えて儲けが見こまれるから、かまわないと考えているようです。けど、左吉郎さんは、寄合でも賛同する旦那方に同意しなかったんです。賭場は旅籠のそれぞれの裁量《さいりよう》で、ひっそりと開かれておりましてね。それぐらいなら、お役人さまも大目に見ていますが、それが大っぴらにご開帳となったら、いくら親密なお役人さまでも、上役《うわやく》にけしからん、とひと言お叱りを受けた途端、すぐに見逃がしてはくれなくなる。そうなったとき、南本宿が道中方の厳しい取り締まりを受けて、旅籠の営みにも大きな障りが出かねない。だけじゃなく、賭場目あてに博徒やら物騒なやくざらが増えて、品川の景色を楽しみにくる行楽《こうらく》客とか遊山目あてのお客がきづらくなって、却ってお客が減ると、そういう考えでした」

ふうむ、と七蔵は頷いた。

「まあ、お客が減るかどうか、それはなんとも言えませんが、わたしら南本宿の住人は、柄《がら》の悪そうな博徒ややくざらが町内をうろうろするのは、ちょっとご免こうむりたいですね」

居木橋から一町余下流の、板橋の袂にきた。

手摺《てすり》もない板橋で、橋を渡った対岸に東海寺《とうかいじ》の西側に木々が繁る山裾《やますそ》を、道が北へ通っている。小一郎たちは、土手道の血痕を追っていたので、質素な板橋もその道も気にかけなかったという。

七蔵は板橋の袂で立ち止まった。

「小一郎さん、この橋を渡っていくと、どこへいくんですか？」

七蔵が訊ねると、小一郎は橋向こうの道を見遣り、

「この橋を渡っていけば、下高輪に出られます」

と、あっさり言った。そして、橋のこちら側の田んぼ道を指差した。

「こっちは矢口道《やぐちどう》です。池上《いけがみ》とか矢口へいく道です。矢口道をとらずに、宿場へ戻る道をいけば、戸越道《とごしどう》とか大井道《おおいどう》へ分かれる辻《つじ》に出ます。そちらへもいってみますか。宿場まで、大した廻り道じゃありません」

「いえ。小一郎さん、ここまでで十分です。わたしらは、橋を渡って、あの道を下高輪までいってみます」世話になりました。

「そうですか。では、わたしはこれで。用があったら、いつでも言ってください」

小一郎は、土手道を宿場のほうへそそくさと戻っていった。

「親分、下高輪へいって、茶を飲もう。お甲、樫太郎、いくぜ」

「へい。下高輪で茶を飲みやしょう」

嘉助が、七蔵の背中に声をかけた。お甲、樫太郎と続いて板橋を渡っていく四人を、目黒川の心地よい川風がくるんだ。

六

七蔵ら四人は、下高輪の茶屋の、海岸端から浜辺にせり出した小あがりの板間にあがっていた。板間には緋毛氈《ひもうせん》が敷いてあり、手摺のすぐ前は浜辺で、手摺ごしの海の見晴らしがよかった。

ここら辺では袖ケ浦《そでがうら》とも呼ばれる海は遠浅《とおあさ》で、海岸下より石ころだらけの浜辺が広がり、品川のほうの沖には西廻りや東廻りの廻船《かいせん》がいく艘《そう》も停泊し、さらにはるか沖には、白い帆《ほ》をたてた漁師船が浮かんでいた。

石ころだらけの浜辺は、芝口あたりから品川のずっと先の、羽田《はねだ》のほうまで続いて、午後の空の下に霞《かす》んでいた。遠浅の波打際に近い海中には、海苔《のり》採取の篊《ひび》が、垣根のようにたてられている。

沖のほうから、汐《しお》の匂いがほのかにそよいでいた。四人のほかに、茶屋には土間の縁台に二人連れの行商風体が、腰かけているばかりである。

四人は車座《くるまざ》になり、海の景色を楽しむよりも、黒砂糖をまぜた豆粉《きなこ》をまぶした安倍川餅《あべかわもち》を頬張っては茶を飲み、また頬張った。飯はちゃんと食ったが、八ツ半（午後三時）近いこの刻限、無性《むしょう》に腹が減っていた。頰張った頰を動かしながら目を合わせ、互いの顔がおかしくなって、くすくすと笑った。

七蔵は安倍川餅の皿を平《たい》らげ、茶を一服してから言った。

「それで、親分はどう思う」

嘉助は七蔵の問いをすぐに察し、自分の碗を茶托《ちゃたく》に戻した。

「まず第一に、妙だ、と思いやした。島本の押しこみは、相当慣れた一味の仕業に間違いありません。聞いた限りでは、七人の動きが将棋《しょうぎ》の駒を指したみてえに理屈が通って、無駄が感じられやせん。やつらは玄人です」

「玄人の押しこみが、なぜ妙なんだ」

「押しこみの狙いは、押しこんだ先の銭箱か、お宝でしょう。島本の左吉郎は、銭箱を出せと脅され、大人しく出した。女房と幼い子供ら、使用人の命を守らなきゃあならねえ。当然、言う通りにして、押しこみは銭箱を手に入れた。屋敷蔵に千両箱が山積みになった江戸の大店じゃあねえ。品川宿の中店の旅籠に見合う銭を手に入れた。押しこみは端《はな》からそれを承知で、もっと大きな稼ぎが見こめそうな大旅籠じゃなく、手ごろな島本を狙ったはずなんです。やつらは、みなを縛りあげて、泊り客には気づかれねえように姿をくらますことができたはずなんです。なのに、左吉郎を手にかけ、余計なことをしたばっかりに、泊り客どころか町内中が目を覚ます大騒ぎになり、しかも、一味のひとりが大怪我まで負った。女将さんらの話の様子では、そいつの怪我は、相当の深手と思われやす。一味は怪我人をかついで逃げたが、そんな怪我人と一緒に徒歩じゃあ、そう遠くには逃げられねえ。玄人の手口にしちゃあ、ちぐはぐっていうか手抜かりっていうか、なんか妙ですね」

嘉助が言うと、はや二皿目の安倍川餅を頬張っていた樫太郎が、「あっしも……」と言いかけて口ごもり、餅を無理矢理飲みこんで、隣のお甲を笑わせた。

「かっちゃん、大丈夫かい」

「樫太郎、喉《のど》をつまらせるなよ。ゆっくりでいいんだ」

七蔵と嘉助も笑った。

「平気です」

樫太郎は安倍川餅の皿と箸をおき、唇の豆粉をぬぐって茶を一服した。

「あっしも、嘉助親分と同じで、もしかしてっと、思いやした」

「もしかして、どう思った」

「へい。島本の女将さんと浩助さんの話を聞いたとき、ぴんときたんです。押しこみは銭箱も狙ったんでしょうが、もしかして、左吉郎さんに手をかけたのは、端から左吉郎さんを始末する狙いだったからじゃねえかって」

嘉助がこくりと、太い首をふった。

七蔵は腕組みをし、掌で顎を擦った。

「なんのために、左吉郎さんを狙ったと思う」

「そ、そいつはなんのためか、左吉郎さんに恨みがあったとか、左吉郎さんに生きていられちゃあ、なんかに障りがあったとか……」

「旦那、押しこみは島本の間取りを、よく知っていたようですね」

それはお甲が言った。

「そのようだな」

「だとしたら、押しこみ一味は、だいぶ以前から島本を探っていたか、元々、島本をよく知っている者らなんでしょうね」

「どっちも考えられる」

「元々、島本をよく知っている者らなら、かっちゃんの言うように、左吉郎さんに前から強い恨みを抱いていたとか、生きていられては困るとか、左吉郎さんに因縁《いんねん》のある誰かが仲間を率いて押しこんだとも、考えられます。でも、そうじゃなかったら、一味は左吉郎さんに恨みはないけれど、因縁のある別の誰かに雇われて、押しこみを装って島本を襲い、左吉郎さんを手にかけた。余計なことじゃなく、それがそもそもの狙いだったんじゃありませんか」

「島本の間取りは、その誰かがよく知っていて、一味にこうこうだと教え、押しこみと見せかけて左吉郎を始末させたわけか」

「旦那、島本の押しこみが、久米さんの仰った天馬党の仕業だとしたら、凶悪な天馬党が銭箱を奪い主人や使用人まで手にかけた、天馬党ならやりかねねえ、とそういう見方になるんでしょう。だから道中方は、押しこみは見せかけで、狙いは左吉郎の始末だったんじゃねえかと、疑っていねえんでしょうか」

嘉助が言った。

「しかし親分、天馬党の押しこみだとしても、道中方がその見こみを疑わねえのも、妙じゃねえか」

七蔵が言うと、嘉助が唇をへの字に曲げた。

「妙ですよ。あっしらが、ただの押しこみじゃねえかもと疑って、道中方だって疑わねえはずがねえと、思うんですがね」

「どこまで調べが進んでいるのか、道中方に探りを入れてみるか。支配外の一件に町方は首を突っこむなと、言われそうだがな」

「天馬党でもそうでなくても、押しこんだ一味が姿をくらました先を、誰かが知っている見こみは十分あります」

と、お甲がまた言った。

「押しこみ一味の仮のねぐらが、品川宿の近辺にあるんじゃありませんか。一味を雇った誰かが、ねぐらを用意したんです」

「そうだ、姐さん。当夜、一味が逃がれた目黒川の土手道まで血が点々と続いていたんだよね。居木橋近くで血の痕が消えたのは、きっと一味のねぐらが、あそこら辺にあるからじゃないかい。ですよね、旦那」

樫太郎が、ぱっちりと見開いた目を七蔵に寄こした。

七蔵はしきりに顎を擦りつつ、樫太郎とお甲を見つめて言った。

「やつらは、目黒川の居木橋近くまで逃げて、そこから船を使ったんじゃねえかと思えてならねえんだ。だから血の痕がぷっつりと消えた」

「ふむ。普通なら船は無理だと思いやす。だからかえって、船だったかもしれません」

と、嘉助が七蔵に言った。

「旦那、なんでやつらが船を使ったと思うんですか。小一郎さんが言ってましたね。道中方が目黒川の河岸場を、ずっと上流まで訊きこみをして廻って、一味の尻尾はつかめなかった。途中で船を捨てても、捨てた船は隠せません。それが見つかって、手がかりになりやす。それがなかったんですよ」

「そうなんだが、目黒川の上流へ逃げたとは限らねえ。目黒川を下って品川宿から海へ逃れたとかな」

「まさか。品川宿は島本が押しこみに遭ったと、大騒ぎになっていたのに、そこへ怪しい船が通りかかったら、たちまちお縄になっちまいますよ。いくらなんでも、船で品川宿を通り抜けて逃げるのは、無理ですよ」

「そうとは限らねえ。押しこみ一味は徒歩で目黒川上流へ逃れた。追手も品川宿の騒ぎも、上流の陸《おか》のほうばかりを気にかけている。そこへ、夜業《やぎよう》の川漁師を装った船が下ってきても、大して気に留めねえんじゃねえか。ひょっとしたら、この騒ぎはなんですか、斯《か》く斯く云々《しかじか》で気をつけろよ、ぐらいの遣りとりさえあったかもしれねえぜ。また天馬党の仕業ならという見こみの話だが、去年、天馬党が駿河の町や村を次々に荒らしたとき、船を使って自在に動き廻って、追手に足どりをつかませなかった。やつら、船を使うのには慣れているんだ。品川宿で仮に怪しまれたとしても、一気に目黒川を下って真っ暗闇の海に出てしまえば、追手はかわせる。捕まりっこねえと、やつらには勝算が、十分にあったと、考えられねえか。親分はどう思う」

「危ない手ですがね……」

「だけど、船を使ったとしたら、浜辺から陸《おか》にあがって島本に押しこみ、すぐに海へ逃れちまえばいいんじゃありませんか。なんでわざわざ、目黒川なんで。そんな危ない手を使う意味があるんですか」

樫太郎が、なおも戸惑いを見せて言った。

「おれも、なんでだと考えた。わざわざ徒歩で土手道を逃げなくとも、さっさと真っ暗な海へ逃げりゃいいじゃねえかとな。だが、そうはしなかった。理由で思いつくのはひとつだ。海じゃなく、陸へ逃げたと思わせたかったんじゃねえか。陸なら武州から上州、そして野州、あるいは相州と、追手の目はそっちへ向く。だがやつらは、やつらの雇い主が用意したねぐらへ船で戻り、そこで暢気《のんき》にほとぼりのさめるのを待っている。ひょっとして、雇い主の用が、まだあるのかもしれねえ。手はず通りに事は運ぶはずだった。唯一の手違いは、仲間のひとりが左吉郎の必死の仕かえしを受けて、怪我を負ったことだ。女将さんや浩助さんの話じゃあ、相当の大怪我だ。そんな怪我人を連れて遠くには逃げられねえ。怪我人を捨てて逃げたら、怪我人はとっくに見つかっているはずだし、もうお陀仏《だぶつ》なら亡骸が出る。そいつも見つかっていねえ。おれは、船でいけるそう遠くではねえねぐらへやつらは戻ったと、思えてならねえ」

嘉助は口をへの字に曲げたまま、うむむ、とうなった。

「一味のねぐらを、どこら辺だと、旦那は睨んでるんですか」

樫太郎が、せっつくように言った。

「品川宿の近辺じゃぁねえ。だが、日を跨ぐほどの遠くでもねえ。船でせいぜい半刻か一刻ほどの、まさか、と普通なら思いそうなところだ」

「あ、もしかして、江戸のどっかの裏店とか……」

「それもあり得る」

七蔵は手摺ごしの海へ頭を廻《めぐ》らした。

海風が、七蔵の鬢《びん》のほつれ毛をそよがせていた。すると、

「危ない橋を渡るから、道が開けるんです。やつらは危ない橋を渡って逃れた。旦那の肚が決まっているのは、わかりやした。何から手をつけやすか」

と、嘉助が言った。

「親分とお甲、おれと樫太郎、別々に探る。親分とお甲は、芝口一丁目の邑里総九郎がどういう高利貸か、貸付相手や高利貸を始める元手、高利貸の前は何をやっていたか、素性、つき合いのある相手のことも、できるだけ洗うんだ。高利貸は、案外に手広く家作《かさく》や地面を持っている場合が多い。ほかに、邑里が請人になっている裏店の住人とか、そういうのをなるたけあたってくれ。それから、邑里が一年以上前から進めている品川宿の遊戯場の目論見に、手を貸している者がいたら、そいつの素性もだ。邑里総九郎の、何もかもだ」

「承知しやした。なら、あっしとお甲はこのまま江戸へ戻りやす。お甲、おめえは今夜はうちへ泊っていけ。明日からの手筈を決めよう。人手が要るぜ」

はい、とお甲が言った。

「旦那と樫太郎はどちらを」

「おれは樫太郎と今夜は島本に厄介になる。目黒川の河岸場と川漁師に、もう一度あたるつもりだ。道中方の調べ残しが、案外にあるかもしれねえ。それと、邑里総九郎は、南本宿に遊戯場っていうか賭場を開くことに、旅籠仲間が反対しねえように働きかけているはずだ。表だっては見えない手を使ってな。そこら辺の訊きこみと、もうひとつ、道中方組頭の福本武平と邑里総九郎が、どういうかかり合いか、念のため、そいつもな」

「確かに、福本武平とかいう道中方組頭がどういうお役人さんか、ちょいと気になりやす。高利貸と道中方組頭が懇意ってえのが、なんか臭《にお》いやすね」

「ああ、臭うな」

荷を積んだ瀬取船《せどりぶね》が、沖を鉄砲洲《てっぽうず》のほうへ漕ぎ進んでいた。海鳥が浜辺で鳴き騒いで、廻船が停泊する品川のはるか南の彼方、水平線のまだ青い空にも、少しずつ暮色《ぼしょく》がかかり始めていた。

長い一日が寂しく暮れていく刻限だった。

「ぷんぷんと臭うぜ」

七蔵は海を眺めて繰りかえした。

第二章　鳥海橋

一

その日も夏の空は晴れたが、汗ばむほどではなかった。

北本宿西側台地の御殿山《ごてんやま》でも、まだ蟬《せみ》の声は聞こえない。

御殿山の山裾に品川の寺院が甍《いらか》を並べ、横丁や小路《こうじ》に狭い路地が通って、町家の小さな店が密集していた。目黒川沿いの品川一の大寺・東海寺の北隣に、東《とう》海寺《かいじ》を別当《べっとう》とする天王社稲荷《いなり》がある。

稲荷の門前は馬喰らの集まる馬場になっていて、東海道主駅の品川では、継ての荷馬の売買は、当然盛んである。

ここら辺の町家は北馬場町《きたばんばちょう》と呼ばれ、小路を境に長者町《ちょうじゃまち》があり、品川北本宿の西隣になるが、勘定所支配ではなく、江戸の町方支配である。

南本宿西側には、南《みなみ》馬場町もある。

その日、権三は稲荷門前の馬場で馬喰から一頭の栗毛《くりげ》を買った。馬体は大きくなく、若い馬でもなかったが、足が太く粘《ねば》り強そうで、相州の山肌を縫《ぬ》う馬道を、堆《うずたか》く荷を載せていくのには、十分使えそうだった。

権三は、相州津久井郡の馬方衆をまとめる川尻村の差配役・麴屋直弼親分に、麴屋の使用人の手形を出してやる代わり、品川宿の馬喰から、山の馬道でも役にたちそうな馬を一頭、仕入れてくるように頼まれた。

「馬の目利きは、権三さんに任せるぜ。戻りは、品川宿の用を済ませてからでかまわねえ。ただし、必ず戻ってこいよ」

直弼は権三に手形をわたすときに言った。権三は、直弼親分の世話になった礼に、この馬を代金をとらずに引きとってもらう肚だった。

栗毛にかませた銜《くつわ》の縄をひいて、北馬場町の厩《うまや》へいった。餌代を払って、品川を出るまで預かってもらう。

栗毛は蹄《ひづめ》につけた藁沓《わらぐつ》を、大人しく鳴らしていた。いい子だ。向こうへいったら、麴屋の親分さんの言いつけを守って、地道に働くんだぜ。

権三は栗毛の首をなでてやると、栗毛は、へい、と頷くように調子をとって首を上下させた。

島本に宿をとって丸四日がたち、今日で五日目。もう四月の半ばだった。

五日前、矢も楯《たて》も堪らず、という思いで品川にきた。おれにも役にたてるときがきた、とそんな気がした。助けて、と呼ばれた気がした。それが、馬鹿な思いこみだと、島本に宿をとってわかった。

この繁華な宿場に、八州廻りの田舎やくざの出る幕など、あるはずがない。所詮《しょせん》は、役たたずの無宿者なのだと、思い知った。

恩がえしだと？　そんな柄か。権三は自嘲《じちょう》のひとり笑いをもらした。

ここはてめえなんぞの居場所じゃねえ。とっとと旅に出やがれ。

そんな自分の声が聞こえる。

そうだなと、わかっていながら、権三はなぜか後ろ髪を引かれた。

けれど、それもせいぜいあと二、三日ぐらいか、と権三は思った。

厩に栗毛を預け、北馬場町の往来を長者町の境の通りへ折れた。一町もいかずに、北本宿一丁目の本通りへ出た。

夏空にくっきりと白い千《ち》ぎれ雲が、ゆるやかに流れている。

旅客や遊山客の一団がいき交い、継たての荷馬が続々と通り、人足の牽く荷車が車輪を賑やかに鳴らし、墨染《すみぞめ》の所化《しょけ》の姿が見え、送り茶屋の二階座敷では三味線がかき鳴らされている。

目黒川に架かる中の橋を渡った。南本宿の本通りの先に《貫目改め所》と《問屋場》の人だかりが見えていた。

ふと、品川の見納めに、鳥海橋までいってみることにした。

中の橋の袂を海へと流れる目黒川に沿って、鳥海橋へ歩みを進めた。宿場町とは目黒川を隔てて、品川の東岸になるこのあたりは猟師町《りようしまち》である。日の高いこの刻限は、川辺の海のほうまで、漁船がいく艘も舳《へさき》を並べている。

その先に、鳥海橋の普請《ふしん》が行われていて、こんこん、と黒い腹掛をつけた職人が打つ木槌《きづち》の音が、晴れた空の下にはじけていた。

鳥海橋は一時廃《はい》され、今年、架けなおしていると、品川へきて知った。

北品川の溜屋横町《たまりやよこちよう》と、寄洲《よりす》でできた利田新地《かがたしんち》の間に架かっている。

権三は、橋の普請を眺めた。

ここら辺までくると、目黒川の河口の先に海が見え、汐の臭いがほのかに嗅げ、海鳥の鳴き声も聞こえてくる。

あのとき、青江権三郎《あおえごんざぶろう》は二十一歳の春だった。

ようやく品川宿に着いたが、あてにしていた尋ね人はすでに亡くなって、路銀《ろぎん》はつきかけていた。空腹に耐えかね、溜屋横町の掛茶屋の店頭で焼いている団子をひと串、四文《もん》で買った。茶は頼まず、縁台に腰かけるのを遠慮し、店先に立ったままゆっくり口に運んだつもりだったが、貪《むさぼ》り食っていた。

掛茶屋の縁台に、着流しに半纏を着けた人相の険しい三人の男がかけていた。三人は、権三が店先で貪り食う様子を見て、あけすけに笑った。ひとりは同じ団子を食いながら、権三の汚れた旅拵えを指差して嘲《あざけ》った。

「乞食侍……」

そんな声が聞こえた。

長い旅の果ての疲労と、耐えがたい空腹と、寄辺《よるべ》のない落胆にやけっぱちになり、平静ではいられなかった。

「博徒風情《ふぜい》が、無礼者っ」

店先からかすれ声を投げつけた。

嘲笑っていた三人は、ああ、と見る見る血相を変えた。喧嘩慣れしたどす黒く獰猛《どうもう》な顔が権三を睨み、縁台をがたがたと鳴らして腰をあげた。不気味に雪駄《せった》を引き摺り、店先の権三へ向かってきた。

「さんぴんが、承知しねえぜ」

ひとりが吐き捨てた。三人とも匕首《あいくち》を呑《の》んでいるのか、着流しの懐に手を入れていた。店を背にした権三を三方から囲んだ。

横町の通りがかりや店の者が、権三と男らをざわざわと遠巻きにし始めた。

「もう一遍《いっぺん》言ってみやがれ」

ひとりが怒鳴った。

権三は柄に手をかけ、男らを見廻した。身を低くしたが、めまいがして、冷汗が出た。足下が定まらなかった。しまった、と思ったが、もう遅かった。

「無礼者っ」

権三が抜刀すると、わあ、と野次馬の喚声《かんせい》があがった。

「乞食侍、やる気か。面白《おもしれ》えや」

三人が匕首を抜き放った。

権三は、自暴自棄になって男らへ斬りかかった。

男らは権三の一刀を俊敏《しゅんびん》に躱《かわ》した。やいやいやい、と囃《はや》したて、びゅん、びゅん、と匕首をふり廻し、打ちかえしてきた。

よろめきつつ、左へ右へと必死に払ったが、足がもつれた。すぐに、息が絶え絶えになった。切先が大きく波を打った。それでも、ひとりが打ちかかってきた匕首を、かちん、とぎりぎりに払った。

「このくたばり損《ぞこな》いが。こいつを逃がすんじゃねえぞ。みなを呼んでくる」

ひとりが一目散に、表通りのほうへ駆けていった。

逃げねば、と権三は鳥海橋のほうへとふらふらと逃れた。

二人は斬りかかっては離れ、怒声が執拗《しつよう》に追ってきた。

こんなところで、果てなるものか、と懸命に刀をふり廻した。

だが、足がもつれてよろめいたところを、ひとりの匕首に肩を裂かれた。

身をよじり、倒れそうになるのを堪えて駆けた。

ようやく鳥海橋の袂までできて、手摺にすがった。

そのとき、男らの一団が、棒や杖《つえ》、竹竿を得物に、野次馬を蹴散らすようにばたばたとやってくるのが見えた。野次馬の悲鳴や喚声が聞こえた。

権三は橋の手摺にすがって、ゆるやかな反《そ》り橋の上まで、一歩、また一歩、とようやく足を引き摺った。もう逃げられなかった。

「さんぴん、逃がしゃあしねえぞ」

得物を手にした仲間が五、六人加わり、手摺を背にした権三の三方を囲んだ。

権三は手摺に寄りかかり、目黒川の暗い川面をちらりとのぞき見た。

そうか。ここが三途《さんず》の川か、と思った。もういいのだ、精も心も尽き果てた、青江権三郎、楽になれ、と自分に言った。

「打《ぶ》ち殺せ」

と、初めに長い竹竿の乱打を浴びた。
二、三度、刀をふり廻したが、あとは覚えていなかった。続いて、棒と杖が襲いかかり、かぶっていた菅笠がばらばらに破れ、頭から腹や胸、手足までぼろぼろにされた。刀はとうに落としていた。
血が顔を伝っているのがわかった。

倒れなかったのは、手摺にぼうっと凭《もた》れ、引っかかっていたからだった。

そこへ、匕首をかざした男が権三の顔面にふりおろした。

「喰らえ」

男が歯ぐきまでむき出しにして喚いた。

権三は為す術なく、眉間から頬へと斬り裂かれた。手摺に背中を擦り、ずるずると崩れ落ち、橋板に横たわった。血が目に入って、権三をのぞきこんで笑っている男らの顔が霞んでいた。

朦朧《もうろう》として、遠くの悲鳴と喚声を聞いていた。その中に、役人がきた、役人がきた、とそんな声が雑《ま》じっていた。

やがて、あたりは真っ白になり、静寂《せいじゃく》が訪れた。

すると、誰かが権三の頭をやわらかな腕の中にすっと抱えた。

「お侍さん、気を確かに」

女のささやき声が聞こえた。

白い霞の中に、だんだんと人の顔が見えてきた。

「誰……」

権三は言った。

女の顔が、すぐ近くに見えた。女の目が、権三を哀れんで見つめていた。

少し離れたところに童女が佇み、権三を見おろしていた。ぱっちりと見開いた童女の目が、悲しそうに権三へ向けられていた。なんて愛くるしい童女だろう、と思った。童女のずっと上に、白い雲のたなびく空が見えた。

童女は権三の黒鞘の刀を、小さな細い腕で、胸にしっかりと抱えていた。

普請中の鳥海橋の袂をすぎ、目黒川が海へ流れ入る洲崎《すさき》へ向かった。

このあたりは利田新地で、漁師の住まいが低い軒を並べていた。寄洲の突端に、利田弁天《べんてん》の社《やしろ》があった。海岸からなだらかに下る石ころだらけの海辺に、打ち寄せる静かな波が、小さなざわめきをたてて白くくだけていた。

海中には数えきれないぐらいの篊《ひび》が、ずっと江戸のほうへと続いてたてられて、はるか沖に停泊しているいく艘もの廻船が、まるで絵に描いたようである。

夥《おびただ》しい海鳥が海面を飛翔し、海辺や寄洲の漁師の住まいの屋根にも止まって、鳴き騒いでいた。

こんな景色だったかと、権三はとき折り思い出す光景とずいぶん違っていることに、少し驚いていた。もう二十五年も前だ。あのころは、ここら辺の寄洲に漁師の住まいは、こんなに多くはなかったように思った。

海の景色を眺めながら、海岸の道を島本へ戻った。

南本宿一丁目と二丁目の境の往来へ曲がったときから、島本の往来へせり出した広い前庇が見えていた。

前庇の上に、二階の出格子と窓に閉てた白い障子戸が並んでいる。

往来側に開いた店の間と通路を隔てた台所の板間に、中働きの若い女がどっしりと坐って、傍らに積み重ねた膳を一膳一膳、丁寧に拭いていた。色白でむっちりと肥《こ》えて、よく笑う気だての明るい女だった。

権三の眉間から頬にかけての古疵を見ても、少しも気味悪がらなかった。

名前を聞いたわけではないが、おふく、と呼ばれていた。

おふくは往来を戻ってくる権三を見つけ、まだ少し離れているのに、「お帰んなさいまし」と、明るい声と満面の笑みを寄こした。

「やあ、精が出ますね」

権三は島本の前庇の下に入って、おふくに話しかけた。

「あはは……お客さんが少ないんで、閑《ひま》で、あたしらは掃除《そうじ》か片づけしかすることがありませんから」

また、あはは、と笑った。

「客があっしひとりともうひと組だけじゃあ、旅籠の稼ぎになりませんね」

権三は土間に草履を鳴らした。

「そうですね。けど、女将さんは島本を定宿にしてくださるお客さんや宿を必要としているお客さんに、泊っていただければいいんですよって、仰ってます。今はまだ女将さんは、おひとりでご主人の喪に服していらっしゃるんです。女将さんが我慢していらっしゃるんだから、あたしらもちゃんとしなきゃあ」

「あっしも、島本に泊ることができて助かっています」

「お客さん、よさそうな馬は見つかりましたか」

「さっき、ようやく一頭を仕入れました。あんまり見栄《みば》えはしませんが、大人しくて辛抱強そうなやつだったんで、まあまあかと思いましてね。北馬場町の厩に預けてきました」

「よかったですね。じゃあ、そろそろお発《た》ちですか」

「へい。もう一頭ぐらい、と思うんですが、ちょいと長逗留になりましたんで、どうしようかなと、思案中で」

「相模の親方が、あの野郎、戻りが遅いなと、首を長くしてお待ちなんじゃありませんか。でも、お客さんがお発ちになったら、もっと閑になります。どうぞ、ゆっくり思案してくださいな。あはは……」

権三は、相模の川尻村の麹屋直弼の使用人で、荷馬の仕入れに品川にきたことになっていた。

おふくの明るい笑い声は、権三の少々物憂《ものう》い気分を晴らした。

店の間と台所の板間の間を通り抜けて、灌木や石灯籠、松の木などが枝を躍らせ、一隅にはさつきの赤紫の花が咲いている中庭に出た。

中庭には飛び石が海岸端の離れの二階家まで敷かれ、平屋の渡り廊下を通らずとも、眺めのいい離れへ飛び石伝いにいける。

松の木の日陰の下に、笹江と太一がしゃがんで俯《うつむ》き、何かをのぞいていた。

二人の子供は、半月前のあの恐ろしい出来事のあと、外へ出て界隈《かいわい》の子供らと遊ばなくなっていた。子供らの姿が見えなくなると、女将さんが心配してすぐに呼ぶからね、とそれもおふくに聞いた。

笹江と太一を見て、無理もねえ、と思った。

権三は離れに向かわず、松の木陰の子供らへ近づいていった。

「やあ。何を見ているんだい」

と、二人に声をかけた。

太一は凝っと地面を見ているが、姉の笹江は権三をふり仰いだ。松の木漏れ日が笹江の綺麗な顔に降りそそぎ、笹江は光が少しまぶしそうに目を細めて、大人びた口調で言った。

「ありよ」

権三が島本に宿をとった最初の日、子供らは権三の顔の疵を見て恐がった。けれど、二日目にはもう見慣れて、権三を見かけると、笑うようになった。本途は人懐っこい子供らである。

「ほら。ありがこっちのほうまで……」

太一は大黒ありの群が、ばらばらに見えて、松の根方から灌木の下へそろって入っていくのを、小さな指先で指した。

「あっちに巣があるんだな」

権三は太一の隣にしゃがんで言うと、

「そうだよ。巣があるんだよ」

太一はありの群から目を離さずにこたえた。

一匹の大黒ありが、太一が近づけた小さな指先に伝い始めた。

「太一、かまれるよ」

笹江が言った。

太一は指先を払ったが、ありはそれを潜り抜けて、やわらかそうな手の甲へもぞもぞと這いのぼっていく。

あっ、と太一が言った。

権三は、日焼けして節くれだった長い指で、ありを払い落としてやった。

太一が権三を見あげて笑った。

ふと、人の気配を感じ、顔をあげた。

往来側の階下の一画が、主人一家の住まいになっている。その住まいの、中庭に面した部屋の腰付障子が引かれていて、喪服姿の女将が膝に手をそろえて端座し、子供らと権三の様子を凝っと見ていた。

障子の陰に隠れて見えないが、女将は客と向き合っているようだった。

権三と目が合い、女将は丸髷の頭を傾けて黙礼を寄こした。権三は立ちあがって、女将へ黙礼をかえした。

すると、障子の陰に隠れて見えない客が上体を前へ傾け、中庭の子供らと権三へ、柔和《にゅうわ》な顔を見せた。

客は中年の男だった。その柔和な顔に、作り物めいたいかがわしさを感じたのは、権三の気の所為《せい》だったかもしれない。

二

しかし櫂は、邑里総九郎の申し入れを、断るしかないと思っていた。

半月余前の押しこみに銭箱を奪われ、島本の営みは借金をしなければ窮地《きゅうち》に、いずれ追いこまれるのは、目に見えていた。

そのときは、南本宿四十軒の旅籠仲間のご主人方に、島本をこれまで通り続けていく資金繰りの相談をしなければならない。

邑里総九郎が訪ねてきた用は、島本を営む資金繰りの申し入れだった。

当面の資金繰りができれば、島本は守ることができる。櫂の気持ちがぐらつく申し入れだった。享保の世から代々続く老舗の島本を自分が閉じてしまったら、亡き夫の左吉郎に、自分を受け入れてくれた先代に申しわけができなかった。

なんとしても島本と、子供たちを守らなければならなかった。

邑里総九郎は、薄鼠《うすねず》の上衣に仕立てのよささうな藍の絽羽織を羽織った大きな身体を反らし気味にして、垂れ目の白目がちなひと重を、凝っと櫂に向けてそらさなかった。

櫂のほうから目をそらすと、邑里は追いすがるように言った。

「わたしは、老舗の島本さんが順調に営まれていくようにと、心から願っております。大旅籠でなくとも、島本は品川南本宿の中心になる旅籠と言っていいと、思っているんですよ。ですから、島本を定宿にさせていただいている客のひとりとして、島本頑張れ、と応援したいのです。女将さんが女の身ひとつで、懸命に頑張っていらっしゃるご様子を傍《はた》から拝見し、わたしに何ができるかなと考えますと、やはり、資金繰りのお手伝いではないかと思いましてね。あれほどの災難に遭われ、元手に難渋していらっしゃるご様子は聞こえております。資金繰りの目処《めど》さえたてば、心おきなく旅籠の営みに専念できるのではありませんか。今はまだご主人の喪中ですので、営みは控えめにしていらっしゃる。ですが、喪が明ければお客も戻って、これまで通りの賑わいになるのは間違いないのですから」

大銀杏《おおいちょう》に結った髷が、邑里の顔つきを太々《ふてぶて》しく見せている。

櫂は、邑里と向き合っていることが苦痛だった。

「お気にかけていただいて、ありがとうございます。どうしてこんなことになってしまったのか、考えても仕方がないのはわかっていても、毎日が定めのない夢を見ているようにすぎていきます。これではいけない、気を確かに持たなければと、思っているのですけれど」

「無理もありません。あれほどの目に遭えば、誰だってそうですよ。けれど、女将さんのお立場では、それに流されているわけにはいきませんよ。可愛いお子さん方も女将さんが頼りなんです。旅籠の使用人たちもそうです。みな、女将さんの様子を、目を凝《こ》らして見ているのです」

櫂はおずおずと訊いた。

「あの、それで、どれほどの融通を、お願いできるのでしょうか。お願いしましたら、利息《りそく》はいかほどになるのでしょうか」

「わたしは、女将さんとお子さん方のため、老舗の島本のため、ご要り用ならばいかほどでも、と申したいところですが、邑里は江戸日本橋の本両替商《ほんりょうがえ》でも蔵前《くらまえ》のお武家さま相手の札差《ふださし》でもありません。他人は高利貸と、借りた金をかえすだけなのに鬼か蛇《じゃ》のように言いますが、これでも町家のみなさんが暮らしていけるようご用だてをして、ほんの少しお手伝いをしているだけの、町家のしがない金融業者にすぎません。ですから、いくらでもというわけにはいきませんが、島本さんのためなら、できるだけのことはさせていただくつもりです。それから、利息については、どの業者さんに聞いていただいても、あり得ないと言われると思いますが、六分《ぶ》でお願いしたいと思っております」

「六分、年利でですか」

「そうです。凄いでしょう。普通、町家の金融業者の利息は、一番安くて一割三分。多くの業者は、一割五分から七、八分というところです。あくらつな業者になりますと、二割を超えて三割の利息をとる者もおります。不服なら、別に借りなくてもいいよ、いくらでも借り手はいるから、と困っているお客の足下を見る輩《やから》です。わたしは普段、年利一割三分から五分の間でお貸ししていますがね。今回、島本さんに限っては邑里の儲けを度外視して、特別金利でご用だていたす覚悟で、お訪ねしましたので」

はい、と櫂は小首をかしげた。

「年利六分は、御公儀《ごこうぎ》が蔵前の札差に命じた金利です。二十年余前、寛政《かんせい》の御改革が始まり、札差にこの金利が命じられ、札差の中には、悲観して廃業した者も出たほどですから、年利六分は、町家の金融業者には死活にかかわる額です。ですが、島本さんのお役にたてるなら金利は六分、と決めたのです。それで、旅籠の営みの要り用は、いかほどで」

「夫の七七日の喪が明けるまで、あとひと月余です。喪が明ければ普段通りの営みができますので、なんとかなると思います。それまでの資金繰りができればありがたいのです。十五両か、できれば二十両ぐらいがあれば、出入りの業者さんの支払いを済ませ、わずかでも定宿にしていただいているお客さんに泊っていただいて、ご不自由をおかけせずに済みます」

「ふむ。二十両ですね。承知いたしました。女将さん、安心してください。邑里総九郎、喜んでご用だていたします。では、二十両ではなく、二十五両にいたしましょう。二十五両ですと、六分の年利は一両二分になり、きりがよろしいので。慣例ですから、利息は天引《てんび》きにさせていただきますよ。年利を引いた二十三両二分、返済は一年後、でかまいませんか」

「え、一年後でかまわないのですか」

「かまいませんとも。明日、証文を作ってお持ちいたしますが、ちょうど二十五両、持ち合わせがありますので、今、おわたしいたしておきましょう。天引き分は、明日、証文を交わす折りにいただければ結構ですよ」

邑里は紹羽織を羽織った薄鼠の袖から、二十五両のひとくるみをとり出し、櫂の膝の前にすべらせた。そして、どうぞ、と掌をかえした。

櫂は戸惑って、何も言えなかった。あまりに簡単すぎて、かえって不審を覚えた。これだけとは思えない。邑里を見つめると、

「それでですね、女将さん」

と、邑里は薄い唇をかすかに歪めて言った。

「南本宿の旅籠仲間の、元締役のことなんですがね。元締役は代々島本さんが継いでいらっしゃいますね。先日も、喪中にかかわらず女将さんは寄合に出られ、

亡くなったご亭主の跡を継ぐのでよろしくと、ご挨拶をなさったそうで」

「夫が亡くなって初めての旅籠仲間の寄合でした。改めてこのたびの子細《しさい》の報告と、これまで通りおつき合いいただきますように、ご挨拶をいたしました」

「それではやはり、南本宿の旅籠仲間の元締として、女将さんが島本を引き継いでいくご挨拶をなされたんですね」

「はい。島本は旅籠仲間の元締役を代々継いでおります。夫の忌中は一家の事情ですが、元締は旅籠仲間のみなさまとともに、宿場にかかわる様々な今だけでなく将来の事柄に対処する役目があります。一家の事情で、代々島本が継いできました元締の役をおろそかにはできません。亡き夫も、元締の役目を果たすようにと望んでいると思います」

「女将さん、無理をなさることはないと、思いますよ。喪に服する忌中は、亡き人を送る大事な法事です。忌中のため、元締が寄合に出られなくても、仲間のみなさんが合議《ごうぎ》をして、様々な事柄をこなしていかれるでしょう。それに、女将さんは旅籠の営みにまだ慣れていらっしゃらないし、旅籠仲間の口うるさいご主人方をよくご存じないのではありませんか。女将の務めと旅籠仲間の元締役の両方を果たすのは重荷です。どちらもおろそかになりかねません」

「どちらも、おろそかに？」

と、櫂は訊きかえした。

「お節介を申しますと、島本の今後のために、いっそのこと、元締役を退《しりぞ》かれ、島本の営みを大事になさってはいかがですか。松澤《まつざわ》のご主人が、島本さんが大変なこの事態に、元締の役は自分が代わってもいいと、仰っておられるそうです。野々村《ののむら》さんと白銀屋《しろがねや》さんも、松澤さんに元締役を代わるのがいいのではと、賛同なさっていらっしゃると、お聞きしております。松澤さん、野々村さん、白銀屋さんは、いずれも南本宿の大旅籠で、旅籠仲間の人望《じんぼう》もあるご主人方です。いかがですか、女将さん。これを機に、旅籠仲間の元締役を、松澤さん、あるいは野々村さんや白銀屋さんにお任せしても、よろしいのではありませんか」

櫂は邑里を見つめていたが、ふと、その目を中庭のほうへ遊ばせた。

中庭側の腰付障子が引かれ、濡縁ごしの中庭の松の根方に、笹江と太一、数日前から泊っている権三という客がしゃがんで、地面をのぞいていた。

権三が島本にきたとき、笹江と太一は、三度笠の下の、眉間から頰にかけて残った古い疵痕を見て恐がった。

櫂も、もう老齢に近く見える権三の、その痛ましい疵痕に驚いた。

けれど、権三は案外に柔和な笑みをその不気味な相貌に湛《たた》え、川尻村の麴屋直弼の使用人と記した手形を差し出して、見た目よりは張りのある声で言った。

「怪しい者ではありません。この通り、津久井郡川尻村の馬方衆の差配役を務めております麴屋直弼の使用人でございます。品川宿へは、馬方の荷馬の仕入れに参りました。数日、静かに泊れる旅籠ならこちらと聞き……」

少し驚いたが、櫂は権三を怪しまなかった。泊てあげねば。こういうお客さんは大事にしないといけない、と思った。

権三は毎日、馬喰が集まる品川の北馬場町や南馬場町へ出かけている。権三が島本に宿をとって、今日で五日目になる。馬の仕入れは上手くいっているのだろうか、と気になった。

あっ、と太一が声をあげ、権三の大きな手が、太一の小さな手に触れた。太一が権三に笑いかけ、権三が頰笑み、笹江はぱっちりと目を見開き、地面を睨んでいる。子供たちは権三の顔の疵にはや慣れ、まったく恐がらなくなった。

あの人は小さな子を恐がらせない、そういう性根の人なのだ。

櫂はなぜか、ほっとした。

そのとき、権三が笑みを浮かべた顔を太一からあげ、櫂と目が合った。櫂が黙礼すると、権三は立ちあがって黙礼をかえした。ご丁寧に、と櫂は思った。

「うん？　どうしました」

邑里が障子戸の陰になっている中庭へ、上体を前へ傾けて顔を向けた。

「あれは」

と、小声で言った。

「お泊りのお客さんです。相模の川尻村から馬の仕入れにこられて、もう四、五日になります」

「相模の川尻村ですか。相模川の上流のあそこらは、林業と炭焼きしかない山また山の、貧しい村ばかりですな。険しい山道を堆《うずたか》く荷を積んで村から村へと運ぶ荷馬がないと、暮らしていけませんからな。それにしても、あの男の顔の疵は、なんですか。人相がひどく悪い。女将さん、ああいう手合いには、気をつけないといけませんよ」

「いいえ。物静かで、とても穏やかな方です。毎日、南馬場町と北馬場町に馬を見にいかれているようです」

「一見はそうでも、ああいう手合いは猫っかぶりで、本性は碌《ろく》なもんじゃありませんから。こまごました物で、なんぞ失《な》くなってはいませんか」

櫂はうっすらと浮かべた笑みで、不快な気持ちを隠した。

「そういうことで、女将さん、亡くなったご亭主が残してくれた老舗の島本をつつがなく守っていくために、この際、元締役の重荷を降ろして……」

「お気遣い、ありがとうございます」

櫂はさり気《げ》なく言って、邑里の言葉を遮った。

「ですが、島本が南本宿の元締役を代々継ぐことになりましたのは、明和のころに、当時の島本の主が音頭《おんど》をとって南本宿の旅籠仲間ができたとき、仲間内の決め事は合議制だけれど、元締役は代々島本が継ぐことにしようと、みなが賛同して決まったと、わたしが島本に嫁《とつ》いでから、お舅《しゆうと》さんに聞きました。元締役は、元締としての考えや意見は尊重されるけれど、旅籠仲間を指図する頭ではありません。旅籠仲間のご主人方が、元締役を松澤さんにとお決めになるなら、松澤さんに代わっていただいてもかまいませんが、それは寄合の場で、松澤さんが元締に相応《ふさわ》しいかどうか、みなが合議することです。わたしが今ここで、どうぞ松澤さんにと、そんな勝手な真似はできません」

邑里の柔和な表情は消え、高利貸の顔つきになっていた。

「それに、松澤さんも野々村さんも白銀屋さんも、南本宿ではいつも賑わっている大旅籠ですけれど、旅籠仲間の決め事には、これまであまり熱心ではなかったのではありませんか。寄合にも代わりの若い男の方が出ていらっしゃったとか、旅籠に抱える女衆を、道中方の取り締まりを受けないように、三、四人程度のほどほどの人数にと話し合っても、松澤さんも野々村さんも白銀屋さんも女衆を十人以上抱え、ご自分の旅籠が儲かればいいとお考えのようだと、夫から聞いていました。そういうご主人が、旅籠仲間の元締を務めるというのは、いかがなものでしょうか。寄合でみなさんが、元締役を松澤さんに代わるように、と仰るなら従いますが……」

邑里は唇をへの字に結び、ふうむ、と不服そうにうなった。

櫂の膝の前に、二十五両のひとくるみはそのままおかれている。

「邑里さんのお気持ちは、ありがたく頂戴いたします」

櫂は丸髷に広い額の頭をそっとさげ、黒い喪服の膝においた白い手を、二十五両のくるみに添えて、邑里のほうへ押し戻した。

「でも、これはお借りいたしません。夫の喪が明けるまでひと月余、なんとか辛抱します。夫も見守ってくれていると思います」

ふふん、と邑里は鼻で笑った。

「そうですか。なら、仕方がありませんな。お好きなように」

分厚い手で、二十五両のくるみを、まるで石ころを掌でつかむようににぎって、袖へ無雑作に放りこんだ。

櫂は中庭へまた目をやった。

笹江と太一と権三は、赤紫の花を咲かせているさつきの灌木のそばへいき、笹江が権三にしきりに何かを話しかけていた。権三は、ふむふむ、と頷き、太一は権三と手を繋いでいた。

三

櫂は、邑里総九郎を表の往来に出て見送った。

「ありがとうございました。どうぞ、お気をつけて」

前庇の下で辞儀をしたが、邑里はむっつりとして何もかえさず、藍の絽羽織の大柄をやや斜《はす》にして、表通りのほうへそそくさと運んでいく。

櫂の後ろで、ともに邑里を見送っていた浩助が言った。

「邑里さんは、ご機嫌があまりよろしくなさそうでした。女将さん、邑里さんのご用はなんだったんですか」

「お金を貸してくださるお話でした」

櫂が背中で応えた。

「ええっ。そうなんですか。島本を営む元手をですね」

「はい。それもとても低い利息で……」

「へえ。そうだったんですか。邑里さんもああ見えて、案外いいところがあるんですね」

宿場の表通りへ向かう邑里と入れ替わりに、納戸色の上衣と黒紺の細袴に二本を差した萬七蔵と、井桁半纏を黒の角帯でぎゅっと締めた尻端折りの、手甲脚絆草鞋掛の樫太郎が、往来を島本のほうへ戻ってくるのが見えていた。

七蔵と邑里が目を合わせ、邑里は窮屈そうな辞儀をしていきすぎていくのを、樫太郎が邑里を横目で追い、それから七蔵の背中に話しかけた。七蔵は、薄笑いを浮かべて頷いた。

「でも、お断りしました」

櫂の背中がまた言った。

「え？　低金利で借りられるのに、それを断ったんですか。こう言っちゃあなんですが、今の島本の営みは、かなり厳しいものが、あるんじゃありませんか。あたしは邑里さんの融資を受けるのは反対ですが、そうは言っても、背に腹は代えられませんからね。何か、断ったわけがあったんですか」

浩助は、櫂の背中にささやきかけた。

「いいんです、浩助。あとで話してあげます。島本の営みは何とかします。業者さんの支払いを、なるべく待っていただくように、あなたも頼んでください。ときがたてばお客さんは戻ってきてくださいます。それまでの辛抱です。質屋さんもあります。お客さまのお戻りですよ」

櫂は往来をくる七蔵と樫太郎へ辞儀をした。

「お戻りなさいまし。お役目、ご苦労さまでございます。ただ今、濯《すす》ぎの用意をいたします」

島本の泊り客は今、江戸の町方の萬七蔵と樫太郎という御用聞の二人と、あの権三だけである。どうぞ、と櫂は七蔵と樫太郎を案内して通路の土間へ入り、

「おふくさん、お客さまの濯ぎをお願いします」

と、宿の奥へ明るく装った声をかけた。

邑里総九郎は、南本宿一丁目と二丁目の境の往来から本通りに出る間際、曲がり角から島本を見かえった。

半町（約五五メートル）ほど離れた一丁目側の往来へ出した広い前庇の下で、櫂と使用人の男が、今し方いき違った若い男を従えた侍に、辞儀をしているのを認めた。

侍と供の若い男は、旅姿というには軽装だった。

島本の客だとしても、ただの泊り客とは思えなかった。

侍と擦れ違うとき、総九郎は菅笠の下の鋭い目にひと睨みされた。供の若い男も、訝しげな眼差しをしつこく絡《から》ませてきた。

なんだ、あいつら。気に喰わねえな。怪しい侍だぜ。

総九郎は唇を歪めた。侍と若い供が島本の店に消えるまで、曲がり角で見ていた。それから、本通りに出て北へとった。

まだ空は十分に明るいが、旅籠の客引きの声が、はや通りを賑わす刻限になっている。本通りは、旅客よりも嫖客《ひょうかく》のほうがずっと多い。

目黒川に架かる中の橋を、北本宿一丁目へ渡った。

北本宿の次、歩行新宿三丁目の西側に善福寺《ぜんぷくじ》門前の町家がある。その善福寺門前をすぎ、御殿山に向かう大横町《おおよこちょう》へ曲がった。大横町を、御殿山の上り道の手前で北の小路へもうひと曲がりした。

山裾に沿う小路の片側に、三軒ほどの送り茶屋が二階家をつらねていて、総九郎は軒に《杜若《かきつばた》》と赤紫に白く染め抜いた暖簾《のれん》をわけ、送り茶屋の戸口を潜った。顔見知りの女将が出てきて、濃い白粉《おしろい》に紅をべったりと塗った唇の間から鉄漿《おはぐろ》を光らせ、総九郎を二階へ案内した。

送り茶屋とは、品川女郎衆を抱えた旅籠に客を送る引手茶屋のことで、高輪から品川宿内に百五十軒以上もあった。

部屋は水屋《みずや》の板敷と次の間があって、間仕切の襖ごしに男と女のあけすけな笑い声がもつれて聞こえた。

「お連れさまがお見えです」

女将が間仕切に声をかけ襖を引くと、鉢や皿の並んだ膳を前にして、福本武平に町芸者らしき女がしなだれかかり、武平の杯に徳利を傾けていた。女はあけすけな笑い声を抑《おさ》え、くすくす笑いになった。

「ふふ、だめ。零《こぼ》れるでしょう」

と、傾けた徳利が杯に触れてかちかちと鳴った。武平は濡れた唇をだらしなく歪め、羽織袴を浅黄《あさぎ》色の帷子《かたびら》ひとつに替え、すっかりくつろいでいた。女の三味線と三味線を仕舞う筥《はこ》が、部屋の隅に放っておかれていた。

武平の刀も、まるで放っておかれたように壁にたてかけてある。

一尺（約三〇センチ）ほど透《す》かした出格子の明障子《あかり》の間に、まだ明るい空が見えている。

「福本さま、おくつろぎのところ、少々お邪魔いたしますよ」

総九郎は部屋へにじり入り、畳に手をついた。

「おお、やっときたかい。待ちくたびれたぞ。まあ一杯やれ。おみつ、邑里さんにお酌《しやく》をして差しあげろ。江戸の芝口一丁目で、高利貸を営んでいらっしゃる旦那だ。おまえも急な要り用があったら、邑里さんに頼めば簡単に用が片づく。ただし、容赦ないとりたてを喰らう覚悟を、しておかねばならんがな」

あはは……

と、武平が馬鹿笑いをまいた。

「はい、高利貸の旦那さん」

おみつと呼ばれた女が戯《たわむ》れて言い、総九郎に杯を差し出した。

畏れ入ります、と杯をとり、おみつの酌を受け、ひと息にあおった。そして、もうひと注ぎしかけたおみつを、分厚い掌で制し、杯を畳においた。

「ちょいと手間どって、遅くなりました。酔っぱらう前に、とりあえずご報告を済ませたいので、福本さま、よろしゅうございましょうか」

総九郎は、にやにや笑いを武平に向けた。

「せっかくのいい気分が、野暮用の所為で台無しだが、いたし方あるまい。おみつ、こちらの旦那の用が済むまで下にいっておれ。帰ってはならんぞ。おまえには話して聞かせてやりたいことが、山ほどあるのだ。楽しみにして待っておれ」

武平は言いながら、しつこくおみつの身体を撫で廻し、おみつをくすぐった。

総九郎はわざとらしく咳払いをして、女将に言った。

「女将、用が済んだら呼ぶから、膳はそれからにしておくれ」

女将は、へえ、承知いたしました、と鉄漿が光る愛想笑いを寄こし、おみつの三味線を筥に仕舞って、武平がしつこく絡むおみつを促した。

二人が安普請の階段を軋ませ降りていくと、武平は胡坐をかいた帷子の裾をなおし、呑み残しの杯をつまらなそうにすすった。

総九郎は武平の膳へにじり、徳利をとって武平に差した。

「で、鮫洲《さめず》の貫次《かんじ》と話はついたのか」

武平は顔つきを陰鬱《いんうつ》にして、不機嫌そうに言った。

「何もむずかしいことはありません。貫次は金次第の男です。手荒い真似をしても道中方が目をつぶってくれるなら、気の荒い渡世人を相手にするよりもっと簡単ですからね。二、三日中に一軒ずつ始めると言っております。相手はどいつもこいつも、その日暮らしの貧乏人どもだ。ごねて痛い目に遭わされたら、てめえらじゃあどうにもならないとわかって、みな大人しく出ていくでしょう」

「ようやく、たちあがるのか。ずい分手間どったな。あんたから、斯く斯く云々と話を持ちかけられて、一年と四ヵ月だ。もう無理なんじゃないかと、思っていたがな。島本の左吉郎がいる限りな」

「あの頑固者の所為で、余計な金と暇をかけさせられ、こっちもえらい目を見ました。左吉郎の顔を思い出したら、今でも腹がたってなりませんよ」

「まあ、呑め」

と、今度は武平が徳利を差した。

総九郎は畳においた杯をとってそれを受け、冷めた酒をちびちびと呑んだ。そして、はあ、と吐息《といき》をもらした。

「左吉郎が消えて、清々《せいせい》したか」

武平がからかい、語調を変えて言った。

「島本の女将にも、話をつけてきたんだろう。そっちの首尾《しゅび》はどうだった」

「ふうむ、それが、どうもね……」

「なんだい。目障りな邪魔者がやっと消えたんだ。残るは女ひとり、簡単に手なずけられるのではないのか」

「へい、そのはずなんですがね。あのあまっこが、大人しげな見た目と違って、妙に依怙地《いこじ》な性分らしく、はいそうですか、とはいきません。ちょっと手古摺《てこず》りそうで、意外でした」

「冗談ではないぞ。もうこれ以上、手間暇はかけられない。だからあそこまでやったのではないのか。おれはいいんだぞ。元々はあんたに手を貸してくれ、と頼まれた話だ。頼まれた話が潰れても、元のままというだけだからな。だが、あんたはそれでいいのか。いや、それで済むのか。お大尽《だいじん》方を法外な儲け話で誘って大金を集めておきながら、一年四ヵ月になろうかというのに、まだときがかかる、どころか、じつは儲け話はあっても、話を進める糸口がつかめないときては、お大尽方に愛想を尽かされかねないぞ。お大尽方に融資した金をかえせと迫られて、かえす金が残っているのか。ある日、高利貸の邑里の旦那が、莫大な借金を抱えて首を吊ってた、なんてことになるまいな。貧乏人にさんざん首を吊らせたあんたが首を吊ったら、とんだお笑い草ではないか」

総九郎は唇を歪め、不貞腐《ふてくさ》れた顔をそむけた。

首吊りだと、てめえこそ腐れが、と地金《じがね》が出そうになるのを抑えた。

武平が、酒で濡れた唇を尖らせて言った。

「あの女将、櫂と言ったな。島本は銭箱を奪われて、やり繰りが苦しいはずだ。喉から手が出るほど金が欲しい。融通話に普通は乗るもんだ。あんた、女将にいくら用だてると、持ちかけたんだね」

「申し入れたのは、二十五両の年利六分、ということですよ」

「ええっ、五十両じゃなかったのかい。おれは、椀飯振舞《おうばんぶるまい》で、百両はいくのかなと思ったんだが、二十五両ぽっちだったのかい」

「そんな。品川宿の老舗と言っても、ただの中旅籠ですよ。女郎衆を十人二十人と抱えて、毎日どんちゃん騒ぎの大旅籠ならまだしも、島本ごときに百両も年利六分で用だてたら、それがすぐに品川中に広まって、かえって怪しまれます。道中方のお役人さんだって、どういうことだと、調べてみようと、黙って見ちゃいないんじゃありませんか」

「それもそうだが」

武平が杯を乾《ほ》し、総九郎がむっつりとまた酌をした。夕方になり、御殿山のほうで烏《からす》の鳴く声が聞こえてくる。

武平は杯をすすって言った。

「女将は、二十五両の融通を断ったんだな。島本は銭箱ごと盗られても、まだ蓄《たくわ》えがあるのか」

「そんなはずはありませんよ。業者への支払いが滞《とどこお》っている噂が聞こえていますからね。女将は当座の資金繰りに、質屋通いも始めたとか。台所は火の車だと思うんですが、そんなふうに見せないところが、優しい顔をしても、女の性根の案外な図太さなんですかね」

「女将は、どう言って断ったんだ」

「旅籠仲間の元締役を、松澤に譲る気はないと、にべもなく二十五両を突っかえされました。松澤も野々村も白銀屋も、日ごろ、てめえの旅籠の儲けのことしか考えず、旅籠仲間の寄合にも熱心じゃなかった。あの女、そういうご主人が、旅籠仲間の元締を務めるというのはいかがなものでしょうかと、さらりと言ってのけましてね。かえす言葉がありませんでしたよ」

ふうん、と武平はうなった。徳利を総九郎の杯に差したが、徳利は空《から》だった。

武平はどたどたと廊下へ出て、階下へ太い声を投げた。

「おおい、酒をくれ。酒だ。酒……」

「はあいただ今。膳はいかがいたします」

階下の声が聞こえた。

「もう少しかかる。酒だけでいい」

武平がまたどたどたと部屋に戻り、浅黄の帷子の裾を膝頭《ひざがしら》までたくしあげて胡坐をかいた。濃い脛《すね》毛《げ》に蔽われた、生白い足を擦りながら言った。

「松澤だの野々村だの白銀屋だの、おのれの金儲けのことしか頭にないあんな者らが、旅籠仲間の元締など無茶な話だと、思っていたよ。あんな者らは、所詮、女郎屋の金勘定だけの亭主にすぎん」

「へい、そうですがね。金儲けのことしか頭にないあんな者らしか、遊戯場に賛同する旅籠の旦那方はおりませんので、仕方がないんです」

ぬけぬけとよく言うぜ、と地金がまた出そうになるのを堪えて、総九郎は言った。中働きの女が、熱燗《あつかん》の湯気のゆれる徳利を二本とたくあん漬けの小鉢を、盆に載せて運んできた。

中居が部屋を出ると、総九郎は続けた。

「あとの旦那方は、元締が賛成ならあたしも賛成でと、どっちつかずの日和見《ひよりみ》ですから。端《はな》から駄目だというのは、左吉郎だけでした。その左吉郎が元締でしたから、ここまで面倒な事態になったんですよ。当初の目論見では、去年の暮れには遊戯場ができて、盛大に賭場もご開帳になっていたはずなんです。それも、道中方のお役人さま方をお招きしてね」

「馬鹿を言え」

と、武平は苦笑いを投げ、手酌の杯をあおった。

総九郎も手酌でやり始め、箸を使わず、たくあん漬けを指で摘まみ、賑やかに鳴らしてかじった。

烏の鳴き声が、夕方の空に飛び交っている。

「北の吉原は千金《せんきん》の町だ。あんた知ってるかい」

武平が言った。

「知ってますよ。それぐらい、がきでも」

総九郎はたくあん漬けをかじっている。

「辰巳《たつみ》の深川《ふかがわ》は、寛政の取り締まりでだいぶ勢いを失った。今は、北の吉原に南の品川だ。しかしだ、旅籠の飯盛だけでは、品川は吉原に到底およばん。そこで南本宿四丁目の小汚い漁師小屋やら裏店を一掃して更地《さらち》にし、華やかな遊戯場に作り変え、近在の親分衆を筒親《どうおや》に据えて竪盆《たてぼん》の大博奕を、それも一ヵ所だけじゃなく、三ヵ所か四ヵ所がご開帳となれば、街道筋のみならず、海からもお金持ちが品川にわんさと集まってくる。当然、われら道中方は目をつぶるのは、言うまでもない。そうなると、客は宴で唄い騒ぎ、女郎衆と戯れ、賭場で湯水のごとく散財し、品川は千金の町どころか、二千金、三千金の町にだってなるのは間違いない。一日の賭場の寺銭《てらせん》だけで、目が眩《くら》む。あんたは、たちまち品川の長者《ちょうじゃ》さまにだって成れる。そのために、邪魔な芥《ごみ》の始末はいたし方あるまい」

「始末をさせられたのは、わたしですがね」

「それは当然だろう。長者さまに成るために、邪魔な芥の始末は自分でするしかない。おれは、あんたが長者さまになる目論見に、見ぬふりをして、わずかばかりのおこぼれに与《あずか》る木《こ》っ端《ぱ》役人にすぎぬ。拙者《せっしゃ》は武士でござる。あんたほど欲深くはないのでな。あはは……」

総九郎は顔をしかめて、杯をあおった。

そのとき、まだ明るい夕方の空を飛んでいた一羽の鳥が、羽音をたてて出格子の手摺に止まった。鳥は明障子を引いた隙間から、総九郎と武平を凝っと見つめて、置物のように動かなくなった。

総九郎と武平は鳥に魅入《みい》られ、黙りこんだ。

ふと、武平が先にわれにかえって言った。

「そうだ。さるところから漏れ聞いた話だがな。島本押しこみ一味の探索に、町方の隠密が乗り出したらしいぞ」

「町方の隠密が？　なぜ、町方の隠密廻りなんで。宿場は勘定所の道中方が掛じゃありませんか」

「そうなのだが、どうやら、町奉行所は島本へ押しこんだ一味が、数年前から西国や上方を荒し廻っていた天馬党の仕業ではないかと、疑っているらしい。天馬党は大坂や西国の町方が長年追っていて、一味の人相書は以前より江戸の町奉行所や勘定所にも届いてはいた。去年の秋、駿河の海辺の町や村が続けて天馬党に襲われる前、捕縛《ほばく》されたり仲間割れなどして人数は減らしているものの、天馬党が追及の手を逃れて関東のほうへ下ったと、大坂の町奉行所が江戸町奉行所へ知らせてきた。天馬党の首領《しゆりよう》は、甲州鰍沢大野村無宿の弥多吉というあらくれだ。当然、知っているな」

総九郎は、出格子の手摺に止まった鳥を見つめて黙っている。

「弥多吉は、得物に種子島の短筒を使う。島本に押しこんだ一味が短筒を放ち、逃げ出した使用人をひとり仕留めた。あれで町方は、ついに天馬党が江戸のお膝元も同然の品川宿に現れたと睨んだ。天馬党が現れたからには、勘定所支配の宿場だろうと、道中方だけに任せておくわけにはいかないと、御奉行さまの命を受けて隠密が窃《ひそか》に動き出した、というわけだ」

ところで邑里さん、と武平が言葉つきを変えて言った。

「あいつらは、今どうしている」

「あいつら？　隠れ処《が》に身をひそめて大人しくしていますよ。あたり前じゃありませんか。ほとぼりがさめるのを待って、草鞋を履《は》かせます。当初からの手はず通りですよ。それがどうかしましたか」

「ならいいんだが、隠密が探り出したとなると、用心の上にも用心が肝要《かんよう》だ。あんたのその太い首が、いつまでも安泰《あんたい》であるためにな」

「わたしの首が安泰でなくなるなら、福本さまの首もどうなることやら、わかりませんがね。まあ、大丈夫ですよ。一味は島本へ押しこんだあと、徒歩で西へと逃走を図りました。西の武州か南の相州か、あるいはもっと先の上州か野州へ、とっくに逃れたことでしょう。道中方はそういう見たてではありませんか」

「確かに、そういう見たてだ。道中方はな。だが、隠密はどうかな」

総九郎の脳裡を、不意に、さっき島本から南本宿の本通りへ出る往来でいき違った、侍と従者《じゅうしゃ》風体の若い男の姿がよぎった。櫂が侍と供の男に辞儀をし、二人は島本の中に入っていった。

総九郎は思わず、あれか、と呟いた。

すると、手摺の鳥が黒い羽をいきなりばたつかせて、夕方の空へ慌ただしく飛びたっていった。いく羽もの鳥の鳴き声が、夕方の空に聞こえた。

四

権三は、島本の五、六人は一緒に浸かることのできる据風呂《すえぶろ》に、ひとりで浸かっていた。火之用心、の札が壁にかかっていて、白い湯気が、無双窓《むそうまど》から裏手の狭い庭へふわりふわりと漂《ただよ》い出て、夕方の光の中でゆれていた。

庭の柘植の灌木にも、日の名残りが絡まっている。

海のほうで、海鳥が鳴き騒いでいた。

権三は、ちくちくと肌を刺す新しい湯をゆっくりとかき混ぜ、両掌で掬《すく》った湯を顔に浴びせた。眉間から頬にかけてのひと筋の疵痕を、指先でなぞった。疵痕は皮に残る違和を、権三の指先に跳ねかえした。

権三が初めて、やくざの喧嘩場で助っ人にたったのは、ちょうど二十五年前のその晩春のころだった。

八王子宿近在の貸元同士が、縄張りを廻《めぐ》って啀《いが》み合った末に、双方喧嘩状を突きつけ、力ずくの決着をつけることになった。両方の貸元が、助っ人を求め、その噂を聞きつけた無宿渡世の男らが、命を的《まと》にひと稼ぎするため集まった。

権三の眉間から頬にかけての疵痕は、まだ癒《い》えたばかりの痛々しい赤いひと筋を残していたが、飯を食うために権三は、疵など気にかけなかった。

多摩川にそそぐ浅川《あさかわ》の、蘆荻《ろてき》の繁る川原が喧嘩場だった。東の空の果てにかすかな赤みの差した夜明け前、やくざ一家の者と助っ人を合わせて、どちらも三十人から四十人ぐらいの人数をそろえた、ほぼ互角の戦いが始まった。

初めに助っ人同士の一団が喚声をあげて衝突し、それに双方の一家の者らも加わり、すぐに敵味方が入り乱れての乱戦になった。

衝突ともみ合いを繰りかえして、怒声を投げ合い、斬り合い、叩き合い、悲鳴があがり、血まみれの怪我人が次々に転がって、のたうち、哭《な》き喚いた。死人どれぐらい出たかもわからない。

権三はあのとき、生きることも死ぬことも、おのれ自身も忘れて、死に物狂いで暴れ廻った。激しい怒りが、権三の頭の中に渦巻いていた。

ほんの一ヵ月余前、品川宿の鳥海橋で、無頼な男らにとり囲まれ、逃げ場を失い、追いつめられ、顔面を斬られた。鳥海橋の手摺に寄りかかり、ずるずると崩れ落ちる自分自身が見えていた。

そのおぼろな記憶が、権三の怒りの炎に油を注いでいた。

あれが、この渡世の入口だった。

あれが、地獄の入口に違いなかった。

それでも、あのとき権三は二十一歳で、まだ生きてはいたけれど、どうせいつか死ぬなら、腹を空《す》かして死ぬより、死ぬ前に一杯の飯を食いたかったのだ。

権三が掬った湯が、指の間から音をたてて零《こぼ》れた。

渡り廊下にひたひたと人のくる足音が近づき、大柄に二刀を帯びた中年の侍風体と、もうひとり、中背の若い町民風体の男が湯殿に入ってきた。

二人は据風呂に浸かっている権三と目を合わせ、「お邪魔しますよ」と、大柄な侍が言い、「お邪魔しやす」と若いほうが続いた。

二人は帷子と下帯をとって、宿の風呂敷にくるんで、両刀とともに湯殿の片隅へおいた。権三の衣類も、宿の風呂敷にくるんで湯殿の壁ぎわにおいてある。

侍のやや日に焼けた肌が、なめらかに張りつめ、広い肩幅と、無駄な肉を削《そ》ぎ落としたように筋張った長い手足が伸びやかで、ほうっ、と声が出そうなほどの身体つきだった。

若い男は、色白の痩身ながら、やわらかで俊敏そうな身体の初々《ういうい》しさが、いかにも町家の若い衆という風情《ふぜい》だった。

どういう連れなのだろう、と権三は二人が湯船にゆっくりと浸かる様子をそれとなく見守った。侍の主人と従者の下僕《げぼく》なら、いかに旅の宿であっても、湯殿を一緒にするとは思えなかった。

昨日から、海の眺めがいい離れの、権三の部屋と離れた部屋に泊っているのは知っていたが、顔を合わせたのは初めてだった。

「やれやれ、いい湯だな」

「いい気持ちですね」

侍と若い衆は言って、権三と目を合わせ、愛嬌を感じさせる会釈を寄こした。

つい権三も気を許し、頬笑みかえした。

「島本の女将さんに、ちらっと聞いたんですが、お客さんは、相州の方で、馬喰をなさっているとか」

侍がくだけた口調で、声をかけてきた。

「へい。相州の川尻村でございやす」

権三は、伸びた月代を指先で撫でながら言った。

「川尻村は、相模川の奥の山のほうですね」

「さようで。相模川の上流の、山から山へと山道を縫っていきやす」

「樫太郎は、相州の川尻村は聞いたことがあるかい」

「知りません。相模川なら知ってます。見たことはありやせんが」

「おれも相模川は見たことがねえ。川尻村なら、津久井郡ですね。川尻村の麹屋の直弼という親分の名が知られていますが、馬喰が生業なら、直弼親分をご存じじゃありませんか。馬方衆の差配役の傍ら、近在の村々に入りこんだ余所者の、仕切を引き請けていると、聞こえている親分です」

「よくご存じですね。じつは、麹屋直弼親分の身内のもんでございやす」

「なるほど、麹屋直弼親分のお身内でしたか。もしかしたらそうじゃないかな、と思いましたよ」

「お侍さまは、江戸の方でございやすか」

「わかりますか。江戸のもんです」

「道理《どうり》で。もしかしたらそうじゃねえかな、と思っておりやした」

権三が戯れて言うと、七蔵と樫太郎が湯をゆらして笑った。

「何が、道理で、なんで？」

七蔵が言った。

「川尻村の直弼親分をご存じのお侍さまは珍しいんで、江戸のお役人さまじゃねえかなと、ふと、思いやした。勘定所の道中方のお役人さまとか」

「いい勘です。隠しているわけじゃ、ありませんよ。訊かれないから言わないだけでしてね。道中方じゃなく、町方ですがね」

「お侍さまが町方なら、こちらの若い衆は、御用聞のお勤めですね」

樫太郎は、こくりと頷いた。

「するとやっぱり、半月前の押しこみの一件ですね。だとしても、なぜ町方なんでございやすか。宿場は道中方が掛では、ございやせんか」

しかし、七蔵はそれをはぐらかすように訊いた。

「直弼親分のお身内が、品川まで馬の売り買いにこられたんで？」

「品川は東海道一の宿場ですから、継たての馬市が盛んです。仕入れなら多い中から探すほうがいい。二、三頭、少なくとも一頭は、山道でも働きそうなやつをしっかり目利きして仕入れてこいと、親分のお指図でしたが、多い中から探すのは却って目移りがして、こいつだと思えるやつにはなかなか出会えねえもんです。下手な駄馬を牽いて帰って、どこに目をつけていやがると、親分にどやされそうで、どうもいけません」

「仕入れはまだ、済んじゃいないんですかい」

「今日、北馬場町で一頭ようやくです。こいつだと、思えるほどじゃないんですが、なぜか目が合ったんです。照れ臭そうな素ぶりを見せやがったんで、ちょいと縁《えん》を感じましてね」

「なるほど。縁ですか」

権三は、ふっ、と息を吐いて湯気を乱した。

「そろそろ五日になりやす。南馬場町の馬市を、もう一日のぞいてみて、終りにするかなと、思っておりやす」

「なぜ、島本を宿にしたんです？」

「南本宿の老舗と、島本の名前はきいておりやした。半月前、押しこみに遭ってご亭主が亡くなり喪中にもかかわらず、女将さんは、酒宴や女衆目あてのお客は遠慮を願うけれど、島本を定宿にしている旅のお客さんがきてくださるなら、とご亭主の初七日が済んだ翌日にはお客さんを泊ている。そこでよければと、問屋場で教えられましてね。わいわいきゃあきゃあと、うるせえ旅籠は真っ平だ。島本さんで、よかった。ここは、海鳥の鳴き声と、浜辺に寄せるやわらかな波の音しかありやせん。旅の宿は、静かなところがいいんです」

七蔵と樫太郎が、権三の言い分に頷いた。

「ずっと、川尻村で」

「ええ、まあ。貧しい炭焼きの倅です。炭焼きの山仕事なんかいやだと、親父と喧嘩をして一度、渡世人を気どって旅に出たんです。たちまち食いっぱぐれて、村に戻ったときは、もう親父はとっくに亡くなっていました。それから、直弼親分に拾ってもらいやした」

「じゃあ、その顔の疵は、渡世人のころの名残りとか」

「あはは、お役人さま、なんぞお調べでございやすか」

「済まねえ。そんなつもりじゃありません。詮索癖は役人の性分でしてね」

「いいんですよ。こいつは……」

と、権三は疵を指先でなぞった。

「若いときに物騒なやつらとつまらねえ喧嘩をして、この面《つら》になりやした。女房も子もおりませんが、この疵だけがあっしの墓場まで道連れです。じゃあ、お役人さま、お先に」

そう言って湯船を出た。

絞った手拭で身体をぬぐい、衣類をくるんだ風呂敷を解いた。下帯をつけながら、ふと、無双窓の外におりる夕暮れを見つめて言った。

「お役人さま、馬市の馬喰らが噂をしていたのを、小耳にはさんだんですがね」

七蔵と樫太郎は、権三へ顔を向けた。

「島本の押しこみは、天馬党という、上方で名の知られた押しこみ一味の仕業らしいですね。頭が得物に種子島の短筒を使うと、あっしも噂を聞いたことがありやす。島本の押しこみにも、種子島が使われたようで」

「確かに、種子島を放って、使用人が撃たれました。天馬党の噂は、わたしらも聞いています。けど、どうですかね。今はまだ何もわかっちゃあいません」

「何もわかっちゃあいない、ということは、じゃあやっぱり、天馬党の仕業と睨んで、道中方ではなく、町方の出番になったんですね」

「天馬党の仕業なら、なんだと言うんです」

「旅籠は泊り客がいるんで、押しこみには不向きだ。泊り客が騒ぎ出す恐れがあって、金目の物を物色する暇があんまりねえ。それだけ厄介だし、危《あや》ういってことじゃありませんか。こそこそどろぼうみてえに、寝静まった泊り客の懐を狙うってえならわかりやすが、押しこみに慣れた玄人の仕業らしくねえ。天馬党に別の狙いがあったなら、話は違いますがね」

「天馬党に別の狙いがあったと、その噂も聞いたんですか」

「そうじゃありませんが、ちょいと妙だなと思いやした」

権三は紺の帷子を羽織った。

「お客さん、なんぞお調べですか」

「おっと、相済いやせん。馬喰ごときが、失礼いたしやした」

権三は破顔《はがん》して湯殿を出かけた。だが、足を止めまた七蔵へ見かえった。

「小耳にはさんだ馬喰らの噂話を、失礼ついでにもうひとつ。南本宿四丁目に、大きな遊戯場を作る企《くわだ》てが、今、進んでいるそうです。矢場とか芝居小屋とか、見世物小屋とか、そういう小屋が建ち並ぶ遊戯場です。お役人さまなら、当然、ご存じでしょうね」

「聞いてはいますが、詳しいことは知りません。宿場は町方の支配じゃありませんから、あまり首を突っこまないようにしているもんで。それが……」

「馬喰らは、その遊戯場で開かれる豎盆の大博奕が待ち遠しいと、言っておりやした。どうやら、品川宿近在のみならず、江戸からのお客さんを沢山呼ぶ大きな賭場のご開帳が、遊戯場を作る元々の狙いのようです」

「そいつは拙《まず》いですね。道中方が見逃がしちゃあ、おかないでしょう」

「ところが、遊戯場を作る企てを道中方は承知していて、そこで何が行われようと、お役人さまの手入れの心配はないと、馬喰らは言っておりやした」

「そいつは支配外でも放っておけませんね。調べてみます」

七蔵があっさりかえすと、権三は七蔵へ物憂げな一瞥《いちべつ》を投げた。それ以上は言わず、湯殿を出ていった。

ひたひたと板廊下の湿《しめ》った足音を耳で追いかけつつ、樫太郎が言った。

「あの古疵は、ちょっと凄いですね。修羅場《しゅらば》を潜《くぐ》ってきた、やくざ渡世かと思いやした。馬喰には見えません。いくつぐらいだろう。馬喰の仕事がつらいのかな。

くたびれた感じですね」

「樫太郎。あれは馬喰の身体つきじゃない。あそこまで身体を絞っているのは、きれを鈍《にぶ》らせないためだ。今も修羅場を潜っているのか、それとも……」

七蔵は、天馬党に別の狙いが、と馬喰の残した言葉を頭の中で繰りかえした。

「だったら、そんな渡世の者が、品川宿にどんな用があってきたんですかね。しかも、半月前に押しこみに襲われた島本に宿をとったのは、なんか因縁があるんですかね。天馬党のことをいきなり言い出して、気になるな。それと、遊戯場に大きな賭場が開かれることは、品川中に知れわたっているんですね」

「うむ。浩助さんが言っていたが、道中方はどういうつもりなのかな」

「そう言えば、問屋場の文次郎さんは、どうして遊戯場のことを言わなかったんですかね。賭場が狙いだってことは、当然、知っているでしょうに」

「たぶん、道中方が承知しているからこっちも承知しているに違いないと忖度《そんたく》して、気を利かしてわざと触れなかったんじゃないか」

「そういうことか」

「遊戯場の賭場のことは、江戸に帰ってから道中方に確かめてみよう。そうだと聞いたからには、放っておくわけにもいかねえ」

七蔵が湯を掬って、顔にかけた。

「そうっすね。放っておけませんよね。ああ、いい湯だ」

樫太郎も湯を掬い、たちのぼる湯気がゆれた。

五

権三は出格子の床に腰かけ、品川の海を眺めていた。海の彼方の空には夜の暗みは兆《きざ》しつつも、まだ昼間の青い明るみが品川の海を蔽っていた。

沖の廻船に、ぽつん、ぽつん、と明かりが灯り、水手《かこ》らしき小さな人影が船上を動いている。まだ瀬取《せど》りをしているのか、荷を積んだ艀《はしけ》が廻船から離れて、高輪のほうへと漕いでいくのが見えた。

海岸から広がる浜辺では、ぴゅるぴゅる、ぴゅるぴゅる、と千鳥《ちどり》が集まって賑やかに鳴き、波打ち際の海面近くや、海中の竹柴《たけしば》の篊《ひび》が並ぶあたりを、忙《せわ》しなく飛び交っていた。

涼しい海風が、権三ののびた月代《さかやき》をそよがせた。

明日は南馬場町の馬市へいき、それから、と考えたが、八州廻りの田舎やくざの、所詮は役たたずの無宿者に出番などないまま、日は暮れていく。さっさとてめえの居場所へ戻れ、と権三は呟いた。

「お待たせいたしました。夕餉《ゆうげ》の膳をお持ちしました」

部屋の廊下側の明障子に、中働きのおふくの丸く太った影が差した。

おう、と権三は声をかえした。おふくが明障子を引き、二つ重ねた足付膳とお櫃《ひつ》を手慣れた様子で抱えて、畳をゆらした。

「お腹がすいたでしょう。ゆっくり召しあがってくださいね」

おふくは言いながら、二つの膳を並べ、碗や鉢、箸の音をたてた。それから、外はまだ明るいが、行灯《あんどん》に火を入れた。

「ひと風呂浴びて、腹が減ったよ。ちょうどいい具合だね」

権三は、夕暮れの海が見える出格子の障子戸を開けたまま、おふくが支度をする膳についた。

膳は豆腐と菜の澄《す》ましの椀、鯛《たい》の刺身、合わせ酢のたこの和《あ》え物、芋《いも》と菜と揚《あげ》豆腐《どうふ》の煮物の平椀、鯛の切身を醬油につけ竹串を打った小串焼、蕪《かぶ》と茄子《なす》のからし漬けに、ぬるく燗をした徳利がついている。

「はい、お客さん。お注ぎします」

おふくが、白くぽっちゃりとした手で徳利を差し、権三は「済まないね」と、杯をとった。初めの一杯をひと息に乾し、おふくがまた注いだ。

「酒は強くないが、風呂あがりの夕餉に一杯は堪らない。それに、おふくさんのふくよかな笑顔が、なお酒に合う」

ははは……

おふくは白い手をかざし、楽しそうに笑う。

「あっしは山暮らしだから、夕暮れの品川の海を眺めながら、島本の美味い膳をいただいていると、つい食いすぎてしまう」

「まあ、お客さん。そんなに痩《や》せていらっしゃるんだから、食いすぎたって、いいじゃありませんか。どんどん、召しあがってください。あったかいうちに、お汁をどうぞ」

権三は椀の蓋をとり、ほのかな湯気のたつ澄ましを吸った。口に含んだ豆腐がとろけた。味噌味の、から味より甘味の濃い澄ましだった。

「美味い。とても美味い味噌汁のようだが、これは澄ましなんだろう」

「これ、お味噌汁なんです。お味噌汁をしばらくおいて、冷めて味噌が沈んだら、残った澄ましだけを掬いとって、お澄ましのようなお味噌汁に仕たてるんです。

手間がかかりますが、上品な味わいでしょう」

「ふむ。一流の料理屋のようだ。腕のたつ料理人がいるんだね」

「料理人じゃなくて、女将さんなんです。言いませんでしたっけ。今、島本の調理場は、女将さんがおひとりで仕きっていらっしゃいます。あたしらも、ごまをすったり、お米を研《と》いだりのお手伝いはしますけどね」

「そうなのかい。大した女将さんだね」

「お亡くなりになった旦那さんは、島本の代々の跡継ぎなんですけど、料理の腕が一流だったんです。江戸でも品川の島本の料理は評判だったそうですよ」

おふくは、権三の杯に徳利を傾けて言った。

「女将さんは、初めは旦那さんのお手伝いだったのが、旦那さんの手ほどきで料理の腕を身につけ、旦那さんとお二人でお客さんに料理を出すようになったんです。島本は、料理にうるさい通人とか好き者の江戸のお客さんも多くて、そういうお客さんの酒宴もよく行われましたから、旦那さんと女将さんが調理場で天手《てん》《て》古舞《こまい》になって。でも、仲良く働いていらっしゃったのに……」

「じゃあ、女将さんがひとりになってしまって、大変だね。料理だけじゃなく、島本のやり繰りをしていかなきゃならないし、まだ小さい子供らの世話もあるだろうしね」

「そうなんですよ。本来なら今は喪中なので、酒宴のお客さんも女衆目あてのお客さんもお断りして、お客さんが限られていますけど、喪が明けて、旦那さんがいらっしゃったころのように、島本が営んでいけるのか心配です。恐ろしい押しこみに、旦那さんもお気の毒なことになっちゃったし、大事なやり繰りのお金も持っていかれちゃいましたから」

「あっしと、町方のお役人と御用聞の若い衆の三人だけじゃあ、やり繰りのなんの足しにもならないどころか、却って、持ち出しになるんじゃないのかい」

「おや、お客さん、もうおひと組が江戸のお役人さまと、ご存じだったんですか」

「さっき湯殿で一緒になったのさ。ちょいと言葉を交わしているうちに、押しこみの一件があったんで、なんとなくわかった。名乗ったわけじゃないが、お役人のほうも隠しているのでもなかったしね」

「道中方のお役人さまとは別に、昨日、押しこみのお調べにこられたんです。もう半月も前の一件なのに、どうして今ごろ、江戸の町方のお役人さまなのか、事情は知りませんけど。女将さんは人がよくて、品川宿に宿をとってお調べならどうぞ島本にお泊りくださいって仰ったんです。お役人さまは、宿代がいただけませんから、ただの持ち出しじゃ済まないんです。あはは……」

おふくは、屈託を見せずに明るく笑った。

「でも、女将さんは、喪中の間は儲けるために宿を開くのではありません、定客のお客さんに泊っていただければ、それでいいんですよと仰って。老舗の島本を守っていくために、一所懸命なんですよ。ほっそりした器量よしで、みなさん、大丈夫かなって気になさいますけど、女将さんは洲崎の漁師さんの娘でしてね。子供のころから親を手伝って働いてこられたとかで、ああ見えて、案外に力持ちの働き者の女将さんなんです。櫂って仰るんですけど、漁師さんの子だから船を漕ぐ櫂が名前になったそうです。あたしも一所懸命お勤めして、女将さんをお助けして、お給金をもっと稼がなきゃあ。あはは……」

おふくは、また笑った。

「漁師の娘だった女将さんが、どういう縁があって、島本に嫁がれたんで」

「女将さんがまだ赤ん坊のときに、お父《と》っつあんが真冬の海に出て漁の最中に、心《しん》の臓《ぞう》を急にやられて亡くなったんです。いい身体をした漁師さんだったそうですけど、丈夫そうに見えても、そういうことが希《まれ》にあるそうですね。まだ乳呑児《ちのみご》の女将さんとおっ母さん、それと亡くなったお父っつあんの年老いたご両親が残されたんです。おっ母《か》さんは、乳呑児の女将さんに乳を呑ませないといけませんから、女将さんを負《お》んぶして茶屋の婢奉公を始めて、年老いたご両親を養い、一家四人、それこそ食うや食わずの大変な暮らしだったようです」

「女手ひとつで、なのかい」

「そうなんです。でも、あの女将さんのおっ母さんでしょう。やっぱり器量よしでしたから、旅籠抱えの女衆になったら、お客さんがついてもっと稼げると勧められたそうですけど、おっ母さんは乳呑児の女将さんの行末《ゆくすえ》を思って、それはできなかったんでしょうね」

「婢奉公で、乳呑児を抱え、両親を養うのは苦しかっただろうね。食うや食わずの暮らしで、続いたのかい」

「なんとか続いたから、島本の女将さんがいらっしゃるんですよ。洲崎の近所の人らにもずい分助けられたって、女将さんは仰ってました」

「そりゃあそうだろうな」

お客さん、どうぞ、とおふくが権三の杯に徳利を傾けたが、酒は少ししか残っていなかった。

「女将さんは、十二歳のとき、島本の下女働きを始めたんです。中立《なかだち》した請人さんに連れられて島本にきたとき、先代のご主人夫婦に言ったそうです。あたしが赤ん坊のとき、お父っつあんは漁の最中に胸が苦しくなって亡くなりました。それからはおっ母さんが働きに出て、あたしは小さい時分から爺《じい》ちゃんと婆《ばあ》ちゃんの手伝いをしてきました。竈《へっつい》に火を熾《おこ》してご飯は炊けます。水汲みも洗濯《せんたく》もできます。爺ちゃんが簀の海苔を採る手伝いもしました。島本さんで雇っていただいたら、ちゃんとご飯がいただけるし、おっ母さんは楽になって、爺ちゃんと婆ちゃんにも少しは美味しい物を食べさせてあげられます。旦那さん、女将さん、一所懸命働きます。雇ってください。お願いします、と言ったそうです。先代のご主人夫婦は、利発《りはつ》で素直そうだし、まだ娘の歳ではないけれど、何より器量のよい顔だちが気に入り、島本で働き始めたのが、女将さんと島本の縁の始まりだったんです」

権三は杯を乾して言った。

「おふくさん、もう少し呑みたい気分だ。一本頼むよ。かまわなけりゃあ、女将さんが島本に嫁いだ縁の話を聞かせてくれるかい」

「かまいませんよ。これは品川宿では、みなさん知っている話ですから。でもお客さん、女将さんのことが気になるんですか」

「おふくさんの話を聞いて、じんときた。それからどうなったのか、知りたいじゃないか」

「そうですよね。あたしだって、話していたら、女将さんが可哀想《かわいそう》で、胸が詰まります。じゃ、もう一本」

と、頬笑んだおふくに、権三は空の杯をあげて見せた。

「おふくさんのこれもね。かまわないんだろう」

権三は、窓の外の海を眺めた。暮れなずむ空の下の海は、一面の美しい紺青《こんじょう》に染まっていた。いつの間にか、千鳥の鳴き声は消えていた。

権三の脳裡に、おとし、櫂、の名がかすめた。

あのときのやり場のない怒りと、自分への嫌悪《けんお》がこみあげた。おれは何も知らず、怒りに任せ、おのれへの嫌悪に苛《さいな》まれ、ただおのれしか見ていなかった。

そうだったのかと、権三は静まりかえった海を見つめて思った。

あの朝、深い靄《もや》に海は隠れ、波打ち際に寄せるかすかな波の音だけが、聞こえていた。権三は、眉間から頬にかけての赤黒い疵痕を、頬かむりの手拭と、破れ菅笠の下に隠し、海へそそぐ目黒川の土手道を、痛む足を引き摺りつつたどった。

鳥海橋に差しかかったとき、おとしと幼い櫂が追いかけてきて、おとしが権三の背中に声をかけたのだった。

「青江さん、いくのかい」

権三は鳥海橋の手摺に手をかけて身体を支え、橋の袂の靄に包まれたおとしと小さな櫂へ半身を向けた。

そして、菅笠の下に隠れるように頭《こうべ》を垂れた。

「世話になりました。礼を申します。どうぞ、みなさまお達者で」

「青江さんさえよければ、疵がちゃんと癒えるまで、いてもいいんだよ」

「もういいのです。十分、養生《ようじょう》いたしました。いかねばなりません。わたしにはいくところがあります」

「どこへ……」

権三は濃い靄をゆらめかし、考え考え、言った。

「江戸へいくつもりです。ゆっくり江戸見物でもして、それから北へいき……」

それから、と考えたが、もう言葉は思い浮かばなかった。

「そうなのかい。なら、こんな物しかなくて、済まないけど」

おとしが、鳥海橋の権三に近づき、差し出した。

「せめて、持っておいき」

と、二尾の干鰯《ほしか》を権三の懐に差し入れた。五歳の櫂が母親に寄り添い、権三を凝《び》っと見あげていた。あのとき鳥海橋で、この母と子の命をひとつずつ恵まれたのだと、権三は気づいた。

「はあい、お待ちどおさま」

おふくが徳利を盆に載せ、部屋の畳をゆらした。膳を挟んで権三と対座し、

「どうぞ、お客さん」と、ぬるめの燗の徳利を傾けた。

「おふくさんもやってくれ。さあ」

権三が徳利をとると、おふくは丸い頬をいっそう丸くして、前襟の間から杯を摘まみ出した。さらさら、と音をたてて注いだ。おふくは、赤い唇をすぼめ、ゆっくりと、しかしひと息で乾した。

「もう一杯」

権三は続けて差した。

「あら、いやだ。お客さん、だめですよ」

言いながら、おふくは拒《こば》まなかった。

「十二歳の女将さんが、島本に雇われて働き始めた。それから……」

「はい。器量がいいだけじゃなく、気が利いてきちんと仕事のできる子供だったそうですよ。物心ついたときから、お父っつあんはおらず、おっ母さんは朝早く仕事に出かけ、暗くなるまで帰ってこない暮らしで、年老いた爺ちゃん婆ちゃんに育てられて、そういう子供に育ったのかもしれませんね。三年がたって、十二歳の子供も背が伸びて十五の器量よしの娘になり、女将さんは下働きから中働きになりましてね。そりゃあそうですよ。お化粧こてこての女郎衆だって、十五、六の娘盛りの女将さんを見たら、気恥ずかしくなって、顔を赤らめたぐらいだったそうですから。お客さんの中には、中働きの女将さんの身請け話をご主人に持ちかけ方もいたって、これは浩助さんから聞いたことなんですけどね」

「ご亭主の左吉郎さんは、どういう人だったんだい」

「あたしはそう思いませんが、頑固で考えを曲げずに一徹《いってつ》っていうか、旅籠仲間の旦那衆の寄合でも、だめなものはだめだと筋を通すのでなかなか話がまとまらないと、旦那衆にはちょっと煙たがられていたと聞いています。でも、あたしら使用人には思いやりがあって、気遣いをなさるし、気むずかしいご主人と感じたこともありませんでした。まめなよく働くご主人でしたよ。調理場でご主人と女将さんが働いている様子を見て、仲のいいご夫婦だなと、頬笑ましく思っていたんですけどね……」

おふくは杯を指先に持ったまま、少ししんみりした。

権三はおふくの杯に、酒を注いだ。

「左吉郎さんが、女将さんに料理の手ほどきをしたんだね」

「ご主人は女将さんより七つ年上で、女将さんが十七、ご主人が二十四のとき、島本で長年調理場を任されていた、だいぶお爺さんの料理人が、身体が言うことを聞かない、若旦那はもう一人前だ、あとは若旦那がおやんなさいと、隠居をなさったんです。ご主人は島本の跡継ぎですけど、料理好きで、そのお爺さんの料理人に料理を仕こまれたんです。新しい料理人を雇うにしても、老舗の舌の肥えたお客さんにお出しするのだから、料理人なら誰でもいいというわけにはいかず、なかなか見つからなかったところ、おれがやる、とご主人が先代に仰ったんです。そのときに先代が、気が利いてよく働く女将さんを、ご主人の手伝いにつけたんです。でもそれが、女将さんとご主人の馴《な》れ初《そ》めだったんでしょうね」

「先代は女将さんを気に入って、ゆくゆくは左吉郎さんの嫁にしてと、考えていたのかい」

「それは違います。浩助さんが言ってました。娘盛りの器量よしの女将さんの評判がお客さんにいいもんですから、ほかの中働きのお姉さん方が面白くなくて、女将さんにつらくあたるようになったみたいなんです。先代のご主人が、使用人同士の仲が悪くなっては客商売には障りになるからと、しばらく調理場のご主人の手伝いをさせることにしたんです。初めはそうだったんです」

「なるほど。ありそうなことだね」

「それにあのころ、ご主人にはもう江戸の商家《しょうか》のお嬢《じょう》さまを嫁に迎える話が決まっていましてね。ご主人が島本を継ぎ、いい時期を見計らって祝言《しゅうげん》をあげることになっていたんですよ。ところが、島本の調理場を背負っていくと決まってご主人は、嫁を迎えるどころじゃない、料理のことしか今は考えられないのでちょっと待ってほしいと仰ったそうで、島本を継ぐ時期も嫁とりの話も延び延びになっていたんです。先代のご主人夫婦は、せっかくのいい話なのにと、ずい分やきもきなさっていたようです。そりゃあそうでしょうよ。親としては、倅に早く嫁とりをして、孫の顔を見たいでしょうし」

権三は徳利を差し、おふくは話にすっかり気をとられている。

「一年と何ヵ月かがたって、先代ご夫婦がご主人に、島本の料理の評判は悪くない、むしろ以前よりよくなっている、そろそろ嫁を迎えてもいいんじゃないのかい、と話を向けたところが、ご主人が仰ったんです。女将さん、つまり櫂さんですね。櫂となら、島本を江戸の一流の料理屋にも負けない料理を食わせる旅籠にできる。櫂は必ず一人前の料理人になる。このまま櫂と二人で島本の調理場を守り、旅籠の島本を末永く守っていきたい。櫂を女房にしたいとです。先代ご夫婦は、吃驚してすぐには口が利けなかったそうです。確かに櫂は、器量も気だてもよいけれど、漁師の父親を早くに失くし、母親が茶屋の婢をしている貧しい育ちの娘で、おまえとは釣り合わない。もしかして、櫂ともう懇《ねんご》ろになったのかいと質すと、櫂には手も触れていない、櫂はわたしがこんなふうに思っていることすら知らないだろう、どうかお父っつあんおっ母さん、櫂を嫁にできるようにとり計らってもらいたい、とこうですよ。先代ご夫婦は困ったことになったと思いつつ、倅の頑固で考えを曲げない一徹な気性をよくご存じですから、仕方がない、倅の希む通りにしてやるしかあるまいという成りゆきで、女将さんをご主人の嫁に迎えることになったようですよ」

「それで、櫂さんが島本の女将さんにかい。いい話だね。だけど、左吉郎さんと櫂さんがめでたく夫婦になって子供も二人でき、さぞかし幸せな暮らしだったろうに、そこへ、とんでもない災難が降りかかったってことか」

「本途に、禍福《かふく》は糾《あざな》える縄のごとしです」

おふくが、またしんみりした。

「でも女将さんは、亡くなったご主人にも、老舗の島本の嫁に迎え入れてくれた先代のご主人夫婦にも恩返しをしなきゃいけない、残された二人の子供を母親の自分が守っていかなきゃならないと、つらいのを我慢して、島本の女将さんらしくふる舞っていらっしゃるんです。女将さんが懸命に耐えていらっしゃる様子を見ていたら、本途にお気の毒で、胸が詰まります」

「おふくさん。まだ残っているよ」

権三はおふくの杯に徳利を傾けた。

「あら、いけない。あたしばっかりが呑んじゃって。浩助さんに叱られます」

「客が勝手にすすめているんだ。いいじゃねえか。さあ。こっちはいい話を聞かせてもらった礼だ」

ところで、と権三は気になっていることを訊いた。

「女将さんの洲崎のおっ母さんは、もう亡くなったと聞いているんだが、お墓はどこにあるんだい」

「あら、お客さん、女将さんのおっ母さんが亡くなられたのを、ご存じなんですか。もしかして、女将さんのおっ母さんとお知り合いだったんですか」

「そうじゃねえ。島本の美人女将のおふくろはと、馬喰らが噂していたのを思い出した。おふくさんの話を聞いて、気になっただけさ」

権三は、手をふってまぎらわせた。

「亡くなられて、もう五年以上になるそうです。あたしが島本に雇われる前ですから、詳しいことは知りません。女将さんが島本に嫁がれてしばらくたって、洲崎の爺ちゃん婆ちゃんが亡くなり、女将さんはひとりになったおっ母さんを島本に引きとって、面倒を見るおつもりだったんです。ところが、おっ母さんは気丈な人らしくて、ひとりで暮らすほうが気楽だからと、茶屋の婢仕事を続けて女将さんの世話にならなかったんです。女将さんに嫁ぎ先で肩身の狭い思いをさせたくなかったんだよと、浩助さんが言ってました。でも、女将さんが笹江お嬢さまを産んだときは、とても喜ばれたそうですよ。島本の代々のお墓は六丁目の品川寺《ほんせん》で、先《せん》だって亡くなったご主人もそちらですけどね。おっ母さんのお墓はどこのお寺さんか、訊いておきましょうか」

「いや、それにはおよばねえ」

権三は言ったが、急にこみあげる悔恨《かいこん》に胸が塞《ふさ》がれ、

「五年以上前か……」

と、うめくように呟いた。

「お客さん、どうしたんですか。加減が悪いんですか」

おふくが慌てて言った。

六

「お役人さま、浩助でございます。失礼いたします」

と、浩助が廊下側の障子戸を引いた。

「やあ、浩助さん。入ってくれ」

七蔵が浩助を手招いた。

品川の海はすでに宵の帳《とばり》が降りて、出格子窓の閉じた腰付障子には、行灯の
うす白い明かりが映え、腰付障子を背にした七蔵の影を淡く隈《くま》どっていた。

樫太郎は七蔵の左手に坐り、にっこりして浩助に辞儀をした。

七蔵も樫太郎も、島本の用意した浴衣姿のくつろいだ恰好である。

「はい。ではでは……」

浩助は、土瓶《どびん》と碗、安倍川餅の皿ととり皿を重ねた盆を提げて部屋に入ってきた。七蔵と向き合って坐り、にこやかに言った。

「夕餉は十分、お召しあがりいただけましたか。明日もまた、いろいろとお忙しいお調べがございます。十分に精をつけ、ゆっくりとお休みになって、明日に備えていただきますように。疲れには甘い物がよいと申しますので、女将さんがこれを召しあがっていただくようにと、用意いたしました。甘い豆粉をまぶした安倍川餅でございます」

と、安倍川餅の皿にとり皿と箸を並べた。

「女将さんがかい。気遣わせて済まないね。美味そうだ。樫太郎、いただこう」

「へい。いただきます」

七蔵は小皿に安倍川餅をとり分けながら、茶の支度をしている浩助に言った。

「女将さんは、まだ調理場かい」

「先ほどまで、内証《ないしょ》で帳簿を見ておられましたが、今はお子さま方の寝間のほうに戻っておられます。お気の毒なことに、あの事件以来、笹江お嬢さまも太一坊ちゃんも、女将さんがそばにいないと恐がって寝つけません。いろんなことが重なって、女将さんもお疲れですので、片づけはわたしども使用人のみでいたすようにしておりますが。どうぞ」

浩助が新しく淹《い》れた茶の碗を、七蔵と樫太郎の前において言った。

「それで萬さま、御用の件はどのような」

「それなんだがね。女将さんにわざわざお訊ねするほどのことでもないので、申しわけないが、浩助さんにきてもらった。ちょいと聞かせてもらえるかい。南本宿の四丁目に、大きな遊戯場を作る企てが進んでいるそのことで、浩助さんにちょいと訊ねたいのさ」

「はあ、四丁目の遊戯場のことでございますか。はい、どのような……」

「さっき、膳の支度をしてくれた中居さんに訊いたところ、品川宿の住人で遊戯場を作る話を知らない人はいませんよ、と言ってた。そうなのかい」

「そうでございましょうね。遊戯場の企てが持ちあがったのが、去年の正月ごろらしゅうございますので、かれこれ、一年と四ヵ月になります」

「迂闊だったよ。じつは、浩助さんから聞くまで知らなかった。問屋場でも遊戯場の話には触れないもんだから、みんな知ってるのに、知らないのはおれたちだけって為体《ていたらく》さ。品川宿は殆《ほとん》どが勘定所の道中方が掛で、町方の支配外だ。だから、遊戯場の話は町方には入っていなかった。飯の前に風呂にいったら馬喰の先客がいてね。権三さんだったね」

「はい。馬喰の権三さんでございます。相州から馬の仕入れにわざわざ品川までこられ、問屋場で静かな宿を訊ねたら島本を教えられたとかで、こちらに宿をおとりになってもう四、五日になります」

「相州の川尻村だそうだね」

「はい。相模川上流の山奥の村でございます。そちらの馬方衆の差配人の、麹屋直弼さんのお身内でございます」

「権三さんは、馬市の馬喰らが遊戯場の噂をしていると言っていた。遊戯場というより、遊戯場で開帳になる大博奕の賭場の噂話だったそうだ。賭場は御禁制だから、本来なら道中方が見逃がすはずがない。ところが、道中方も遊戯場に大博奕の開帳は承知していて手入れの心配はないと、馬喰らはそうも言っていたらしい。道中方が賭場の開帳を承知して手入れの心配がないというのは、合点《がてん》がいかない。宿場は町方の支配外だが、浩助さん、そこら辺の事情を、知ってる限り聞かしてもらえるかい」

「さようでございますか。わたくしはてっきり、お役人さまはみなさま当然ご承知とばかりに思いこんでおりました。たぶん、問屋場の方々も同じではございませんでしょうか。御禁制ではあっても、お役人さまがご承知でお見逃がしなさるのであれば、わたしどもがとやかく申しあげる筋合いではございませんので」

「もっともだ。役人も役人だからな。そう思われても仕方がない」

「いえ。決して、決してそのような意味では……」

「いいんだ。で、一体誰がそんな企てを考え始めたんだい」

「誰が、いつ考え始めたのかは、存じません。申しましたように、遊戯場の噂を最初に聞いたのは、去年の正月でございます。江戸の芝口一丁目で金融業を営んでおります邑里総九郎さんが、遊戯場の企ての発起人でございます。邑里さんが江戸のお金持ちの方々に出資を募《つの》り、遊戯場を作る企てを進めていらっしゃるのか、あるいは、お金持ちの方々からこれを元手にと頼まれたのか、それは存じません。邑里さんが交渉役になって、遊戯場の企てを進めておられると、噂を聞いたのが去年の春の初めでございます。すなわち、南本宿四丁目の本通りと海沿いの間に、矢場や芝居小屋、見世物小屋などを集めた、両国広小路のような歓楽地を作る企てでございました」

「その噂では、初めから賭場の話も聞いていたのかい」

「そのときは、賭場の話は一切聞いておりません。両国広小路のような歓楽地が本途にできるのかい。上手くできたら、品川近在のみならず、江戸からも遊興にくる人が増えて、品川宿はこれまで以上に賑わうだろうね、と思っていた程度でございました。そのうちに、遊戯場には大博奕の賭場も合わせて開帳になる話がもれ聞こえて参りまして、なるほど、じつは賭場を、それも大博奕の賭場を開帳する狙いが裏にあったのかと、わかって参りました」

すると、樫太郎が、「あの……」と口を挟んだ。樫太郎は、食い止《さ》しの安倍川餅の皿をおき、

「南本宿四丁目の本通りと海沿いの一帯は、明地《あきち》なんですか」

と、口元の豆粉を払いつつ質した。

「明地ではございません。南本宿の四丁目から七丁目は、旅籠はございませんので、表店が軒を並べており、表店から一歩路地へ入ったその裏手は、住人の裏店がひしめいております。むろん、海沿いには漁師の店もございます。みな品川宿の旅籠や茶屋、そのほか表店の主に下働きの使用人らが暮らしており、あまり豊かな者は住んでいないごちゃごちゃした居住地でございます」

「そこに、遊戯場を作る話が決まったら、住人はどうなるんですか」

「地主さんが邑里さんの申し入れに応じますと、みな追いたてを喰らうことになるんでございましょうね。気の毒ですが」

「追いたてを喰らったら、どこへいけばいいんですか」

「さあ、どこへいけばよろしいんでしょうか」

「そんな。それはひどいじゃありませんか」

「ごもっともでございます。ですが、遊戯場の企ては、話が出てからもう一年と四ヵ月がたっておりますが、今のところ、目だつほど進展しておりません。一時は、遊戯場の企てはもう無理なんじゃないかと、申される方もおりました」

「四丁目の地面の地主さんが、邑里総九郎の申し入れに応じていないんだね」

と、それは七蔵が言った。

「応じてはおりませんが、応じない、というのでもないようでございます」

「そりゃあそうだ。地主さんが邑里の交渉に応じないなら、馬喰らが大博奕の賭場の噂をするわけがないからな。ということは、地主さんと邑里の話がまとまりそうなのかい。だから、一時は、なんだね」

「ほぼ、そのようなことになりそうな様子ではございます。ですが、必ずしも、そうなるとは限らないのではないかな、とも思われるのでございます。じつを申しますと、四丁目の遊戯場の企てにつきましては、島本にもかかり合いがまったくない、というわけでもないのでございます」

七蔵は首をかしげ、腕組みをした。

安倍川餅を咀嚼しながら、樫太郎が茶を一服した。

「島本にかかり合いが？　すると何かい。四丁目の地主さんは、島本の左吉郎さんだったのかい」

「いえ。そうではございません」

浩助は、むずかしそうな顔を見せて言った。

「島本は老舗の古い旅籠でございます。享保の世から続く老舗の島本の主人が、品川南本宿四十軒の旅籠仲間を束ねる元締を、代々務めて参ったのは、女将さんの申された通りでございます。旅籠仲間を束ねる元締は、旅籠の大小で決まるのではなく、また、歩行新宿の本陣とも異なる格式と申しますか、つまり、南本宿を代表する老舗の旅籠が、期限を決めずに就く役目なのでございます。元締の旅籠を決めるのは、旅籠仲間の旦那衆が慎重に協議検討し、どこそこの旅籠が南本宿旅籠仲間の元締にもっとも相応しいと推薦《すいせん》されれば、やむを得ぬ事情がない限りは、その旅籠が代々元締を継ぐ決まりなのでございます。島本は享保の世に創業以来、およそ百年近く続く南本宿では老舗中の老舗でございます。ご先祖のご主人のお考えがあって、お客さまが沢山入ればいいという経営はせず、あえて大旅籠にしなかったとうかがっております。島本が南本宿の旅籠仲間の元締に就きました明和の世から代々、島本のご主人が元締役を務め、今日にいたっておるのでございます」

「島本が、老舗の旅籠だとはよくわかった。で、遊戯場の企てに、地主でもない島本がかかり合いがないわけではないというのは、どういう意味だい」

「それでございます。南本宿の旅籠仲間の旦那衆は、四丁目に遊戯場ができて宿場に人が増え、これまで以上に賑わうなら、いいんじゃありませんか、という程度のお考えだったようでございます。むろん、遊戯場の見世物小屋や芝居小屋、矢場、屋台などの表向きの賑わいを隠れ蓑にして、どうやら、大がかりな賭場の開帳が本来の狙いらしいというのは、知れわたってはおりました。それはわかっていても、南本宿が江戸の両国広小路のような賑やかな歓楽地になるなら、御禁制の賭場の開帳は知らなかったことにして、というこじつけでございます。しかし、元締役のご主人の左吉郎さんは、南本宿四十軒の旅籠仲間の中で、ただおひとり遊戯場の企てに、反対の立場でございました。大きな賭場が遊戯場を隠れ蓑に開かれたら、江戸より多くの人を呼びこめ、一時はいいかもしれないが、きっと、お上の厳しい取り締まりを受けることになって、南本宿のみならず、品川宿にとってもかえってよくないと、それを憂《うれ》いておられました。島本はお客筋が違いますので定められた数以上の女郎衆はおいておりませんが、大方の旅籠は、女郎衆をおいているだけではなく、こっそりと賭場も開かれております。道中方のお役人さまがそれを大目に見ているのは、大っぴらではないからでございます。旅籠一軒につき、抱えの女郎衆を二人までとか、あるいは三、四人ほどと許し、実情は倍以上の女郎衆を抱えている旅籠もありながら、それを大目に見ているのも同じでございます。町民の営みをなるべく損なわぬよう、お上は目に余るまでは放っておくのが、これまでの通例でございますので」

「ふむ。まあそうだ」

「また、遊戯場で賭場が大っぴらに開かれますと、賭場の貸元や手下の若い衆や博徒や渡世人らも、宿場に大勢集まってくるのは目に見えております。そうなったとき、賭場や遊戯場のみならず、宿場の本通りにもそういう者らがたむろし、うろつくようになっては、これまで品川宿に遊山や遊興にきていたお客さまが、逆に離れていかれるのではと、それも左吉郎さんが遊戯場の企てに反対なさっていた心配事のひとつでございました。申しましたように、旅籠仲間の旦那衆は、四丁目に遊戯場ができてこれまで以上に賑わうなら、いいんじゃありませんか、という程度のお考えでございまして、遊戯場開設を強く希んでおられる旦那衆はむしろ少数でございます。殆どの旦那衆は、元締が心配するのももっともだ、元締が遊戯場に賛同しないなら仕方がありませんね、と同調していらっしゃいました。それゆえ遊戯場開設は、邑里さんの交渉が始まって一年と四ヵ月になりますが、今以て進展していなかったのでございます」

「だけど、旅籠仲間が反対しても、四丁目の地主さんが邑里さんの申し入れに応じて地面を売り払っちまえば、止められないいんじゃありませんか」

と、樫太郎がまた口を挟んだ。

「四丁目の地主さんは、旅籠仲間の旦那さんなんです。元締が反対なら、売るのは考えさせてもらいます、売るも売らぬも元締さん次第で、と邑里さんには仰っておられるそうで」

「ああ、そういうことか」

「元締が遊戯場に反対して地面の買いとりが進まないので、もう一年ぐらい前から、邑里さんが島本のお客でお見えになりましてね。盛大に酒宴を開いたり、利息の安い融通話で、ご主人の左吉郎さんに賛同してもらおうと陰に陽に働きかけてこられました。ですが、自分のことより南本宿の先々のことを考えますと、そればっかりは賛同いたしかねますと、一徹なご主人でございました。道中方のお役人さまとお二人で、島本にお見えになったこともございました」

「昨日言いかけた、道中方組頭の福本武平だね」

「はい。品川芸者を揚げて賑やかな酒宴を開かれ、酒宴の最中に、道中方は遊戯場について一切関知はしないので、好き勝手にしてよいのだぞと、福本さまにそれとなくほのめかされたと、ご主人の左吉郎さんが仰っておりました」

「馬鹿な役人だ」

七蔵は吐き捨てた。そして、少し考える間をおいてから言った。

「すると、ご主人の左吉郎さんが亡くなって、島本が元締役からはずれる事態になれば、旅籠仲間は遊戯場開設に賛同して、邑里総九郎の思い通りに事が一気に進みかねないってわけだ」

「それなんでございます。でございますので、女将さんは、喪中の間も旅籠仲間の寄合には欠かさず出ておられます。ご主人の初七日の法要を済ませたあと、ご自分ひとりが喪中の衣装を変えずに喪に服しつつ、早々に旅籠を再開なされたのも、ひとつには、島本が元締の役目をこれまで通り果たす意志を示すためなのでございます。女将さんは、ご自分が島本の女将を務めている間は、亡くなられたご主人の左吉郎さんのためにも、ご自分を嫁に迎えてくれた先代のご主人夫婦の恩に報いるためにも、島本を守り、元締役を務めなければならない、それができなかったら申しわけないと、思っておられます」

「ということは、元締役を島本にとって代わろうとする動きが、旅籠仲間の間にあるのかい」

「女の細腕では、品川宿の旅籠を営むのは重荷だから、せめて旅籠仲間の元締の役目をそれに相応しい旅籠に移譲して、少しでも楽にしてあげたほうがよいのではありませんかと、お為《ため》ごかしを言って、元締役を狙っている旅籠のご主人もおられます。大旅籠の松澤さんや野々村さん、白銀屋さんが、明和から代々島本が務めてきた旅籠仲間の元締役を、移譲する案を持ち出されているそうでございます」

「もしかしたら、邑里が陰であと押ししているとか……」

「邑里さんの噂は聞こえております。そのようなことはないと思いたいのでございますが。ただ、松澤さんと野々村さんと白銀屋さんは、邑里さんの意向に沿って、旅籠仲間の中で四丁目の遊戯場開設に大いに賛同しておられます」

「ご主人の左吉郎さんが亡くなってから、邑里の働きかけがあったんだね」

「邑里さんは、ご主人の葬儀と初七日の法要に参列なされ、自分にできることがあれば、どんなことでも遠慮なく言ってくれと、女将さんに仰ったそうでございます。それから、今日の昼間もお見えになり、とても低い利息で融通に応じる申し入れをなされました。島本のやり繰りがむずかしく、だいぶ苦境に追いこまれ、今に売りに出すのではないかと、噂を聞かれたようでございます」

「今日もきたのかい。すると、おれたちが島本に戻ってきたとき、島本から出てきた客といき違った。もしかしてあれが邑里かい」

「ああ、すれ違いましたね。太々《ふてぶて》しい目つきで、あっしを睨みつけました」

「さようでございます。上等な藍の絽羽織を羽織った大柄な方です」

七蔵と樫太郎は顔を見合わせて、思わず笑った。

「じゃ、女将さんは邑里さんの融通を受けることになさったんで」

樫太郎が浩助に言った。

「いえ。女将さんはお断りになったようでございます。今は苦しくても、きっと乗り越えていける。ご主人が見守ってくれているからと、女将さんは仰っておられますので」

「ふうん。殊勝な女将さんですね」

樫太郎が感心して言ったが、七蔵は別のことを考えていた。

七

日はもう、とっぷりと暮れていた。

邑里総九郎は、芝田町《しばたまち》四丁目の元札《もとふだ》の辻《つじ》を、徳島、高知、松山《まつやま》、高松《たかまつ》の大名屋敷がある四国町《しこくまち》へとった。

提灯の明かりを頼りに、手土産の一升徳利を提げて、三田《みた》の町家と大名屋敷の土塀が続く往来をぬけ、金杉川《かなすぎがわ》に架かる赤羽橋《あかばねばし》を渡った。

赤羽橋袂の辻番の番人に呼び止められ、芝口一丁目の邑里総九郎でございます、この先の森元町《もりもとちょう》に手前ども所有の借家《しゃくや》がございまして云々《うんぬん》と伝え、土手道を一旦中の橋のほうへとった。

半町ほどいき、心光院《しんこういん》と武家地の土塀が両側に続く北側の小路に曲がった。

入り組んだ町家の狭い道を二曲がりして、朽《く》ちかけた形ばかりの木戸がある長屋の路地に入った。暗い路地のどぶ板を鳴らし、五戸が並ぶ割長屋の一戸の、ほの明かりをうっすらと映している腰高障子を軽く打った。

「おれだ。開けるぜ。いいかい」

おう、と重たい声がかえされ、総九郎は建てつけの悪い腰高障子を引いた。

紺帷子の弥多吉と、寅五郎《とらごろう》、兵六《ひょうろく》の三人が、戸口の総九郎へ濁《にご》った眼差《まなざ》しを寄こした。店には干魚《ひうお》の臭いが漂っていて、三人は流し場と竈のある土間をひと跨ぎした三畳で、笊《ざる》の中の裂いた干魚を充《あ》てに濁り酒を呑んでいた。

弥多吉は総九郎に薄笑いを寄こしたが、寅五郎と兵六は、むっつりとした顔を不愛想に傾けただけだった。

上辺《うわべ》だけでも挨拶ぐらいできねえのかい。まあいいが。

と、総九郎は口には出さず、間仕切の障子戸の奥へ長い顎をしゃくった。

「酒を持ってきた。みないるのか」

場末の町家の割長屋ながら、土間続きに三畳と四畳半の二部屋があった。透かした障子戸の向こうに骨牌《カルタ》に興じる男らが見えた。

「いるぜ。朝から晩まで厭《あ》きもせず花札《はなふだ》に夢中だでな。呼ぶかい」

「ああ。仕事の話だ。呼んでくれ」

と、部屋にあがり、寅五郎と兵六が座をずらした間に胡坐をかいて、一升徳利を濁り酒の徳利に並べた。

「おめえらも、こっちへこい。仕事の話だ」

弥多吉が四畳半に太い声を投げた。

三人が骨牌を放って、ぞろぞろと這い出るように三畳へ移ってきた。

「おめえ、碗を持ってこい。おめえは魚を焙《あぶ》れ。おめえらも呑め」

弥多吉が命じた。

三人は、紀州《きしゅう》浪人と自称している芹沢南《せりざわなん》と芹沢政之助《せいのすけ》という二十歳と十八歳の兄弟に、市松《いちまつ》という二十二歳の眉毛の薄い丸坊主の男だった。

南が不ぞろいの小鉢や茶碗を持ってきて、総九郎の碗に酒を注いだ。政之助は竈の残り火で、干魚を焙った。干魚をじりじりと焙る臭いが、店中に満ちた。

その間、誰も口を利かず、ただ酒をすする音だけがした。やがて、

「熱あつ……」

と、政之助が焙った干魚を指先で摘まんで持ってきて、黒く日焼けして節くれだった指で干魚を素早く裂き、笊に投げた。そして、車座からはずれた四畳半の敷居に胡坐をかき、茶碗の酒を呑み干魚をかじった。

総九郎は六人を見廻した。

この六人のほかに、万吉《まんきち》という二十歳の男がいた。

万吉は首領の弥多吉の、歳の離れた従弟《いとこ》だった。凶暴なあらくれで、十五のきのころから弥多吉の天馬党に加わって押しこみ強盗を働き、手にかけた者も数知れなかった。島本に押しこんだあの夜、

「左吉郎はおめえが始末しろ」

と、弥多吉に命じられていた。

「お安いご用だ、兄き」

万吉には慣れた仕事のはずだった。

万吉が左吉郎に手をかけたとき、恐怖に慄いた使用人のひとりが逃げ出し、弥多吉は短筒を放って仕留めた。束《つか》の間《ま》、それに気を奪われた隙《すき》に、瀕死《ひんし》の左吉郎が銭箱とともに仕舞っていた脇差をつかんで抜き放ち、万吉の腹を貫《つらぬ》いた。

油断がなかった、とは言えない。

あの夜ふけ、この店に戻ってきたとき、万吉はすでに息絶えていた。

「で、どんな仕事だ」

弥多吉が総九郎に言った。

「島本の女将が邪魔だ。案外に頑固で、女だてらに、元締役を降りる気はないらしい。左吉郎さえ始末すれば邪魔はいなくなるはずだったが、とんだ見こみ違いだった。あの女も始末する手だてを、考えなきゃあならねえ」

「ふん。おれが言った通り、端から一家四人を、みな殺しにしておけばよかったんじゃねえのか」

「そんなことをしたら、こいつはただの押しこみじゃねえと、たちまちばれちまって、役人が目の色を変えて、天馬党の仕業だろうとなかろうと、押しこみ一味を追いかけるぜ。そいつは拙いだろう」

「同じじゃねえか。また島本の女将まで始末したら、狙いが島本だとばれて、あんたに嫌疑がかかるんじゃねえのかい」

「弥多吉さん。おれはね、ここまできてやっぱり駄目でしたで済ますわけにも、引っかえすわけにもいかねえんだ。いいかい。島本の左吉郎が邪魔さえしなけりゃあ、始末する必要もなかった。しけた旅籠の亭主ごときに、大博奕の賭場を開帳できるかできねえかの瀬戸際へ追いこまれた。このままだと、こっちが集めた金の返済に迫られて首をくくるか、さもなくば、簀巻《すま》きにされて海に沈められるかになっちまうところだった。冗談じゃねえ。だから、頑固者の左吉郎は消すしかなかった。危ねえ橋を渡るしかなかったんだ」

「総九郎さんは、危ねえ橋を渡った。おれらと同じ、いずれはお上の御用となって、打首獄門《うちくびごくもん》だ」

総九郎は弥多吉を凝っと睨み、やがて、ふふん、と鼻で笑った。そうして、手下らを見廻した。手下らは総九郎の様子をうかがいつつ酒をすすり、干魚をくしゃくしゃと咬《か》んでいた。

「弥多吉さん、おれが今さら打首獄門を恐れていると、思うのかい。おれは、あんたと同じ甲州の水呑百姓《みずのみびゃくしょう》の倅だった。がきのころ、江戸の商家に奉公に出されて、その商家で盗みを働いたのが、悪事に染まる始まりだった。商家を追い出され、住吉町《すみよしちょう》の地廻《じまわ》りになった。盛り場をうろつく野良犬も同然のその日暮らしだった。若かったからかな。商家の小僧よりずっとましだった。ずっと面白かったぜ。そんなおれが、真っ当なことをやって、今は芝口一丁目の結構な店で暮らして、貧乏人相手に金貸を営み、こんな場末の襤褸家《ぼろや》でも地主の家持ちになれたと思うのかい。地廻りのころに、金で頼まれて何人こっそり始末したか数えきれねえ。いいかい、弥多吉さん。おれはけちな金貸じゃあ満足できねえんだ。江戸中の金持ちから金を集めて、それを二倍三倍どころか、五倍十倍にも膨《ふく》らませて、金持ちが驚くような金持ちになるのさ。おれはな、今に江戸一番の本両替の主人になって、諸国のお大名どころか、将軍さまだって一目おく天下一の豪商になるつもりなんだぜ」

ぷっ、と弥多吉が噴いた。手下らもにやにやと総九郎を見つめている。

「馬鹿言え。そんなことができるもんけえ。総九郎さん、両替商がどんな仕事か、わかって言ってるのかい」

「両替商がどんな仕事かだと？　そんなもの、知るわけねえだろう。知る必要もねえ。知ってるやつにやらせりゃいいだけじゃねえか。邪魔者がいても、そいつを消せるわけじゃねえ。だったら、消せるやつに消させりゃいいんだ。天馬党が島本の左吉郎を消したようにだ。汚れ役を使えば、綺麗な手のまま汚れ仕事ができるじゃねえか。それと同じだ。わかるかい」

総九郎は茶碗酒をあおり、六人へくすくす笑いをふりまいた。

「去年の暮れ、弥多吉さんがひょっこりおれを訪ねてきた。匿《かくま》ってくれってな。おれと弥多吉さんは同じ大野村の悪がきだった。がきのころとは名前も変わっているのに、よくおれのことがわかったなと、思ったぜ」

弥多吉は、総九郎の噂を上方にいたときから聞いていた。同じ甲州鰍沢大野村生まれの悪がきと知っていた重吉《じゆうきち》が、邑里総九郎と名を変えて、江戸の芝口一丁目の金貸を営んでいるとだ。いつか、重吉に会いたいと思っていた。

去年、町方の追及の手が厳しく、上方から関八州へ、残った仲間らと逃れることにした。駿河から盗んだ船で相模へ渡り、夜陰《やいん》にまぎれて相模の浜辺にあがって江戸を目指した。みな、放浪の旅には慣れていた。

去年の暮れ、芝口一丁目の邑里総九郎こと重吉を訪ねた。

「弥多吉さん。あんたが現れたとき、あんたなら使えると思ったから、この店に匿ってやった。汚れ仕事ができるやつを使う必要があると、考えていた矢先だった。あんたらも、江戸の町家にこんな安全な隠れ処が、まさかただでできるとは思っていなかっただろう」

「だから、島本の左吉郎を始末してやったでねえか。畜生《ちくしよう》め、万吉がやられた。万吉はおれの身内だ。まだ二十歳だぜ。可哀想なやつだぜ」

「そいつは仕方がねえ。物事は、てめえの思い通りにならねえのが普通だ。身内だろうが仲間だろうが、くたばったやつのことは忘れろ。仕事の話をしようぜ」

「よかろう。島本の女将を始末するんだな」

「そうだ。邪魔者を消すんだ」

「だが総九郎さん。俺が思うに、島本にまた押しこんで女将を消したら、もう金目あての押しこみじゃねえ、島本に遊戯場開設の邪魔をさせないための、邑里総九郎の差金《さしがね》だと、仮令《たとい》、証拠がなくても間違いなく勘繰るやつが出てくるぜ。そうなったら、総九郎さんの身辺が探られることになる。一旦疑われたら、遊戯場開設どころじゃなくなるんじゃねえか。それでもいいのかい」

「繰りかえすが、できませんでしたじゃあ済まねえんだ。ここまで築きあげた身代《しんだい》が吹き飛ぶか、いよいよ豪商への道へ踏み出すか、瀬戸際なのさ。だから、のるかそるか、危ない橋を渡ったんだ。引きかえしたくとも、引きかえす橋はもうねえのさ。ここへくる夜道で、ふと思いついた。それならできるが、それには弥多吉さんにも話に乗ってもらわなきゃあならねえ」

「なんの話だ」

「要は、島本の女将がいなくなりゃあいいんだ。左吉郎みてえにぶった斬るんじゃねえ。ただ、女将の櫂が島本から消えていなくなるのさ」

「どういうことだい。わけがわからねえぜ」

「弥多吉さんも、おめえらもそうだ」

と、総九郎は手下らを見廻し、酒に濡れた唇を掌でぬぐった。

「このまま天馬党で、いつまで生き延びられると思う。あと一、二年、せいぜい三年でお縄になり、打首獄門ってとこだ。散々暴れ廻って、娑婆《しゃば》とおさらばするなら悔《く》いはねえかい。けどな、次の仕事を最後に、たっぷり手間代を手にして、足を洗うってのはどうだい」

手下らの、碗を持つ手と干魚をかじる口が止まった。

弥多吉は何も言わず、総九郎を睨んでいる。

「いいか。天下の江戸にはな、おめえらのような無宿じゃなく、ただ江戸なら稼げるだろうと働きに出てくる者らが五万といる。大抵のやつらは、宗門改《しゅうもんあらため》も人別《にんべつ》も持たずに、半季やらほんの一、二年のつもりで江戸にきて、貧しい裏店に住むんだが、どこそこの誰兵衛と郷里《きょうり》と名はあっても、人別も仮人別もねえ。そういうやつらの中に、思いもよらず病気やら災難やら、あるいは厄介なもめ事に巻きこまれて命を落とすやつは、これが案外に多い。命を落とした者はどうなる。人別も仮人別もねえ仏《ほとけ》さんのために、わざわざ郷里に知らせたりすると思うか。そんな殊勝な住人も家主もいねえ。元々いねえも同然の住人が、本途にいなくなっただけだ。わずかでも金を残していたなら、坊主に経《きょう》のひとつぐらいは読んでもらえるが、無一文なら芥のように死体捨て場に埋められるか、捨てられる」

「それと、足を洗う話となんのかかり合いがあるんだい」

六人の中ではもっとも年嵩《としかさ》の、三十五歳の寅五郎が言った。

「わからねえかい。仏さんにおめえが成り代わって生き直してやれば、こいつは仏さんの供養になるじゃねえか」

「成り代わる？」

「そうだ。無宿の人相書が出廻ったこれまでのおめえじゃねえ、仏さんの郷里と名前をいただくのさ。名前を勝手にいただくだけじゃねえぜ。本物そっくりの宗門改も拵える。金さえ出せば、本物と変わりのねえ宗門改が手に入るのさ。宗門改が本物かどうか、そんなもの、一々郷里に確かめると思うか。確かめやしねえ。つまり、それさえあれば、仏さんに成り代わって生きることができるのさ。もうお上から逃げ廻る、人相書の出廻った無宿じゃあなくなるってわけだ」

弥多吉と手下らは何も言わなかった。

「知っての通り、おれも甲州鰍沢大野村の重吉から、奥州《おうしゅう》の総九郎に成り代わった。総九郎は重吉よりは三つほど年上で、郷里の南相馬《みなみそうま》じゃあ小百姓の生まれだがな。今じゃあ南相馬の総九郎は、芝口一丁目に店を構える金融業者、邑里総九郎さ。ちゃんとした宗門改もあるぜ。親しくおつき合いいただいているお客さまの中には、大店の商人もいれば、幕府の御役人さまだっている。どうだい、大したもんだろう。甲州鰍沢の重吉は、とうの昔に行方知れずさ。弥多吉さんらも、今度の仕事を最後に足を洗って、おめえさんらのことを誰も知らねえ蝦夷《えぞ》へでもいって、まったく違う渡世を始めてみねえか」

「蝦夷だと？　ど、どういうことだ」

弥多吉は蝦夷と聞いて、明らかにうろたえた。

「蝦夷だよ、蝦夷。あそこなら、おまえさんらの宗門改に不審を持つ者なんぞ誰もいねえぜ。むろん、江戸住まいからの送状《おくりじょう》も通行手形も、こいつは本物を用意してやる。この店の地主は邑里総九郎で、家主はおれの使用人だ。できねえわけがねえだろう。弥多吉さんと仲間のあんたらは、郷里を出て江戸暮らしをしていたが、ひと旗揚げるために蝦夷へきたことにするのさ」

「島本の櫂は、どうするんだい」

「弥多吉さん、島本の櫂を掻《か》っ攫《さら》って蝦夷へいき、あんたの女房にする気はないか。消すってえのはな、殺すんじゃねえ。櫂が島本からいなくなりゃあ、消えたことになるじゃねえか。つまりだ、もう一度島本に押しこんで女将の櫂をぶった斬りゃあ、こいつはただの押しこみじゃなかったと、疑いが持ちあがる。そうじゃねえ。先だって島本に押しこんだ賊の頭が、器量よしの櫂にひと目惚れした。櫂が欲しくなった頭は、役人に追われている危険を冒《おか》してでも櫂を攫いにきた。今度は女目あての押しこみだ。それなら疑いは持ちあがらねえ」

「なんで持ちあがらねえ」

「間違《まちげ》えなく櫂が目あてだと、島本の使用人にわからせるように掻っ攫うんだ」

弥多吉は、まだ不審を払拭《ふっしょく》できない様子だった。

「まず、島本のがきを攫え。夜ふけの人目のつかねえ場所へ、がきを餌に櫂と使用人をおびき寄せ、櫂とがきを交換する。そのとき、使用人にもわかるように、大人しくおれの女になればがきの命は助けてやると櫂に言うんだ。櫂をしっかり抱きかかえて、こいつはおれの女房になる、がきを連れてさっさと帰れと、使用人を脅してやれ」

「そのあとは……」

「八王子へいけ。八王子におれに借りのある男が小さな旅籠を営んでいる。おれの添文《そえぶみ》を見せれば、間違いなくあんたらを匿ってくれる。そいつも脛に疵を持つ身で、おれの頼みは絶対に断らねえ。そこで、おれが手間代と宗門改やら通行手形やら、蝦夷へいって暮らす要り用の物を持っていくのを待て。むろん、櫂の分も用意する。女の手形は手間がかかるが、手蔓がある。任せろ。明後日《あさって》、またくる。段取りはそれまでに決めておく。いいな」

「ちょっと待ってくれよ。そんなに上手くいくのかい」

寅五郎がまた言った。

「そうだよ。第一、蝦夷ってえのは北の果てだろう。まともに人が暮らしてるのかよ。姿をくらますなら、八州でいいじゃねえか」

兵六が続くと、みなが陰鬱に押し黙って碗の酒を呑み、干魚をかじった。それもそうだ、蝦夷じゃやな、という気配が流れた。

そのとき、弥多吉がぼそりと言った。

「その話、乗るぜ。櫂を女房にして、おれは蝦夷へいく。甲州無宿の弥多吉とは縁をきって、蝦夷の松前《まつまえ》で商人になる。大坂にいたとき、北前船《きたまえぶね》の船頭に聞いたことがある。蝦夷の松前は、人が大勢住む賑やかな町だとな。蝦夷の物を大坂や江戸に運べば、飛ぶように売れるし、長崎から南蛮人《なんばんじん》や唐人《からびと》相手にも商売をしているそうだ。櫂となら、やっていける」

五人の手下らは、啞然《あぜん》として弥多吉を見つめた。弥多吉は、行灯の薄明かりが届かない店の暗がりへ、うっとりとした眼差しを投げた。

総九郎は、まさかこの男、本気で櫂にひと目惚れしやがったのか、と呆《あき》れた。

不意に、市松が噴き出した。

弥多吉は目を剝《む》いて市松を睨みつけた。

「笑うんじゃねえ、てめえ」

と、怒声と大きな拳骨《げんこつ》を浴びせた。

「痛えっ」

市松は頭を抱えてうずくまった。

第三章　店請人

一

目黒川上流の荏原郡谷山村の箕助《みのすけ》は、生業は小さな田地を耕《たがや》す百姓だが、目黒川で漁《すなど》る川漁師でもあった。鯉《こい》や鮒《ふな》、たなご、しま鰌《どじょう》、希《まれ》にやまめやすずきなども獲《と》って、獲れた魚は品川宿の猟師町で、案外に売れた。

漁は暗くなってからやる。

およそ半月余前のあの夜のことは、今でも覚えていた。

その日の夜半《やはん》前から、かがり火を焚《た》いた船を川中に出し、網を投げた。

不漁ではなかったが、思うような漁が得られず、これでは品川宿へいってもいくらにもならないので、漁場を変えることにした。

谷山村の対岸は下大崎村で、そのあたりが箕助のいつも網を投げる漁場だった。ほかに下流の居木橋に近い居木橋村あたりと、上流の下目黒に近い二つの漁場があったが、その夜は、居木橋のほうへ目黒川をゆっくりと下った。

谷山村や上大崎村で、百姓仕事の傍ら、船を持って川漁師をする者は数人いるが、大した稼ぎにはならないので、みな箕助ほど熱心ではなかった。

川面に星空が映って、ずっと下流へと続く川筋が見えていた。

居木橋の黒い影を、その下流のだいぶ先にようやく見分けられるあたりが、箕助が時どき網を投げる漁場だった。

箕助は流れのゆるやかな川中に船を停め、そのあたりで何度か網を投げた。

黒い川面に投げた網が、さあっ、と広がりたちまち沈んでいき、沈んだずっしりと重い網を引きあげると、網にかかっていた魚が、かがり火に照らされ、ぴちぴちと跳ねた。

大漁ではないが、これならまずまずと思っていたときだった。

ずっと下流の居木橋のほうの土手道に、人の一団らしき黒い影が蠢《うごめ》くのを箕助は気づいた。一団は明かりも持っていなかった。そのため、人数もどんな一団かも定かではなかった。

何か言い合っているようだったが、まったく聞きとれなかった。

土手道を箕助の船のほうへくるのかと思っていたところが、一団は居木橋の袂の土手を下って、どうやら橋の下に停めてあったらしい船に乗りこんだのがわかった。箕助はかがり火を焚いていたが、だいぶ離れていたので、気づいていないか、気づいていても気に留めていない様子だった。

一団を乗せたと思われる船影は、すぐに目黒川を下っていった。

箕助が見たのは、ただそれだけだった。ありゃあなんだ、と思ったものの、大して気にも留めずさらに漁を続けた。

それから半刻ほどのち、漁をきりあげて品川宿へ向かいかけたとき、別の一団が居木橋をすぎて土手道を通りかかった。一団は何灯もの提灯を提げ、物々しく六尺棒《ろくしゃくぼう》などの得物を手にし、上流の谷山、下目黒方面へ向かっていた。

提灯の明かりをゆらしつつ土手道を通りかかった一団は、川中の箕助を見つけて先頭の町役人ふうの男が声をかけてきた。

「おおい、あんた。ここら辺の者か」

「へい。谷山村の箕助でございます」

「箕助さん、ここでずっと、漁をしてたのかい」

「さようで。夜半《やはん》ごろから、谷山村あたりとここら辺で」

「怪しい男らが、ここを通りかからなかったかい。七人かそれぐらいだ。上流のほうへ向かっていったはずなんだが」

「上流のほうへ？　さあ、気づきませんでした。こっちに気をとられておりましたんで……」

箕助は魚溜《うおため》を指差して言った。

提灯と得物を手にした男らが、土手道に並んで箕助を見おろしていた。男らの緊迫した様子に箕助は動揺し、土手道を下流のほうへ船で下っていった不審な一団には、考えが廻らなかった。

「そうかい。わかった。怪しい者を見かけたら、品川宿の問屋場に知らせてくれるかい。頼んだよ」

「へい。承知いたしました」

何があったのか、事情を訊く間もなく男らが通りすぎていくのを見送り、ふと、半刻ほど前の居木橋の一団のことを思い出したが、提灯の明かりはすでに土手道の上流のほうへ去っていた。

気にはなったが、まあいいか、と思いなおした。

まだ暗い七ツ（午前四時）前、魚溜に入れた魚を、品川の猟師町へ売りにいった。

その刻限、早い朝だちの旅人が宿を出るため、品川宿はどの旅籠も目覚めている。ところがその朝は、普段の朝とは違い、中の橋を慌ただしく人がいき交い、宿場内に騒然とした気配がたちこめていた。

いつもよく買ってくれる魚売の行商に、南本宿に中店を構える老舗の旅籠・島本に賊が押し入り、銭箱を強奪《ごうだつ》したうえに、島本の主人と使用人を殺害したと聞いて吃驚《びっくり》した。

箕助は、居木橋で見た影の一団が気にかかった。

問屋場に知らせるべきかと思いつつ、賊は上流のほうへ向かっていったらしいから、居木橋のあの一団とは違うだろう、とも思った。

「ここら辺です。あの橋が居木橋です」

箕助は、櫓《ろ》をゆっくりと漕ぎつつ、艫船梁《ともふなばり》に腰かけている萬七蔵と名乗った江戸の町方役人の背中に言った。

樫太郎という若い御用聞は、舳《へさき》の表船梁《おもて》へ斜にかけ、ずっと前方の居木橋のほうへ顔を向けていた。

「暗くてよくは見えませんでした。けど、居木橋の下に船が停まっていたことは間違いありません。人影が土手を下って船に乗りこんで、川下のほうへ消えていったんです」

「これだけ離れてりゃあ、話し声は聞こえなかっただろうな」

七蔵は、艫の箕助に背中を向けたまま言った。

「何も聞こえませんでした。田んぼで蛙《かえる》の鳴き声は聞こえましたが」

「停まっていた船に船頭がいたのかい。それとも空船《からぶね》だったのかい」

「さあ、それもわかりません。影が動いているのがどうにかわかった、ただそれだけなんで」

「向こうは、箕助さんの船に気がついていたのかい。かがり火を焚いていたんだろう。気がつかないはずはないよな」

「気がついていたかいなかったか、わかりません。どっちにしても、こっちにかまう様子はありませんでした。みなが乗りこんで、そのときは艫に船頭がいたと思います。すぐに川下へ……」

「目黒川を下れば品川宿だ。きっと大騒ぎだったはずだが、そんな中を通り抜けたとしたら、相当な度胸だな。陸《おか》の上の誰かが見かけて、おおい、そこの船、と呼びとめたら一巻《ご》の終りだったはずだぜ」

七蔵が独り言ちたのを、櫓をにぎる箕助がなんと聞いたのか、「へい」と曖昧《あいまい》にこたえた。七蔵は川の両側の土手を見廻した。その日も、夏の初めの晴れた空が広がっていた。土手の北側は下大崎村の田地で、南側は谷山村あたりである。

居木橋がだんだん近づいてきた。

「居木橋で停めてくれ。橋下の川原を見ておきたい」

「承知しやした」

箕助は櫓を棹《さお》に持ち換え、居木橋袂の土手下へ艀を近づけていった。

「樫太郎、橋の下を見ておこう」

「ですよね。先だっては橋の上しか見ませんでしたから」

樫太郎は表船梁から腰をあげ、すぐに飛び降りそうな恰好で、船縁《ふなべり》に足をかけた。艀が川原の水草を分け、川底の石ころを擦ると、樫太郎は川原の蘆荻へ飛び降りた。七蔵も樫太郎に続き、身をかがめて居木橋の下へと進んだ。

橋下の川原には、ごつごつした石ころが蘆荻や灌木が繁る間に転がっていた。太い橋杭《はしぐい》が北側と南側の川原の二ヵ所と、川中の橋の中心に組んであり、橋板はその三ヵ所の橋杭に支えられていた。

箕助が川縁の灌木に船を繋いで川原にあがり、橋下の七蔵と樫太郎のそばにきた。

「たぶん、船は川原に引きあげてあったんだと思います。ちょっと思い出しました。何人かが船をこういうふうに押し出しながら、ばらばらと乗りこむ様子が見えました。人の声がそのとき聞こえたような気がするんですが……」

七蔵は橋の下から、淡い霞のような雲のかかった空を見あげた。その空の下を目黒川が東南へ下り、ずっと先で東のほうへと次第に曲がっていき、流れが見えなくなっていた。

流れが見えなくなるそのあたりの川原で、二羽の白鷺《しらさぎ》が気ままに飛んでいた。

「箕助さん、賊は七人だった。知ってるね」

「へい。そう聞いております」

「箕助さんのあの船ぐらいで、仮にひとりが船頭として艫に立ったとして、残り六人は普通に乗りこんで、怪しまれずに品川宿をどうやって通り抜けるんだい」

「さあ、それはわからねえが、六人がさな（船底）に縮《ちぢ》こまって、その上に網をかぶせるか、筵をかぶせるかして漁で獲れた魚を運ぶ恰好に見せかけたら、通れるかもしれません。あっしも、たまにですが、十分に魚が獲れた夜は、真夜中でも品川へ運び、筵をかぶって板子《いたご》に寝っころがり、市が開かれるまで待つことはあります。それで怪しまれたことはありませんから」

「そうか。押しこみのあった夜は、みな賊が逃れた目黒川の上流のほうを気にかけていたから、漁船が目黒川を下って宿場のど真ん中の中の橋を平然と潜っても、かえって気が向かなかったのかもな」

「それどころじゃねえって、感じですかね」

樫太郎が言い、箕助は済まなそうに頷いた。

「ところで、下袋《しもぶくろ》の陣屋の手代が聞きこみにきたそうだね」

「へい。押しこみの日から翌々日でした。末槇《すえまき》というお役人さまが、萬さまと同じように押しこみのあった夜ふけに、目黒川で不審な船を見かけなかったかとお訊ねでした。末槇さまにも、人影は何人だったとか、話し声は聞こえなかったかとか、ほかに土手道をいく一団に気づかなかったか、などと訊かれ、今と同じ話をいたしました。末槇さまは、そうかわかったと仰ったばかりで、それ以上は何もお訊ねになりません。それからお調べがどのようになったかは、存じません。ただ、あっしはあの夜の居木橋で見かけた影の一団が気にかかっておりましたんで、胸の痞《つか》えがおりてほっとしております」

「ふむ。それから末槇さんはきてねえんだな」

「お見えにはなりません。お役人さまは萬さまでお二方目で」

「名前は、末槙なんてえ方だい」

「末槙、ええっと、末槙修《おさむ》さまとお聞きいたしました」

「下袋の陣屋までは遠いのかい」

「遠いというほどではありません。大森《おおもり》の先で、ちょっとかかりますが。萬さまがこれからご陣屋までいかれるなら、中の橋までお送りいたします」

「そうかい。じゃあ頼もうか。いくぜ、樫太郎」

「へい。下袋ご陣屋まで合点だ」

三人は居木橋の下を潜り出た。

二

北大森村の一里塚《いちりづか》で東海道を羽田《はねだ》の海側へはずれ、東大森村の田のくろ道を抜けた南方に下袋村の田野が広がって、心地よい海風が、青く初々しい木々をなびかせていた。

下袋の陣屋は、田んぼの中を流れる呑川《のみがわ》の近くに、小堀と土塀を廻らし、所内の木々が夏空の下で色濃く繁っていた。

「江戸北町奉行所の萬七蔵と申します……」

七蔵は表門の門番に名乗り、下袋陣屋手代の末槙修へ面談の取次を頼んだ。

ほどなく現れた末槙修は、長身痩軀に黒羽織と紺袴を着けた、二十代半ばと思われる若い手代だった。江戸から遠く離れた下袋の陣屋に訪ねてきた町方同心と御用聞に、怪訝《けげん》そうな顔つきを隠さず、

「萬七蔵さんですか」

と、いく分《ぶん》ぞんざいな口調をいきなり寄こした。

七蔵と樫太郎は、菅笠をとって末槙に丁寧な辞儀をした。

「北町奉行所の萬七蔵でございます。この者はわが手先を相務めます樫太郎でございます。お仕事中にお邪魔いたしました無礼を、何とぞお許し願います。末槙修さまでございますか」

「末槙修です。品川南本宿の島本に押しこみの一件についてのお訊ね、と聞きましたが、そうなのですか」

「はい。品川南本宿の島本押しこみの一件につき、少々お訊ねいたしたい事柄がございまして、おうかがいいたしました」

「はあ、江戸の町方が島本押しこみのお調べに、わざわざこの下袋まで見えられ

に て道中方が掛です。それはご苦労さまです。しかしながら、品川宿は勘定所の支配下にて道中方が掛です。わたしは道中方の福本武平さまのお指図を受け、一件の調べを行っております。お訊ねと申されましても、掛ではない町奉行所の萬さんに、おこたえできることは少ないと思われます。町奉行さまより勘定奉行さまを通していただき、福本さまのお許しがあれば別ですが」

「それは承知いたしております。じつは、去年、数年前より西国上方を荒し廻っていた天馬党と称する無宿の一味が、大坂町奉行所の取り締まりの手を逃れて関東へ下った見こみと、大坂町奉行所より知らせが入り、町方は警戒いたしておりました。天馬党の人相書も諸国陣屋に触れ出されております。おそらく、こちらの陣屋にも届いているのではありませんか」

「天馬党の人相書は届いております」

「人相書によれば、天馬党の首領の弥多吉は、種子島の短筒を得物にしているとあり、島本の押しこみ一味も短筒を放ち、使用人を殺害いたしました。人相書の人数は七人。島本押しこみ一味も七人。間違いなくとは申せませんが、島本押しこみは天馬党の仕業であったかと疑われます。天馬党の仕業であれば、これは町方の掛とも申せます。よって、道中方とは別に、町方も島本押しこみの賊を追うべしと、北町の御奉行さまのお指図がございました。勘定奉行さまには北町の御奉行さまがその旨を伝え、了承を得ております」

七蔵が言うと、末槙は額に掌をあて、考える間をおいた。

「わかりました。島本押しこみが天馬党の仕業である疑いは持っております。ただ、そういう予断に捉《とら》われず探索は粛々《しゆくしゆく》と進めよと、福本さまのお指図です。そういうことであれば、立ち話で話せる事柄ではありませんので、どうぞ役所へ。それから、わたしは陣屋お雇いの手代ですので、何とぞお気遣いなく」

末槙は心なしか、決まりが悪そうに言った。

「さようですか。では、末槙さんと呼ばせていただきます」

七蔵は、いく分日焼けしたいかつい顔に愛嬌のある頰笑みを浮かべた。

「賊は一旦、目黒川の土手道を上流へとり、それからどの方角へ逃走したのか、足どりがぷっつりと途絶えております。八州の陣屋にはすべて触書を送っておりますが、残念ながら、賊らしき者を見かけた知らせは届いておりません。それから賊の逃走先は、東方の海側をのぞいて、北か西か南か、その三方向へ逃れたと思われますので、品川宿からおよそ丸一日の徒歩でいけるまでの、すべての村の名主と村役人らの助けを借りて、地道に訊きこみを行いました。おそらく、本街道はいかず間道《かんどう》をとっていると思われ、その間道筋の訊きこみに全力をあげております。ただ、こちらもこの半月余、賊とは限らなくとも、怪しい者らを見かけた話すら聞けないのは、案外、賊はまだそう遠くへは逃れてはおらず、近在のどこかの隠れ処にひそんでいる場合も考えられ、そちらのほうは各村の番太《ばんた》らに探らせております。まあ、そんな具合に手をつくしておりますが、今のところ賊の手がかりは何も見つかっていないのが実情です。ひとつ、手がかりが見つかれば、この一件は一気に方がつきそうな気がするのですが」

末槙はそう言って、首をひねった。

末槙の案内で、七蔵は正面の表玄関わきの内玄関から役所にあがり、中庭を廻る廊下の奥の座敷に通された。座敷の濡縁ごしの庭の一角に、内塀に囲まれた米蔵の屋根が見えた。

米蔵の屋根の上に、数羽の鳥影がのどかに飛び交っている。

七蔵と末槙は庭を片側にして対座し、中間《ちゅうげん》が茶を出した。

「もしも天馬党の仕業なら、押しこんだあとの退き方も周到に策を練っていたはずです。ところが、どういうわけか左吉郎に手をかけた。余計なことをしたため、左吉郎の必死の反撃を受け、仲間がひとり疵ついた。これは、押しこみに慣れた天馬党にしては、妙に不手際に思えます。末槙さんはどう思いますか」

「わたしも同感です。賊は疵ついた仲間を連れて逃げました。疵ついた仲間は足手まといです。そういうとき、天馬党でなくても、仲間に止めを刺して自分たちが逃げる算段をするのではありませんか。ところがそうしなかった。疵ついた仲間をかついで逃げた。それで、賊が近在のどこかに隠れ処があって、そこにひそんでいる場合もあるのかもと考えました。もっとも、福本さまは、そんなわけがない、賊は一刻でも早く遠くへ逃れようとするはずだと、そういう見たてに固執《こしつ》しておられますが」

末槙は福本武平の見たてには、必ずしも同調していない様子だった。

数台の荷車が続いて陣屋に入ってくる賑わいが、表門のほうに聞こえた。末槙はそちらの方を気をかけた。

「お忙しいところを、余計な暇をとらせて申しわけない」

「いえ。いいのです。明日、福本さまが陣屋に見えますので、この半月の探索の状況の言上書《ごんじようしよ》をまとめるのが今日の仕事です」

「末槙さんは、目黒川の谷山村の箕助に、押しこみのあった翌々日に訊きこみをやりましたね」

七蔵は身をやや乗り出し気味にして言った。

「やりました。賊が逃走を図るのに、船を使った場合も疑われると、素朴に考えました。徒歩で逃げた賊の足どりが、ぷっつりと消えたのも、賊が徒歩ではなく船で逃げたからではないかとです。その見こみは少ないと思われますが、あくまで念のために目黒川の川漁師にあたってみたところ、谷山村の箕助の話が聞けたのです。箕助の話を聞いて、賊は船できて船で逃げたかと、考えました。しかも逃げた方角は、目黒川の上流ではなく下流の品川です。品川の先は海です。賊は船で品川を通り抜け、海へ出て隠れ処へ戻った。すなわち賊は、夜ふけの海からきて目黒川をさかのぼり、箕助が見た居木橋で陸にあがり、土手道を品川へ戻って島本を襲った。そうして、徒歩で逃げたと思わせ、居木橋の下に停めた船に乗り、海へ逃れたのです」

「だとしたら、賊は品川周辺の様子を、あらかじめ調べていたはずです。末槙さんの仰ったように、品川近在の船でいけるどこかに身をひそめる隠れ処があった。たぶん賊は、島本を襲う前、品川に下見にきていた。案外、島本に泊ったかも知れない。その結果、中旅籠の島本なら、押しこみの獲物《えもの》に手ごろと判断した。つまり、流しの押しこみ働きじゃあなかった。そっちの調べは、それからどうなっているんですか」

末槙は、ふん、と鼻を鳴らし一笑した。

「馬鹿を申すなと福本さまは申され、たちどころに退けられました。押しこみで大騒ぎの品川のど真ん中を、住人に気づかれずに船で通り抜けたなどと、そんな危ない手だてを賊がとるはずはない。ひとたび気づかれれば袋の鼠ではないか。第一、船を足に使ったなら、なぜわざわざ目黒川をさかのぼって居木橋までいく手間をかけたのか。浜辺から陸にあがり、島本の裏戸を潜って侵入し、金を奪って海へ逃れるのがずっと手間がかからず、素早く逃れられるではないか。おぬしは百姓の生まれゆえ知らぬのは無理もないが、兵は拙速《せっそく》を尚《たっと》び工遅《こうち》を尚ばず、と申すのだ。賊は徒歩で逃れた、そちらに意をそそげと。確かにわたしは下袋村の生まれですので、かえす言葉がありませんでした。海へ逃れた筋は、一切探っておりません。手つかずのままです」

「島本の銭を狙った押しこみなら、その通りです。ですが、賊の狙いが島本の銭ではなかったとしたら、違う見方ができませんか」

え？　と末槙は七蔵を見つめた。

「わたしも愚図《ぐず》なんで、馬鹿を申しますとね。島本の押しこみが、金目あてじゃないような気がするんですよ」

「金目あてでなければ、何が狙いだったと……」

「そいつはわかりませんが。ところで末槙さん、思いますに、品川近在に賊の隠れ処があった場合を考えて探っているんなら、江戸の町家の探索はどのように。隠れ処は、人家《じんか》の少ない村ではかえってむずかしい。人にまぎれる江戸の町家のほうが、隠れやすいのではありませんか」

「江戸の町家はお手あげです。放っておきます。手がつけられません。わたしは命じられた務めを、抜かりなく果たすだけです。命じられていないことは、いたしません。あとは福本さまにお任せいたすのみです」

末槙は物憂げに言った。

そりゃそうだと、七蔵は思ったとき、陣屋の中間が廊下にきて、「失礼いたします」と襖を開けた。

「末槙さま、島田《しまだ》さまがお呼びでございます。屋敷のほうへくるようにと、仰せでございます」

「わかった。すぐいく。萬さん、申しわけありません。元締のお呼びです。わたしのような陣屋お雇いの手代は、ひとつの仕事だけというわけにはいきません。何とぞ、これにて」

「お仕事中、お邪魔いたしました」

七蔵は頭を垂れた。

昼下がりもだいぶ廻ったころ、下袋の陣屋を出た。

西に傾いた日が、六郷用水一帯の田んぼをきらきらと輝かせている田のくろをいきながら、役所の玄関の外で待っていた樫太郎に話して聞かせた。

「そうなんですか。お百姓の生まれが刀を差す身分になっても、やっぱりこき使われるんですね」

と、樫太郎はそっちのほうが気になったようだった。

夕方、南本宿一丁目の島本に戻ると、嘉助とお甲が待っていた。島本の中庭で、太一と笹江、嘉助にお甲、そして権三の五人が、「鬼の洗濯じゃぶじゃぶ」と囃しながら鬼ごっこに興じていた。

丁度、鬼の嘉助がもたもたと子を追うのを、大人に雑じって逃げ廻る笹江と太一の歓声や笑い声が、中庭にはじけていた。

姉の笹江は、嘉助につかまりそうなお甲へ、「お甲ちゃん危ない」と、小鳥の甲高《かんだか》い囀《さえず》りのような声を投げ、一方の太一は権三と一緒に、わああわあと大騒ぎで逃げ廻っている。

そこへ七蔵と樫太郎が中庭へ入った途端、「あっ、旦那」と、嘉助は子を追うのを止めた。

嘉助は荒い息を吐きながら言った。

「あっしはもう疲れた。鬼よした」

すると、子供らとお甲と権三が声をそろえ、樫太郎もおどけて雑じり、手を打ち囃したてた。

「鬼ぬけ間ぬけ、大根しょって失せろ」

三

日が暮れ、障子戸を開けた出格子窓から、涼しい海風が部屋にそよいだ。明るいうちの人の気配や、ついさっきまで聞こえていた笹江と太一のはしゃぎ声も消えて、離れの部屋には早や宵の寂しげな静寂がたちこめた。

お甲が鹿子餅《かのこもち》と薄雪《うすゆき》せんべいを皿と鉢に盛っていた。

「店の前を通りかかったら、看板がさがって美味しそうでしたから。鹿子餅はお米《よね》さんが、旦那とかっちゃんにって、持たせてくれました」

薄雪せんべいは、お甲が元《もと》吉原の住吉町で買ってきた。

お米は、日本橋室町《むろまち》の東隣、本小田原町でよし床を営む髪結の職人でもある嘉助の女房である。

お甲が茶菓子を盛っている間に、樫太郎が茶を淹れた。

嘉助とお甲は七蔵の指示を受け、芝口一丁目で高利貸を営む邑里総九郎の、素性やそのほかの身辺を洗っていた。

あれ以来、お甲は本小田原町のよし床に寝泊りしている。

「で、親分、お甲、邑里総九郎のわかったことを聞かしてくれるかい」

七蔵はひと口、樫太郎の淹れた熱い茶を一服してから促した。

「へい。邑里総九郎の生国は南相馬大原《おおはら》村です。歳は今年四十。小百姓の三番目か四番目の倅で、十二、三歳の天明《てんめい》の初めごろ、江戸の横山町《よこやまちよう》の立花《たちばな》という薬種店に年季奉公に出されました。その立花に総九郎が何年奉公し、年季が明けたか、わけがあって奉公先をしくじったか、立花を辞めた詳しい経緯は不明です。というのも、三年前の丙寅《へいいん》火事で立花は焼けてなくなり、主人一家奉公人は離散し、江戸へ出てきたころからの総九郎を知っている者は誰もいねえんです。もしかして、博奕に手を出し借金ができてお店の金に手をつけ暇を出されたあいつかな、という噂は町内で聞けましたが、定かではありません」

「南相馬の男か」

「そのようですね。それで、総九郎は立花を辞めたか暇を出されたかして、郷里に帰って暮らせるあてもなかったんでしょう、横山町からさほど遠くない元吉原の住吉町に移り住んで、これもどういう経緯があってかは不明ですが、てめえ自身、九尺二間《くしゃくにけん》の裏店に住んで住吉町界隈の地廻りみたいな真似をして小銭を稼ぎながら、一方で、店請人《たなうけにん》を始めたんです」

「店請人？」

樫太郎が訊きかえした。

「そう。店請人だ。町家の借家は、表店であれ裏店であれ、請人がいなきゃあ借りられねえ。だが実情は、金さえ都合がつけば請人はいくらでもいる。大店を借りるだけじゃねえ。貧しい裏店に住むにも、請人がいる。言い換えれば、請人がいれば生国を捨てた無宿渡世の者も、裏町の片隅に身のおき処《どころ》、ねぐらができるのさ。江戸はそういう町だ。誰からそんな手を教えられたのか、けちな地廻りにすぎない総九郎が、南相馬大原村なんとか寺の宗門改が役にたって、身元のちやんとした店請人になったたってわけだ」

嘉助は七蔵へ向きなおった。

「ご存じの通り、住吉町と周辺の町家は、大芝居のある堺町《さかいちょう》や葺屋町《ふきやちょう》に近く、芳町《よしちょう》には舞台子《ぶたいこ》とか色子《いろこ》が多く商売をして、遊び人も昼間からうろうろしております。江戸へ流れてきた素性も知れねえ無宿が、総九郎を請人にしてあの界隈の裏店に何人も住んでいたようです。それが十数年前の寛政の終りごろで、それからしばらくして、総九郎はぷっつりと姿を消すみたいに、住吉町を引っ越したそうです」

「今の芝口一丁目の店に、引っ越したんだな」

「たぶんそうだと思いますが、それがはっきりしないんです。総九郎が住んでいた住吉町の裏店も、三年前の丙寅火事で焼失して、まったく別の店になっておりますし、差配していた家主ももう亡くなっております。地主は本石町《ほんごくちょう》の商人で、亡くなった家主に借家の差配は全部任せていて、総九郎の名前すら知りません。あっしの調べたところ、総九郎は住吉町から芝口の裏店に越したらしく、そこでも店請人をやりつつ、同時に、稼いだ請料を元手に金貸を始めたようです。始めたときはほんのわずかばかりの融通だったのが、店請人の請料どころじゃない大きな儲けを次第に出し、今じゃああして、裏店ではあっても芝口一丁目に地面ごとの一軒家を手に入れ、芝口橋から金杉橋、愛宕下《あたごした》、増上寺《ぞうじょうじ》の西側から赤羽橋あたりまでの彼方此方《かなたこなた》に、邑里総九郎の貸家地面を所有する金持ちにのしあがった、そういう男です」

「そうか。運もあったろうが、そこまでのしあがる、案外に抜け目のない男だったんだな。どうやら、思っていたのとは違うようだ」

「それはそれとして、邑里総九郎の素性について、別のちょっと奇妙な話が聞けたんですよ。この話は、お甲が探しあてたある男に、あっしとお甲が会って聞いたんですがね。ちょいと奇妙すぎるし、その話を知っているのはその男しかおりませんので、本途のことだと明かす証拠はありません。ただの与太話《よたばなし》かもしれねえんですが、お甲、おまえが話してくれ」

「はい。その人は羽州《うしゅう》から流れてきた無宿です。名前は幸次郎《こうじろう》。今は麻布《あざぶ》の六本木町《ろっぽんぎちょう》の裏店に住んでいて、日雇いで荷車屋に雇われたりして食いつないでいるそうです。歳は五十二歳と聞きましたが、無宿暮らしが長かったんでしょうね。ひどくくたびれた様子で、嘉助親分のほうがずっと若く見えました」

嘉助が小首をかしげ七蔵と樫太郎が小さく噴いたが、かまわずお甲は続けた。

「幸次郎さんは、十数年前の寛政の終りごろまで、元吉原の住吉町に住んで、川浚《さら》いの人足をやっていたんです。住吉町に住んでいた裏店の店請人が、総九郎さんでした。ですから、南相馬大原村の総九郎さんのことは、今でもよく覚えている、忘れてはいないと言っていました。総九郎さんは、自分らのような無宿ではないけれど、郷里を捨てたも同然の自分らと似た境遇なんで、請料のとりたても厳しいことは言わず、案外に面倒見のいい人でしたとも」

「住吉町にいたころの総九郎に、世話になったわけだな」

「そのようです。幸次郎さんの住んでいた裏店は、九尺二間のつっかい棒で支えていた古い五軒長屋で、じつは、その五軒長屋に総九郎さん自身も住んでいたんです。つまり、総九郎さんは自分も裏店の住人ながら、幸次郎さんら四人の住人の店請人でもあったんです。家主さんは、隣町の新和泉町《しんいずみちよう》の裏店と住吉町の五軒長屋を差配していながら、住んでいたのは新和泉町の店で、五軒長屋は総九郎さんに任せていたんです。総九郎さん以外の四人は江戸に流れてきた無宿の、食うや食わずのその日暮らしですから、総九郎さんは割と気さくに、仲間というほどではないけれど、生国はどこで家の稼業《かぎよう》は、両親は、どういう事情があって無宿渡世を始めたのかなどと、四人と割と親身な話を交わす間柄になっていたそうです。その四人のうちのひとりに、重吉という甲州無宿の、幸次郎さんより十四、五歳若い男がおりました。貧しい百姓の倅で、子供のころから近在の悪がきの仲間に加わり、十四、五のときに盗みを働いて村から逃げ出し、以来、無宿になった男です。大柄で腕っ節が強く、芳町の茶屋の用心棒などをしていたようです。幸次郎さんは、この男は怒らせたら危ないという感じがして、ほかの二人ほどのようには、重吉と親しく言葉は交わさなかったと言っておりました。重吉自身、年上の幸次郎さんらにはぶっきら棒なのに、店請人の総九郎さんには妙に馴《な》れ馴れしい素ぶりを見せていたらしいんです。中背でもちょっと小柄なほうの総九郎さんに、重吉は大きな身体を縮めて愛想笑いをしたりして……」

うん？　と七蔵はつい眉をひそめた。

「お甲、邑里総九郎は中背のちょっと小柄なほうと、幸次郎は言ったのかい」

「はい。そのように。総九郎さんは中背の痩せ気味で、人のよいところがあってと。重吉のほうは図体《ずうたい》がでかく、怒らせたら危ない男だったと、何度も」

「樫太郎、おまえも見たな。一昨日《おととい》、島本に戻ってきたとき、島本の女将に見送られて本通りのほうへいく絽羽織の大柄な旦那ふうとすれ違っただろう」

「見ました。けど、浩助さんの話だと、あっしを睨みつけてすれ違った図体のでかい旦那ふうが邑里総九郎だって、言ってました。じゃあ、浩助さんの言ったのは、あのときの旦那ふうのことじゃなかったんですか」

樫太郎は、かじりかけの鹿子餅の手を止めた。

「旦那、もう少し先へ進めてもいいですか。幸次郎さんの話を聞けば、どういうことかおわかりになると思いますから」

お甲が言った。

「そうか。続けてくれ」

「十年余前の寛政の終りごろ、総九郎さんは住吉町の五軒長屋からぷっつりと姿を消すように芝口の裏店に引っ越したことになっています。そうとしか考えられませんので。芝口に越してから金貸を始めて羽《は》ぶりがうんとよくなり、芝口一丁目に自分の住居《すまい》を手に入れ、今じゃ、店請人の傍ら、江戸中のお金持ちからお金を集めて、それを貸しつけ、大きな利鞘《りざや》を稼ぐ金貸業を営む邑里総九郎さんです。でも、幸次郎さんはそうじゃないって、言うんです。あれは店請人の総九郎さんじゃなく、甲州無宿の重吉だって。総九郎さんの顔は忘れちゃいないし、五軒長屋に住んでいた重吉だって、はっきり覚えている。間違いなくあいつは、大柄で滅法《めっぽう》腕っ節の強い、怒らせたら危ない重吉なんだそうです」

樫太郎がかじりかけた鹿子餅を落とし、慌てて拾った。

「幸次郎さんが言うには、総九郎さんは十年余前、まだ三十にならない歳だったそうですが、芝口へ引っ越したのではなくて、住吉町の五軒長屋で病気で亡くなったんです。江戸に総九郎さんの身寄りはいないので、新和泉町に住む家主と長屋の四人だけで通夜《つや》をし、家主さんの指図で幸次郎さんたち四人が、交代ごうたいに総九郎さんの亡骸を納めた桶をかつぎ、深川の十万坪の先の、砂村新田《すなむらしんでん》の火葬場へ運んで荼毘《だび》に付したそうです。遺骨を持って住吉町に帰ると、家主さんが総九郎さんの店を片づけていて、幸次郎さんたち四人に、地主さんの指図でこの店は建て替えることになった、ついては、店請人がいなくなった無宿のあんたらをここに住まわすわけにはいかないと、追い出されたんだそうです。仕方なく、四人はばらばらになり、重吉以外の二人はどうなったか、江戸にいるのかいないのかも知らないと言っていました」

「甲州無宿の重吉が、南相馬大原村の総九郎に成り済ましたのか。で、今じゃあ芝口一丁目のお金持ちってわけかい。驚いたね」

七蔵は言った。

「しかしお甲、重吉はどうやって総九郎に成り済まして、芝口の町家にもぐりこめたんだろう。総九郎に成り済ましたとしても、引っ越しをするには前の家主の添状とかがいるはずなんだが」

「住吉町の家主は、無宿の幸次郎さんら四人を追い出したあと、しばらくして寝こみましてね。元々高齢で、半年かそこらで亡くなっているんです。ですから、郷里への知らせとか、総九郎さんが亡くなったあとの始末とかは、たぶん、何もできず有耶無耶《うやむや》になったんじゃありませんか。総九郎が芝口に越したのは、どうやら住吉町の家主が亡くなったあとのようです。家主が亡くなったんで、成り済ましを思いついたのかもしれませんし。南相馬大原村の総九郎と名乗って、宗門改はそのうちにとり寄せますのでと言えば、家主は仮人別を拵えます。もう無宿じゃなくなるんです。店請人は金さえあれば見つかるでしょうし」

「総九郎に成り済ましたとしても、金貸を始める元手はどう工面した」

「幸次郎さんが言うには、重吉は図体がでかく腕っ節が強いので、芳町の茶屋の用心棒や番人に使われたり、金さえもらえれば、相当やばい仕事も受けていたようです。一方で、荒っぽい見た目とは違い、案外に気が細かく、やばい仕事を請けた手間代を溜めていたのかもしれません。でなきゃあ、無宿渡世の男が、ただ腕っ節が強いというだけでは、あそこまでのしあがれなかったと思います」

「幸次郎が言った通り、成り済ましが本途だとしたら、だな」

「そういうことです。家主が亡くなって、五軒長屋は建て替えられず、放っておかれたようです。でも、三年前の丙寅火事で焼け落ちて、まったく別の店が建っています。住吉町の住人も変わり、十数年前、あの界隈にいた総九郎さんや重吉の風体を見知ってる者もおりません。なので、幸次郎さんの話が、嘘か真《まこと》か確かめようがありませんが」

「旦那、邑里総九郎が甲州無宿の重吉だとしたら、人相書にあった天馬党の首領の弥多吉も同じ甲州無宿ですね」

樫太郎がまた口を挟んだ。

「そうなんだよ。幸次郎さんは、重吉は甲州鰍沢大野村と、住吉町にいたころ本人から聞いたそうだよ」

と、お甲は樫太郎に言った。

「天馬党の首領の弥多吉が、甲州鰍沢大野村の生まれだったら、重吉と弥多吉は顔見知りかも知れませんね。一昨年の人相書では、弥多吉は三十歳とありました。重吉はいくつでしたっけ」

「五十二歳の幸次郎さんの十四、五歳下らしいから三十七、八ってとこだね」

「じゃあ、五、六歳ぐらいの違いだから、幼馴染《おさななじみ》じゃなかったとしても、顔や名前ぐらいは知ってるんじゃありませんか。天馬党と重吉の成り済ました邑里総九郎のかかり合いが、なんとなくありそうじゃありませんか」

七蔵と嘉助が苦笑した。

「樫太郎、確かなことはまだわかっちゃいねえんだ。あんまり先走りするんじゃねえぜ」

「へい。でも、どちらも甲州無宿か」

樫太郎はうなった。すると、

「それから、旦那、もうひとつあるんです」

と、お甲が七蔵に言った。

「邑里総九郎にはかかり合いがないかもしれないんですけど、飯倉町《いいくらちよう》の孫助《まごすけ》という地廻りが、あたしが邑里総九郎の身辺を探っているならと、小耳に挟んだ話を聞かせてくれたんです」

「芝の神明前《しんめいまえ》とか大門《だいもん》界隈の遊び場を、流している男です」

嘉助が言い添えた。

「聞かしてくれ」

「今月初めの、品川宿の島本が押しこみに遭った翌日の真夜中、森元町の善長《ぜんちょう》寺《じ》の墓地で、人が入れるくらいの結構大きな甕《かめ》を男らがこっそり埋めているのを、町内のごみ拾いをしている物乞《ものご》いが見かけたんです。物乞いは善長寺の墓地の閻《えん》魔《ま》堂《どう》の床下に寝起きしていて、町内の者はみな物乞いが寝起きしているのは知っていますが、男らはたぶん町内の者ではないんでしょうね。閻魔堂の床下から物乞いに見られているのも気づかず、墓地の片隅を鍬《くわ》で掘って甕を埋め、墓石も目印もなくわからないようにして、たち去ったんです」

「男らは何人だ」

「物乞いの話では、六人です」

「どんな男らか、わからないのかい」

「ぶら提《さげ》提灯がひとつだけで、鍬で掘る地面をずっと照らしていたので、男らは殆ど見えなかったそうです。けど、町民風体は間違いないと」

「島本に押しこんだ一味は七人。ひとりが左吉郎の反撃を受けて深手を負った。もしかして、そいつが助からなかったとして、残りの六人が仲間をせめて埋めてやった。だとすれば、人数は合う。一味が品川宿から逃走したのは徒歩じゃなく、船を使って海へ逃げ、江戸の町家の隠れ処に逃げこんだとしたら、金杉川をさかのぼった森元町あたりの町家は、ちょうどいい処だ。親分、なんだかぞくぞくしてきた。こいつは放っておけねえぜ」

「旦那、あっしもそうなんですよ。無駄足だったとしても、こいつは確かめなきゃあ、気が済みませんよ」

「品川の調べは今日で終りだ。明日は暗いうちに江戸へもどるぜ」

七蔵は懐から財布を抜き、樫太郎へ差し出した。

「樫太郎、明日朝暗いうちに発つので、宿代を済ませてきてくれ。女将が宿代を受けとらなかったら、お役目の仕事は、ただでやるわけにはいきませんのでと、ちゃんと女将に言うんだぜ」

「承知しやした」

樫太郎は、七蔵の財布を押しいただいた。

「かっちゃん、あたしもいくよ」

お甲が立ちあがった。

四

金杉川上流の赤羽橋を増上寺の西側へ渡り、永井町《ながいちょう》の先が飯倉町の往来で、その往来の西側が森元町である。

孫助が着物を尻端折りに提灯を提げて案内に立ち、七蔵と嘉助、お甲と樫太郎と続き、その後ろに鍬をかついだ人足がひとり従って、飯倉四丁目の暗い往来を善長寺へ向かった。

板屋根の軒が並ぶ往来はまだ寝静まっていて、野良犬一匹通らない。

東の夜空の果てに、細い帯状の微弱な赤みが差し始めた刻限、まだ星がきらめき、西の彼方に淡く白い欠けた月が、やっと沈みかけている。

「あそこが善長寺の門前でやすが、墓場はこの路地をいったほうが早えんで」

と、孫助が町家の路地へ曲がった。

二、三軒の町家の間を抜け、片側に鐘楼《しょうろう》の影が見える土塀の路地をいくと、路地の先に墓地に入る片引きの木戸があった。

孫助はぞんざいに木戸を鳴らして引き開け、墓石や卒塔婆《そとば》の影が埋めつくす墓所へ踏み入った。

その墓所の一角に、閻魔堂らしき黒い影があった。

「あれです」

孫助は提灯をゆらし、墓石の間の細道を閻魔堂の影へ向かった。蚊の羽音が耳元でうなった。やがて、閻魔堂のそばへきて、

「鼾が聞こえやす。起こしやすんで、お待ちを」

と、孫助はしゃがんで床下へ提灯の明かりを差した。

「左衛門《さえもん》、おい、起きろ。左衛門……」

か細く聞こえていた鼾が、墓所の静寂の暗闇にかき消えた。

孫助は閻魔堂の床下をのぞき、また言った。

「おれだ、左衛門。お役人さまも一緒だ。御用だぞ」

ううむ、と重たげなうめき声がかえってきた。

孫助が立ちあがって、床下から獣のように這い出てくる左衛門を、提灯の明かりで照らした。

床下から出てきた左衛門は、地面に胡坐をかき、大きな欠伸《あくび》をした。

土埃で白っぽくなった紺木綿らしい上衣を、なぜか赤いしごきで締め、蓬髪《ほうはつ》に

は蜘蛛《くも》の巣がかかっていた。はだけた太い腹や裾が乱れて露出した毛深い脛に、蚊に喰われた痕が見えた。

左衛門は蚊に喰われた腹を黒ずんだ指でかきながら、七蔵らを怪訝そうに見廻した。

「なんでえ」

左衛門は、眠っているところを起こされ、不機嫌そうに言った。

「こちら、北町奉行所のお役人さまだ。お役人さまにちっとはちゃんとしろ。いいか、左衛門。半月ほど前、仏を入れたみてえな甕を、六人の男らがここら辺にこっそり埋めるのを、おめえ、この床下から見てたって、言ってたな。甕を埋めたその場所が知りてえんだ。お役人さまの御用だ。そいつはどこだ。教えてくれ。左衛門、立て」

「ああ？　ああ、あれか」

左衛門は傍らの孫助を見あげ、また、はあう、と欠伸をした。

「左衛門、無理矢理起こして済まねえ。ちょいと町方の御用だ。半月ほど前、おめえが見た甕の中を確かめなきゃならねえのさ。手を貸してくれねえか」

七蔵が左衛門に声をかけた。

「へい、こりゃどうも」

左衛門は身体を大儀《たいぎ》そうに動かし、はだけた上衣を戻しながら、地面へ膝づきに居なおった。それから、

「御用なら、そりゃお教えいたしやすが、あれからもうだいぶ日がたっておりやす。何が入っているか、あっしは見たわけじゃありやせん。もしも仏さんが納められてたら、たぶん、目もあてられねえぐらいに傷《いた》んでおりやす。臭いも相当なもんでございやしょうね。そちらの器量よしの姐さん、大丈夫なんで」

と、お甲を指差して言った。

「気遣ってくれてありがとね、左衛門さん。卒倒《そっとう》しないよう気をつけるよ」

お甲が言った。

左衛門は面白そうに笑い、一旦、四《よ》つん這《ば》いになって、獣が立ちあがるかのように小太りの身を起こした。

「すぐそこだ」

黒ずんだ指を墓所の一角へ指し、先にのそのそと歩き出した。

そこは、矩形に折れ曲がった墓所の角に近い土塀際だった。土塀を背にした墓石の並びが、ちょうど途ぎれたあたりだった。

「間違いねえ。この辺だ」

左衛門がそこだけ雑草に蔽われていない地面を指差した。

「男が六人だ。真夜中に二人が棒で甕をかついで、こっそり埋めにきた。坊主もいるわけねえ。金がなかったのかな。それとも、甕に納めた仏が、誰かに見つかると拙いのかな。特に、お役人さまにはよ」

左衛門は、自分の戯《じゃ》れ事が面白そうに笑った。

「よし、頼むぜ」

孫助がぶら提提灯で照らし、鍬をかついだ男に言った。

へい、と男が鍬で、甕を埋めたあたりの土を数回掻いた。それから鍬をふりあげ、ざくっ、と地面を掘り始めた。

「あんまり深くは埋めてねえから、甕を砕《くだ》かねえように気をつけろよ。仏さんが吃驚して目を覚ますぜ」

左衛門が言った。

「おっと、そうかい。仏さんを起こしたら申しわけねえ。そっとやらなきゃな」

男は言いながら、勢いよく鍬をふるっている。

それからみな沈黙し、鍬が地面を同じ調子で掘り続ける音を聞いていた。鍬の音のほかには、蚊の羽音がしきりにつきまとうばかりである。

だが、確かにあまり深くは掘らなかった。鍬の先が硬い物にあたった音をたてて止まった。

土を払い除《の》けると、水を溜めておく甕よりひと廻りほど大きな、大甕が埋まっていた。木蓋をかぶせ、麻縄《あさなわ》で厳重に縛ってあった。

「縄を解いて蓋をとってくれ」

孫助が鍬の男に言った。

「えっ、あっしがやるんですか」

男が怯えて孫助を見あげた。

「おめえがやらなきゃ、誰がやるんだ」

「おれがやるぜ」

左衛門が言った。左衛門は甕のそばにかがんで、土を垢染《あかじ》みた手で掃《は》いた。腐《ふ》臭《しゆう》がすでに墓所の暗がりに流れ始めていた。黒ずんだ指が厳重に縛った縄を解いて、水甕の蓋をとるように、あっさりと蓋をとった。

途端、腐臭が甕の口から噴きあがったかに思われた。

孫助が、わっ、と喚いて袖で鼻を蔽い、鍬の男は顔をそむけ、左衛門までが垢染みた掌で鼻を隠した。

嘉助とお甲と樫太郎の三人は動かず、懸命に耐えていた。

「提灯を貸せ」

七蔵は孫助の提灯をとり、両膝づきにかがんで甕の中を照らした。お題目らしきものを書きつけた白い経帷子《きようかたびら》の亡骸が、ぐにゃりとうずくまっていた。土色《つち》に変色し、いびつに折れ曲がった首筋を、提灯の灯《ひ》が照らした。

七蔵は提灯を甕の口に近づけたが、亡骸の様子はよく見えなかった。

「親分、樫太郎、仏をよく見たい。甕を引き出すぜ。手伝ってくれ」

七蔵は提灯を孫助に戻し、甕の口に手をかけた。

嘉助と樫太郎に左衛門も加わって、「それっ」と七蔵の合図で、ず、ず……と甕を地面から抜き出しにかかった。夜明けにはまだ間のある暗い空には星がきらめき、沈んでいく淡く白い欠けた月が、七蔵らを青黒い色に隈《くま》どった。

半刻後、夏の空は白み始め、朝の早い出職《でしよく》の職人らが町家の往来にちらほらと見かけられる刻限だった。

「お役人さま、こちらです」

森元町の自身番の店番が、路地奥の木戸へ手をかざして七蔵へ見かえった。

どぶ板の通った狭い路地の両側に割長屋が並び、その突きあたりに板塀が見えていた。路地の途中に井戸や物干し場、芥《ごみ》捨て場、厠、稲荷の祠などの一角があって、水汲みをした住人が桶《おけ》をさげて店に戻っていった。

店番が先に木戸を通り、木戸に近い一戸の腰高障子を叩いた。

「田之助《たのすけ》さん、自身番の又造《またぞう》です。いますか。町方の御用です。田之助さん、開けますよ。いいですか」

すぐに、「おう、入りな」と返事がかえった。

店番が表戸を引き開けると、土間ごしの三畳間に、初老の田之助が胡坐をかいて煙管を吹かし、女房が朝餉《あさげ》の膳を片づけているところだった。

田之助の傍らに莨盆と湯呑が並んでいて、早々と朝餉が済んだあと、煙管を吹かして一服していたところのようだった。

「ああ、又造さん。どうした、朝っぱらから」

田之助は又造の傍らに立つ上背のある七蔵と、その後ろに従う嘉助、お甲と樫太郎を訝しそうに見廻した。

田之助は、森元町の田之助店の家主である。

善長寺の墓所に、腹をひと突きにされた仏を納めた大甕を埋めた六人が誰か、左衛門は知らなかった。閻魔堂の床下から離れていたため、提灯の薄明かりでは顔も定かではなかった。

六人は甕を埋め終え、提灯の灯を消して墓所からこっそり出ていった。

それでも左衛門は、六人の影が墓所を出てからあとをつけた。だが、六つの影が真夜中の町内の路地や小路を二つ三つと折れるうちに、夜の闇に溶けこんでいったかのように見失ってしまった。

「見失っちまったら、どうしようもねえ。どうせこっちにかかわりはねえんだ。戻って寝るしかねえじゃねえか。けど、目が覚めたら床下から甕を埋めた場所が見えるじゃねえか。ほっときゃいいが、ありゃあなんだったんだと、気にかかるじゃねえか。だから、孫助さんに先だって、斯く斯く云々と話してやった。誰だか知らねえ。町内の住人じゃねえが、間違えなくこの町内に住んでいるやつらだってな」

左衛門は言った。

そのとき、七蔵は嘉助に言った。

「そうか、親分。この町内に邑里総九郎の持家《もちいえ》があるんじゃねえか。六人がこの町内に住んでいるとしたら、その店じゃねえか」

「旦那、いきやしょう。邑里総九郎の持家は、自身番で訊けばわかりやす」

嘉助がこたえた。

七蔵ら四人は、森元町の自身番で訊ね、芝口一丁目の邑里総九郎は、この町内の住人の多くの店請人を請けており、しかも持家もあると教えられた。

店番の又造の案内で、田之助店にきた。

「こちらは北町奉行所の萬さまです。この店の住人のことで、お訊ねです。萬さま、こちらが家主の田之助さんです」

御用の町方ならば、白衣に黒羽織の定服のはずが、納戸色の上衣に黒紺の細袴を着けた二本差しの浪人風体が、表戸の低い軒を潜ったので、田之助は胡坐の恰好のままじっとしていた。だが、腰の両刀とともに帯びた朱房《しゅぶさ》の十手《じって》を認め、煙管を莨盆に投げ、居ずまいを正した。

「こりゃどうも、お役人さま。お役目ご苦労さまでございやす。お勝《かつ》、お役人さま方に茶の支度だ」

「おかみさん、いいんだ。ゆっくりしていられねえんだ」

七蔵は流し場の女房を制し、田之助に言った。

「あんたにここの住人のことで、ちょいと訊きてえ。いいかい」

「うちの店の住人でございやすか。へい、誰でございやすか」

「去年の暮れごろから、ここの店に、どうやら無宿らしい住人が、七人ばかり住みこんでいるらしいな。かれこれ、四ヵ月になると自身番で訊いたが」

「あ、へい。去年の暮れから、確かに、みな無宿ではございますが、店請人がこちらの家持の芝口一丁目の邑里総九郎さんで、みな総九郎さんと郷里が同じの、所縁《ゆかり》のある者らと聞いております。江戸で仕事先が見つかり落ち着き次第、宗門改をとり寄せるので、それまで仮住まいでと言われ、引き受けました。ちょうど奥の一軒が空《あ》いており、狭いですが、そちらにと……」

田之助は、唇をへの字に結んで束の間をおいた。

「あっしは、邑里総九郎さんに雇われている使用人でございます。雇主に身元は承知しているので心配いらないと言われましたら、承知するしかございません。空家《あきや》は一軒でもないようにするのが、家主の務めでございます。無宿がだめとなりますと、江戸の住人の半分以上が江戸から出ていかにゃあなりません。いくらなんでも、それは実状に合わないのでは、ございませんのでは」

「わかってる。無宿の改めにきたんじゃねえんだ。奥の店の七人は、まだいるのか」

「昨日の早朝、発たれました。みなさん、江戸で思うような働き口が見つからず、江戸で暮らすのは諦めた、郷里へ戻ることにした、と言われまして」

「昨日？　七人ともにか」

「おひとりだけ、働き口が浅草《あさくさ》のほうで見つかったとかで、暗いうちに発たれていたようでございます」

「六人だったんだな。跡はもう片づけたんだろうな」

「はい。念のため、芝口一丁目の総九郎さんにもお知らせいたしましたところ、当然、総九郎さんもご存じでございました」

「仕方がねえ。念のためだ。そいつらのいた店を見せてくれ」

承知いたしました、と田之助は路地のどぶ板を鳴らし、七蔵らを案内した。

九尺（約二・七メートル）に半間（約九〇センチ）ほどの土間に竈と流しがあって、三畳間に四畳半の店だった。黄ばんでみしみしと鳴る畳に、引違いの障子戸が間仕切になっていた。残された家財道具は、七人分の碗や鉢、桶、飯を炊く釜《かま》と鍋。一灯の行灯、四畳半の隅に、七人分と思われる布団が積み重ねてあった。

七人は南相馬大原村の、千次郎《せんじろう》、徳太郎《とくたろう》、喜平《きへい》、弁吉《べんきち》、八郎《はちろう》、五助《ごすけ》、井太郎《いたろう》、と田之助には名乗っていた。だが、偽名《ぎめい》に違いなかった。

同じ店の住人とのつき合いはなく、まれに数人で、あるいはひとりで出かけることはあったが、殆ど、この狭い店でごろごろしていたと、田之助は言った。

「総九郎さんはとき折り、七人を訪ねてきて、仕事探しは上手くいっているかなどと気にかけていたようですが、七人とも、あまり熱心ではありませんでした。あれじゃあ、江戸の暮らしは無理でしょうね」

「七人のふる舞いや話したことで、何か気づいたり、意外に思ったりしたことはないかい。どんなささいな事でもいいんだが」

「気づいたり意外に思ったりしたことで、ございますか。ふむむ……」

田之助はしばし考えこんで、ふと、思いついたかのように言った。

「ちらりと聞いたばかりで、確かではございません。ただ、みなさん、南相馬と言っておりましたのに、中に、上方訛《なまり》の話し方をする者がおりました。おや、と思った覚えがございます」

「いいだろう。田之助さん、おれたちが今日きたことは、雇人《やといにん》の邑里総九郎さんには内密にしておいてくれ。くれぐれも頼むぜ。御用だからね」

「は、はい。承知いたしました」

七蔵の強い口調に、田之助は少し怯《ひる》んで言った。

天道が東の空にだいぶ高くなって、明るい朝の光が降る芝口の本通りは、いき交うお店者《たなもの》に旅人、托鉢《たくはつ》の僧侶、両天秤の行商、がらがらと音をたてていく荷車などで賑わっていた。

七蔵と嘉助、お甲と樫太郎が続き、本通りを北へとった。

「親分、何もかも邑里総九郎の差金《さしがね》だ。こいつは間違いねえ」

七蔵は従う嘉助に言った。

「へい。もう間違いありやせん。番屋にしょっぴきやすか」

嘉助が言った。

だが、七蔵はしばし考えて言った。

「甲州無宿の重吉は、南相馬の総九郎に成り済まして、店請人や小金を融通する金貸でひっそり暮らしてりゃあいいものを、なんでわざわざ危ない橋を渡るのかね。てめえの身を危うくしてまで、一体、何が得られるってんだ」

「高利貸を始めたころの邑里総九郎は、金貸としてはそう目だった様子ではなかったようです。ひっそりと金貸を営んでいる、そんな感じでした。それが、店請人とか高利貸というより、裕福な町民や坊さん、高禄《こうろく》のお武家らから広く金を集い賭場を開くのはやめにして、大きな融資をして高い利息を約束する儲け話で客を誘う、ちょっときわどい稼業を始めたのは、三年前の丙寅火事で、横山町の薬種店も住吉町の五軒長屋も焼けちまって、南相馬の総九郎と甲州無宿の重吉を知っている者がほとんど江戸にいなくなったあとです。あれからたった三年しかたっていませんが、たった三年で江戸のお金持ちのみならず、大名家や御公儀のお役人の間でも、いいも悪いも、邑里総九郎の名前が知られるまでにのしあがったんです」

「三年前の丙寅火事で、甲州無宿の重吉の過去も消えたってことか」

「やることなすこと上手くいけば、そりゃあ大金持ちになるのは間違いありませんがね。いいこともあれば悪いこともある。上手くいくときもあればいかねえときもある。そりゃあ、貧乏人も金持ちも同じですよ。一年以上も前に始まった品川宿の遊戯場話が、どれだけの金がすでに動き出しているのか、あっしには見当もつかねえ。けど、とんだ邪魔が入って、遊戯場話がここにきて上手くいかなかった、遊戯場話が頓挫《とんざ》した、となったら、邑里総九郎がこれまで築きあげてきたものが、あっという間にひっくりかえりかねねえ。それぐらいはあっしにもわかりますよ。そうならねえように、邪魔するやつは容赦しねえとなるんでしょうね」

「親分、邑里総九郎が道中方組頭の福本武平とつながりができたのは、高利貸を始めてからなのかい」

「そのようですね。今じゃあ、福本武平は邑里総九郎の男妾《めかけ》だと、高利貸の間で言われているそうです」

「はは、男妾か。そんなに親しいのかい。福本武平は南本宿の遊戯場話に、どれほどかんでいるのかね」

「さあ、それはわかりませんが、歩行新宿の送り茶屋の杜若で、総九郎と福本がしばしば逢引《あいびき》している噂が、これは勘定所のお役人の間でも窃《ひそか》な噂になっているようですぜ。どんな逢引かわかりませんが、きっと南本宿の遊戯場話も、濃《こま》やかに交わされているんじゃありませんか。おっと、旦那、ここですぜ」

芝口一丁目と二丁目の境の横町へ折れる辻だった。

高利貸の邑里総九郎の店は、横町から北の小路へもうひとつ曲がって、さらに新道へ曲がった、汐留橋《しおどめばし》に近い裏店の並びにある。

だが七蔵は言った。

「いや、今はまだしょっぴかねえ。まずは久米さんに今までわかったことを全部報告する。お甲、樫太郎、八丁堀へ戻るぜ。まずはうちで昼飯を食おう。腹が減った」

「へい。八丁堀へ戻りやしょう」

樫太郎が言い、お甲はこくりと頷いた。

第四章　矢口道

一

南本宿一丁目と二丁目の西裏通りは後路町《うしろじちよう》と言った。後路町の辻を西へ折れた南馬場町に、法華宗《ほつけしゆう》の恵日山妙蓮寺《みようれんじ》がある。

その僧房《そうぼう》の一室で、南本宿の子供らが通う手習所が開かれていた。

島本の笹江と太一姉弟は、四月の初め、島本に賊が押しこみ、父親の左吉郎と使用人のひとりを殺害した一件以来、恐ろしくて外へ出ることができず、手習所はずっと休んでいた。

しかし、日がたつうちに、子供らしく少しずつ心の傷が癒えて、姉弟は数日前から町内の子供らに雑じって、妙蓮寺の手習所に通い出していた。母親の櫂は、姉弟に用意した小さな弁当をわたし、

「いっておいで。二人で一緒に帰ってくるのよ」

と、笑って送り出した。

四月下旬が近いその日、朝からの手習が終り、子供らがみなで弁当を使い、そのあと、妙蓮寺の境内で楽しく遊び、手習の師匠が、

「さあ、おまえたち、そろそろお戻り。また明日おいで」

と、子供たちを帰らせた。

子供らがわいわいと賑やかに山門《さんもん》を出て、門前の町家から南馬場町の通りに曲がったとき、午後の明るい通りの向こうから、「下り下り、下り下り……」と、のどかに連呼《れんこ》する飴売《あめうり》が、編笠を目深にかぶり、飴の入った木箱を重ね、両天秤に提げて通りかかった。

下り下り、というのは、上方からきた美味しい飴、という飴売の売文句である。

子供らはみな、甘い飴が大好きだ。縁日《えんにち》で子供らに人気が高い飴は、長袋の千《ち》歳《とせ》飴や金太郎《きんたろう》飴、有平《あるへい》と呼ばれる飾り菓子である。

葭《よし》の先に飴丸《あめまる》をつけてふくらまし、小鳥を作る吹きがけなどもある。

唐人の異装に鉦《かね》を敲《たた》き、チャルメラを吹き鳴らして売り歩く飴売もいる。

「飴売だ。いこう」

男の子が飴売を見つけ駆け出し、ほかの子供たちも、わあ、と歓声をあげて追

いかけ、両天秤を提げた飴売を囲んだ。

東海道の主駅の品川宿も、旅人や遊興の客が往来する本通りをはずれると、町家はどこも、人通りのまばらな昼下がりの静かな刻限である。

南馬場町の往来では、朝、馬市が開かれ賑わうが、明るい午後の日射しの下では、子供たちの無邪気な声しか聞こえない。

「おいで、おいで。白飴黒飴琥珀《こはく》飴、桜《さくら》飴に朝鮮《ちようせん》飴、金太郎飴もあるぞ。どれも甘くて美味しいぞ」

飴売は飴玉を入れた両天秤の木箱を道端に降ろしてしゃがみ、とり囲んだ子供たちの前に、色とりどりの飴玉の箱を並べた。

「ほら、本物みたいだろう」

飴売は、わあ、と目を丸くしている子供らに飾り菓子の木箱を開けて見せた。

本物の花や盆栽《ぼんさい》そっくりに細工した飾り菓子をみて、目を丸くしている子供らの中に笹江もいた。

「きれい……」

笹江は飾り菓子の木箱をのぞき、思わず言った。すると飴売の声が、しゃがんだ笹江の頭の上で聞こえた。

「綺麗だろう、嬢ちゃん」

笹江に言ったような、低い声だった。うん？　と頭をあげた笹江を、細くて吊りあがった目が、笹江を凝っと見おろしていた。飴売は色が浅黒く、頬骨が尖って見えた。獅子鼻《ししばな》の小鼻をふるわせ、歪んだ唇が突き出ていた。

笹江はなぜか急に、ちょっと恐くなった。小さな胸が、とんとん、と音をたて始めた。そのとき、笹江は太一が子供らの中に見えないことに気づいた。

さっき、飴売を見つけ、太一の手をとって、ほかの子供らと一緒に駆け出したのは覚えていた。

飴売の並べた箱の前にしゃがんだとき、太一は笹江のそばを離れ、ほかの男の子らの中に雑じっていた。笹江はそれから、色とりどりの飴に気をとられて、太一のことを忘れた。

「太一……」

と、呼んで笹江は立ちあがった。

往来を見廻した。ずっと先の本通りには多くの人通りは見える。けれど、南馬場町には、道端の飴売と子供らの姿しかなかった。なぜかそのとき、往来を通りかかる大人はいなかった。

とんとん、と笹江の胸の音が急に高くなった。

「太一っ」

と、今度はもっと大きな声で呼んだ。

「太一なら、そこの路地へ入っていったよ」

手習所の男の子の中で、笹江よりひとつ上のやんちゃ坊主の友助《ともすけ》が、往来を戻った先の、寺と寺の土塀の間を通る路地を指差した。

笹江は手習帳と太一の分も持った弁当桶の包みを抱え、路地のほうへ走った。

このあたりは、寺町でもある。寺の境内を囲う土塀と土塀の間を通って、隣町へ抜ける近道がいくつかある。町家でも寂しい路地だから、子供は通ってはいけないよ、と母《かか》にも手習所の師匠にも言われている。

路地の入口にきた笹江は、日の射さない薄暗い路地の先に太一を見つけた。

ただ、太一はひとりではなかった。

飴売と同じ編笠を目深にかぶり、尻端折りに手甲脚絆の男の人がそばに立っていた。男の人は太一へ蔽いかぶさりそうにかがんで、吹きがけの藍紅《あいべに》の飴を差し出し、何か話しかけている。

太一は男の人を見あげ、こくり、こくり、と頷いていた。

「太一、何してるの、おいで」

笹江は呼んで、太一のほうへ走った。

太一は笹江を見つけ、飴はもういいという態《てい》で、路地を戻りかけた。その小さな腕を、男の人の大きな手がつかんだ。

「太一……」

と、呼びかけた笹江の口を、大きな生温かく湿った掌が塞いだ。それから、七歳の笹江の細い身体に、くねくねとした長い腕が後ろから絡みつき、抱えあげた。身体が浮きあがって足をじたばたさせたけれど、一体何が起こったのか、笹江にはわからなかった。葨臭い息がかかった。

路地の先の太一が、呆気にとられて笹江を見つめていた。

島本の中働きのおふくは、後路町の質屋へいった戻り、南本宿の本通りを横ぎって一丁目と二丁目の境の往来まできたとき、妙蓮寺の手習所から帰ってきた子供らが周りを騒々《そうぞう》しく追いこしていった。

「お帰り……」

おふくは元気な子供らに声をかけた。けれど、島本の笹江と太一の姿が見えないので、おや、いないね、とちょっと変に思った。

「あんたたち、うちのお嬢ちゃんと坊ちゃんを知らない？」

駆けていく子供らに訊くと、

「知らない」

と、ひとりの子が素っ気なく言って、走り去っていった。

どうしたんだろう、と後ろをふりかえり、笹江と太一の姿は見えないので、もう先に帰っているのかしら、とも思った。

昼すぎ、おふくは女将さんに内証へ呼ばれ、これをできるだけ高く質入れをお願いします、と頼まれた。女将さんは、もう何度か質屋に通っているのを、おふくはよく知っていた。

錦糸《きんし》を織り交ぜた、高価なお召物だった。女将さんが晴れの日に、このお召物を着ると、よく似合うだろうな、とおふくは女ながらに思った。

どこそこの支払いがもう延ばせないので、と女将さんはなんの屈託も見せずあっさりと言った。

「女将さん、いいんですか」

おふくが訊くと、

「いいんですよ。わたしには分不相応《ぶんふそうおう》だし、島本が元へ戻れば出せます。もう少しの辛抱ですから」

と、女将さんは、大して気にもかけず、頰笑んでいた。

おふくは、島本の広い前庇の日陰に入り、ふっくらとよく肥えた身体をはずませて、ひと息をついた。

これからますます暑くなっていく季節は苦手だった。

酒問屋の上州屋の法被《はっぴ》を着けた顔見知りの番頭さんが、往来側に開いた店の間の板縁に腰かけ、手代坐りに足を組んでつんつんさせ、煙管を吹かしている。番頭さんに会釈を送ると、ああ、と番頭さんは間の抜けた声をおふくに寄こした。

やれやれ、と思いつつ、店の間と台所の板間の間の通路を店奥へいき、内証に通って女将さんに、お召物の質入れの代銀《だいぎん》と質札《しちふだ》を渡した。

「ご苦労さま。上州屋の番頭さんが待ってますから、支払いを済ませてきます。少し休んでおいき」

女将さんは、おふくがふうふう言っているのがおかしそうに頰笑んで、上州屋の番頭さんが待っている店の間へいった。

おふくは、勝手の土間で流し場の水瓶《みずがめ》の冷たい水を碗に汲んで喉を潤しつつ、女将さんが上州屋の番頭さんに代銀の支払いを済ませている店の間へ、それとなく目を遣った。

女将さんは、今でも自分ひとりだけ、ほっそりした身体に喪服を着けて亡くなったご主人の喪に服している。上州屋の番頭さんに、うな垂れ気味に頷いている喪服姿が、なんだかお気の毒な気がしてならなかった。

浩助さんが、おふくのいる勝手へ入ってきた。浩助さんは、店の間の女将さんと上州屋の番頭さんの様子を、ちらりちらりとうかがいながら、おふくに小声で言った。

「支払いは、済んだのかね」

「みたいですね。番頭さんが気持ちよさそうに、煙管を吹かしていますから」

「後路町へ、いったのかい」

はい、とおふくは肉づきのいい首を頷かせた。

後路町へいった、とは、質屋へいった、という意味である。

「まったく、上州屋も長いつき合いなのに、ちょっと支払いが遅れると、それまでの愛想のよさが消えて、途端に催促がましくなる。現金なものだ」

「喪が明けるまでの辛抱ですよ」

おふくは言った。

上州屋の番頭さんは機嫌がよさそうに島本を出て、そそくさと往来を戻っていった。女将さんは前庇の下で、番頭さんを見送った。こちらがお客なんだから、そんなことまでしなくていいのに、とおふくは思った。

と、上州屋の番頭さんといき違い、両天秤の振り売が往来をくるのが見えた。振り売は編笠を目深にかぶり、両天秤の木箱が歩みに合わせてゆれていた。売り声がなく、なんの振り売かわからなかった。

櫂は上州屋の受取書を手にして内証のほうへ戻りながら、勝手から出てきた浩助とおふくへ、つくろうように頰笑んだ。

「上州屋さんの支払いが済んで、ほっとしました」

「上州屋も、なんだか偉《えら》そうですね。いっそ、仕入れ先を変えますか」

浩助が言ったが、櫂は頰笑んだままで相手にしなかった。

「おふく、内証にいますから、笹江と太一が帰ってきたら声をかけてね」

「はあい。でも、お嬢ちゃんと坊ちゃんはまだなんですか。近所の子供らは帰ってきたのに」

「そう言えばさっき、子供らの賑やかな声が通ったね」

「あら、そうなの」
と、櫂が気になってふりかえったとき、両天秤の振り売が前庇の下に立ってい
るのを認めた。振り売は、伏せた編笠の下の険しい目を、櫂に凝っと向けていた。
一瞬、その目に櫂は立ち竦《すく》んだ。
櫂の様子で、おふくと浩助も軒庇の下の振り売に気づいた。
振り売はゆっくりと敷居を跨ぎ、店の間と台所の間の土間を進んできた。
浩助とおふくは呆気にとられ、振り売が櫂の一間半（約二・七メートル）ほど
手前で両天秤の荷を下ろし、小腰をかがめて膝に手をあてる仕種を見守った。
「先《せん》だっては、お邪魔いたしやした」
振り売が、不気味な低い声で言った。
「え？　あの、あなたは……」
櫂の言葉は続かなかった。
櫂も浩助もおふくも定かにはわからなくとも、振り売の言葉に凍《こお》りついた。
「女将さんの櫂さんに、申しあげやす。一度しか申しやせんので、ようくお聞き
願《ねげ》えやす。よろしゅうございやすか」
受取書を手にした櫂の身体が震え始めた。

「笹江、太一、二人の子供を預かっておりやす。ご心配なく、手荒なことは一切しておりやせんので、子供らは無事でやす。ですが、櫂さん並びにみなさん方の出方次第では、子供らが無事にこちらへ戻ることはねえと、ご承知願えやす。子供らを預かっている、これが証しでやす」

振り売は両天秤の木箱の中から、笹江と太一の手習帳と弁当桶の包みを出し、櫂の足下に投げた。櫂は土間に跪いて、子供らの手習帳と弁当桶の包みを、抱きかかえるように拾いあげた。

振り売が、櫂から浩助とおふくを睨み廻した。

「そちらさんが、浩助さんでございやすか」

「は、はい……」

浩助は編笠の下の光る目に睨まれ、思わずたじろいだ。

「ようく聞いてくだせえよ。今夜亥《い》の刻（午後十時）、女将さんと浩助さんのお二人で、矢口道を池上へととって、新井宿《あらいじゆく》村をすぎ、次の堤方《つつみかた》村の手前、呑川までおいで願えやす。呑川に小さな橋が架かっておりやす。その小橋で子供二人を無事に戻しやすが、代わりにいただきてえものがございやす。女将さん、浩助さん、必ずお二方がくるんですよ。おわかりになりやしたか」

櫂はいっそう激しく震え始めたが、懸命に言った。

「な、何をわたせば、子供を無事にかえしてくれるのですか」

「そいつは、女将さんが呑川の小橋まできて、お頭から直にお聞き願えやす」

「必ず、必ずいきます。ですから何を、も、持っていけばいいのですか」

「女将さん、くればわかりやす。女将さんがくれば……」

振り売は、編笠の下の陰鬱な顔に薄笑いを浮かべた。そして、浩助とおふくへその薄笑いを向けた。

「それからおまえさん方、この話はここにいる者以外には、一切誰にも言わねえように、くれぐれもご用心願いますよ。でねえと、せっかく助かる幼い子供の命が、おまえさん方が言い触らしたせいで、助からねえことになりやすぜ」

浩助とおふくは震えながら、木偶《でく》のように繰りかえし首を上下させた。

櫂は振り売を見あげ、はらはらと涙をこぼし、声を絞り出した。

「お願いです。子供たちをかえして。わたしの命をかえして」

「女将さん、子供の命が大事なら、お頭の言う通りにするんですぜ」

振り売は言い残し、天秤棒をかついだ。

振り売が前庇の下に出たとき、往来側に開いた店の間の板縁に、男がひとり腰かけ、煙管を吹かしていた。男は振り売へ見向きもせず、往来へ気持ちよさそうに煙を吹いた。

おっ、と振り売は思わず声をもらした。

午後の往来は静かで、通りがかりもなかった。ついさっきまでは、誰もいなかった。今の話を聞かれたかもしれなかった。この野郎いつの間に、と振り売はうろたえた。思わず、

「てめえ。こ、ここで、何をしていやがる」

と、言ってしまった。

男はゆるく煙ののぼる煙管を手にした恰好で、振り売へ見かえった。男の眉間から頬へかけて、ひと筋の古疵がむごたらしく走っている。

振り売は、男の相貌に気《け》おされ、言葉を呑みこんだ。

「何をしているだと。おれは島本の客だ。あんたが通路をふさいでいやに深刻な話をしていたから、ここで話が済むのを待っていたのさ」

「くそ、聞かれたか」

振り売は顔を醜《みにく》く歪めた。

男は、煙管の吸い殻《がら》を足下に落とした。

「聞いたがどうした。あんたが迂闊だったんだ。仕方がねえだろう。けどな、おれにはかかり合いのねえ話だ。誰にも話しはしねえ。さっさといけ。ぐずぐずしてたら人を呼ぶぜ」

振り売は周囲を見廻し、歯がみした。本通りの賑わいはないが、往来は明るくのどかである。向こうの通りがかりがお店者と言葉を交わしている。

「さあ。今は真昼間だ。真夜中のようにはいかねえぜ」

その言葉に突き動かされ、振り売が慌てて本通りのほうへ去っていくのを確めてから、権三は板縁から腰をあげた。

それから、店土間で動けなくなっている櫂と浩助とおふくへ見かえった。浩助が、助かったというふうに荒い息を吐き、おふくは太った肩をすぼめていた。櫂は子供の手習帳と弁当桶を抱え、あふれる涙を頬に伝わせていた。

権三は前庇の下から通路に入り、三人の前に立った。

櫂さん、と権三は《女将さん》ではなく名を呼んだ。

「どうか、どうか、このことは……」

櫂がかろうじて声に出した。

「ご心配にはおよびません。あっしは味方だ」

権三は、鳥海橋で別れた五歳だった櫂を思い出していた。

二

勘定所組頭の席次《せきじ》である控の間は、焼火之間《たきびのま》である。

同じ日の午後、道中方組頭の福本武平を殿中《でんちゅう》の御坊主が呼びにきた。

「福本武平どの、勘定吟味役《ぎんみやく》の成田和巳《なりたかずみ》さまがお呼びでございます。中之間《なかのま》にてお待ちでございます」

福本武平は、勘定吟味役の成田和巳と聞いて首をひねった。勘定所組頭の支配役は、言うまでもなく勘定奉行である。勘定吟味役は、職禄《しょくろく》も席次も組頭の上ではあるものの、直接指図を受ける立場ではない。不審を覚えつつも、

「承知いたした」

と御坊主にこたえ、座を立った。

勘定吟味役の控の間は、表御祐筆詰所《おもてごゆうひつつめしよ》と芙蓉之間《ふようのま》の間の細廊下の北奥にある。

成田和巳は、五十をすぎた勘定吟味役の能吏《のうり》である。幕府の財政の総勘定を監査する吟味役の中でも、とりわけ厳しい吟味役と知られていた。気むずかしく寡《か》

黙《もく》で、殿中でいき合ったときに挨拶をする以外に口を利いたことはない。

道中方組頭の役目上、かかり合いを持ったことは一度もなかった。

黒裃を隙なく着けた成田和巳が、尺扇《しやくおうぎ》を手にして中之間の一角に端座し、武平を待っていた。

中之間は、勘定吟味役のほかに、小普請奉行や新番頭《しんばんがしら》が詰める部屋でもあり、それらの役人の中で、成田の周りだけが薄暗く冷たい気配に包まれていた。

だが、さほど気むずかしい顔をしていたわけではなく、中之間に入った武平と目を合わせ、静かな黙礼を寄こした。

「成田さま。御用でございますか」

福本は成田の前に着座し、一礼してから言った。

「支配役でもないのに、勝手に呼びたてて不審でござろうな。じつは、御用ではない。が、御用でないこともない。いささか、胡乱に思われるかもしれんが、やはり話しておかねばならぬ話でもあるのだ」

成田は遠廻しな言い方をした。そして、

「あちらへ」

と、尺扇で中之間東奥の御用談所を指した。

「はあ？」

いっそう不審が募った。

成田と福本は、四方を間仕切の襖に囲まれた御用談所に対座した。

前以て指図してあったのか、すぐに御坊主が茶を運んできた。

「御用をうかがいましょうか。仕事がございますので」

少々不快に感じ、碗の蓋をとり一服した成田をせかした。こんなところで茶など一服する気になれなかった。

「ふむ。お忙しいであろうな」

と、成田はかまわず一服した碗をゆっくりと茶托に戻した。

「今月朔日、品川南本宿の旅籠の島本に賊が押し入り、島本の主人と使用人がひとり殺害された。押しこみを働いた賊の探索を、福本どのが指揮しておられるそうだな」

「さようです。宿場は道中方支配でございます。組頭のそれがしが指揮をとっております。今月初めの南本宿の押しこみの一件が、勘定吟味役の成田さまに、何かかかり合いがございますのか」

「わが勘定吟味役の役目では、かかり合いはない。役目でもないそれがしが何ゆえ押しこみの一件を訊ねるのか、わけはあとでお話しいたす。で福本どの、賊の探索はどこまで進んでおる」

「押しこみを働いたのち、賊は素早く逃走を図り、ただ今鋭意《えいい》探索を続けておりますが、未だ捕縛にはいたっておりません」

「はや四月半ばもだいぶすぎた。なんの手がかりもつかんでおられぬのか」

「残念ながら、これという手がかりはございません。しかし、このちも地道な探索を続けていけば、必ずや何らかの手がかりが得られ、それをたどって賊を追いつめ、ひっ捕らえることができると確信いたしております」

「賊は、どの方面へ逃れたと？」

「明らかに、西の武州、南の相州、さらに上州、野州、常州《じようしゆう》、あるいは房総《ぼうそう》なども含めて、関八州へ逃れる肚か、あるいはすでに逃れたかもしれません。むろん、関八州のすべての陣屋に触書を廻し、賊の足どりを追う手だてを、怠《おこた》りなく講じております」

「ふむ。関八州のみならず、甲州、信濃、あるいは越後、奥州、あるいは上方と、気の遠くなる探索でござるな。わたしなど江戸城とわが屋敷を日々いききしておるばかりの吟味役は、考えただけでも途方に暮れる」

福本はとり合わず、成田の話が終るのを待っていた。

「下袋陣屋の末槙修という手代を、一件の掛に命じておられるのだな」

「いかにも。下袋陣屋の末槙修が掛でございます。それがし自ら賊の探索にあたりたいのは山々ながら、道中方組頭の役目柄、ほかにも仕事が山積《さんせき》いたしております。よって、それがしは指図のみにて、現場は末槙に任せております。だからと申して、賊の探索がおろそかになることは決してございません。末槙はそれがしが見こんだ有能な手代にて……」

「わかっておる。わが吟味役の務めも、下役が実地に勘定をつけた報告に基づいて吟味をいたす。何もかもひとりでできるわけではない。福本どのの申されるのはもっともだ。ただ、下役が実地につけた勘定のほんの一部であってもおろそかにすると、肝心の吟味が蟻《あり》の一穴《いっけつ》になりかねぬ」

「はあ。それが」

「末槙修が目黒川の川漁師の訊きこみによって、島本に押しこんだ賊が船を使って逃走を図った見こみがなきにしもあらずとつかんだ報告を、福本どのはとり合われなかったそうだな。なぜ、その報告をとり合われなかった」

福本はわざとらしく、ため息をついた。

「何をお訊ねかと訝しく思っておりましたが、そのことでございましたか。末槙よりお聞きになったのでござるか」

「そうではないが、それもあとで申す。して、何ゆえでござる」

「何ゆえとり合わなかったかと申しますと、あり得ぬからでございます。無理だからでございます。末槙の訊きこみによれば、島本に賊が押しこんだ当夜、目黒川の川漁師が、誰かも見分けられぬ夜陰《やいん》にまぎれた数個の人影が、居木橋という橋の袂で船に乗りこみ、目黒川を下っていったのを見ておりました。だから、賊は陸《おか》ではなく、目黒川を下って海へ逃れた見こみも考えられる、という報告でございます。目黒川は品川宿の、北本宿と南本宿の境を流れ、品川の海にいたります。北本宿と南本宿の境には中の橋が架かり、品川ではもっとも賑やかな人目の多いところにて、仮令、真夜中であっても、押しこみ騒ぎが起こって宿場中が目覚めて騒然としていたその真っただ中を船で下るなどと、それではまるで、捕まりにいくようなものでございます。賊がそのような危ない逃走手段を用いるはずがございません。それゆえ末槙に、無駄な探索に人手をさかず、賊が陸に逃れた足どりを地道に探れと命じたのでございます」

「だとしても、それを退けたことが蟻の一穴になりはせぬかと、万が一という事態に備え、周到に手を打つべきだとお考えにならなかったのか」

「限られた人手の中で、みな手をつくしておるのでございます。万全とはいかぬまでも、今、専念すべきはここであろうと、それがしが組頭として判断いたしました。考え方、経験の違いでございましょうな。そのようなご経験のない成田さまがおわかりにならないのは、無理もございませんが」

福本は膝を、話の区ぎりをつけるかのように打った。

「成田さま、吟味役のお役目でありながら、何ゆえそれをお訊ねなのか、わけをお聞かせ願います。それがし、仕事に戻らねばなりませんのでな」

「まあよろしいではござらぬか。最後まで聞かれたほうが、御身《おんみ》のためだ」

成田の顔つきが、次第に険しくなっていた。

福本は顔をそむけ、眉をわずかにひそめた。

「わけをお話しいたす前に、いまひとつおうかがいいたす。福本どのは、芝口一丁目の邑里総九郎と申す高利貸と、だいぶ懇意にしておられるようだな。邑里総九郎とのつき合いは長いのか」

「さようですな。七、八年に相なりましょうか。それがしの知り合いの、さる大名家の留守居役《るすいやく》を介して会う機会がございました。さっぱりしたじつに気持ちのよい気だてにて、男らしい立派な形《なり》をしており、その見かけ通り、ささいな事に拘泥《こうでい》せず、度胸もあり大らかな、武家にとりたてられてもおかしくない器量と、それがしは思っております」

「ほう。ずい分と評価が高うござるな。では、高利貸の邑里総九郎がいかなる者か、よおく、ご存じなのだな」

「よおく、がどういう意味か存じませんが、親しいつき合いをいたしておるという程度には、存じておるつもりでおります。例えば、邑里総九郎は、高利貸というより店請人と申したほうが、よいと思われます。あの男は、南相馬の大原村の者で、宗門改も定かでございます。江戸には、人別も宗門改も持たぬ者が大勢暮らしております。総九郎は頼まれたら断れない人のよい気だてゆえ、わずかな礼金で困っているそういう者らの店請人を請け、それが段々と増えて、小金を蓄えた。その小金をあてに、少々用だててほしいと申す者らが現れると、またそれにも応じてやる人のよさで、いつしか高利貸と悪口を言われるほどになった、と本人は笑って申しておりました。高利貸、とひと言でくくってしまえばその人物をわかった気になりますが、人の営みは傍から見えておるほど単純ではございません。つき合いをいたしております当人のために、申しあげておきます」

「もっともだ。ならばつき合いをしておる福本どのは、邑里総九郎が、裕福な町民、高禄を食《は》む武家、僧侶、のみならず、盛り場の顔役や賭場の胴《どう》とり、岡場所《おかばしょ》の防ぎ役、そういう者らから高利を約束して大きな融資を募り、それを元手にある町家の貧しい裏店がひしめく地面を買い占め、裏店を一掃し、そこに遊戯場を開設する企てを進めておることも、当然、存じておられるだろうな」

福本はひと呼吸の間のあと、素っ気なくこたえた。

「それは、品川南本宿四丁目のことでございますな」

「いかにも。おつき合いが深いだけに、よくご存じだ。では、その遊戯場の企ては、遊戯場を隠れ蓑にした豎盆の大博奕を開帳する賭場こそが本来の狙いにて、大博奕の莫大な寺銭の一部が、融資の利息となってお金持ちの懐を潤すことも、存じておられるということでござるか」

「成田さま。それはいささか無礼ですぞ。宿場の治安を守り、取り締まりを行うのはわが道中方の役目でございます。御禁制の賭場が道中方支配下の品川宿にて、遊戯場を隠れ蓑に開帳になるとわかっていて、黙って見すごせるわけがないではございませんか。邑里総九郎がそのような不届きな企てを進めておるのが事実ならば、いかに親しい間柄であっても、断固その企てを阻止《そし》いたし、邑里総九郎をお縄にせざるを得ません」

「では、大博奕を開帳する企ては、ご存じなかったか」

「存じません。存じておれば許しはいたしません」

「それは妙だ。少なくとも、南本宿の大抵の者は遊戯場の賭場の話は存じておると、聞いておるがな」

「一体、どなたからお聞きになったのでございますか。その方からそれがしが直に聞いてみましょう」

だが、成田はかまわず続けた。

「ところで、賊に押しこまれた島本は、代々、南本宿の旅籠仲間の元締を務めてきたそうだが」

「のようですな」

「押しこみに殺害された島本の主人左吉郎は、旅籠仲間の元締として、遊戯場開設には異を唱えていた。なんとなれば、遊戯場は大博奕の開帳の隠れ蓑にて、大博奕の開帳により、品川宿に博徒らが集まり客が増えたとしても、必ずや御公儀の取り締まりを受け、結局は、南本宿のみならず、品川宿の旅籠の営みの障りになるという理由だったことも、ご存じなのではないか」

福本は不機嫌な様子を、露《あら》わに見せた。

「島本の左吉郎が、遊戯場の開設に反対しておることは存じておりました。そうなのかと、思っておっただけでございます。しかし、遊戯場に賭場の開帳のことなど、知るわけがございません。と申しますか、賭場はすでに、それぞれの旅籠で、客が勝手にひっそり開き、楽しんでおるのです。旅籠の主人はそれに気づいており、道中方のわれらはそれを存じておりますが、見て見ぬふりをしておるのでございます。ひっそりとであれば、民の営みに杓子定規《しやくしじようぎ》な取り締まりはするまいというのが、お上の姿勢なのでございます。旅籠の抱える飯盛が一軒に三人、ないしは四人ほどとするお定めが、実情は守られていないことを見逃がしているのも同じ理由でございます。島本の左吉郎が反対していたのは、遊戯場開設により、南本宿四丁目のほうが賑やかになり、新たな旅籠ができて、客をとられることを恐れてのことではございませんか」

「さようか。旅籠仲間の主人らは、遊戯場開設に反対はしないものの、元締が反対ならばそれに従うという応対だったらしい。しかも、その旅籠仲間の主人の中に南本宿四丁目の地主がいた。ということは、元締の左吉郎の賛同を得られなければ、遊戯場の開設ができないことになる。すなわち、邑里総九郎の企ては頓挫する。福本どのは、邑里総九郎とともに島本に宿泊したことも、あったそうだな。それはいかなる理由でござる」

「出張の折り島本に宿をとったところ、たまたま、邑里総九郎も島本に宿をとっただけの、偶然でございます。島本は中店ながら、品川では老舗のよき旅籠と評判の高い旅籠なのです。つき合いのある邑里総九郎と思いがけず同宿いたし、挨拶だけというのもなんですので、酒を酌み交わしました。それがいかがいたしましたか」

「邑里総九郎は、左吉郎の賛同を得るため、島本にきていたのではござらぬか。その折り、島本の左吉郎に、遊戯場開設に反対する理由を、邑里とともにお訊ねにならなかったのか」

「しつこいですな。邑里総九郎が遊戯場開設を企て、南本宿旅籠仲間元締の島本左吉郎がそれに異を唱えておることは存じておりましたが、民の営みにお上の役目に就いておりますわれら役人は、口出しすることはございません。いい加減にしてくだされ。それがしはもういかねばなりません」

「お待ちなされ。まだ話は終っておらぬ。もう一度言う。最後まで聞かれたほうがよい。これは御身のため、というより福本家のためでござる」

成田に気むずかしそうな顔を向けられ、福本は動けなかった。

「島本押しこみの探索に、町方が動いておるのは存じておられよう」

「ほう。存じませんでした。宿場は勘定方の支配です。何ゆえ町方なのでございますか」

福本は知っていながら、わざと言った。

「それも、ご存じではなかったのか。では、天馬党は存じておるな。もうかれこれ五、六年前より、西国と上方を荒し廻っていた無宿の盗人一味だが」

「存じております」

「一昨年秋、大坂町奉行所より、天馬党の人相書が諸国に触れ廻され、江戸町奉行所には天馬党が関東へ下った見こみと、去年、知らせがもたらされていた。天馬党は仲間割れや捕えられた者もいて、一時は十数人いたのが、関東へ下ったと思われる一味は七人だった。頭が甲州無宿の弥多吉という一昨年の人相書によれば三十歳の男で、種子島の短筒を得物にしておると、それも人相書にはある。今月初めの島本に押しこんだ一味は、人数が七人。七人とも、目ばかり頭巾で人相を隠していたが、ひとりが短筒を放って使用人を殺害いたした。その知らせが町方にもたらされ、もしも島本押しこみが天馬党の仕業であったなら、支配外の品川宿であっても、町方が手を拱《こまぬ》いているわけにはいかぬと、探索に乗り出したのだ」

「すると町方は、島本押しこみが天馬党の仕業とわかる証拠を、つかんだのでございますか」

「一味を捕まえれば、天馬党であったかなかったかがわかる。あるいは、一味を島本に押しこむよう手引きした者をな」

「一味を島本に押しこむよう手引きした者？　一体、なんの話をしておられるのでございますか。何を証拠に、そのような者がおると、吟味役の成田さまが仰せなのでございますか」

「証拠より、わが話を聞けば、それがわかる。一昨日でござる。押しこみ一味の探索を始めた町方の手先が、島本の押しこみがあった翌日の真夜中、増上寺西側の町家、森元町善長寺の墓所に、六個の人影が甕に納めた一体の仏を、夜陰にまぎれて埋めた、と地廻りから聞きつけた。墓所の閻魔堂の床下に寝起きしていた物乞いがそれを見ており、その話が町方の手先に聞こえたのだ。手先の報告を受けた町方は、六個の人影が真夜中に埋めた甕の亡骸を確かめることにした。なぜ確かめることにしたか、おわかりだな」

福本は顔をそむけ、こたえなかった。

「島本に押しこんだ七人のうちのひとりが、左吉郎を手にかけたとき、左吉郎の必死の反撃を受け、深手を負った。町方は、善長寺の墓所で埋められた亡骸は深手を負った押しこみのひとり、そして甕を埋めた六個の人影は押しこみ一味の残りと睨んだ。一味は、増上寺西側の森元町の裏店を隠れ処にし、四月朔日の夜ふけ、そこから、手引きした者が用意したと思われる船で金杉川を下って品川へ向かった。目黒川をさかのぼり、居木橋の下に船を停め、土手道をとって南本宿の島本に向かった。あの辺りは川漁師が夜漁をし、船が停めてあっても怪しむ者はいない。島本に押しこみを働いた一味の七人は、陸を徒歩で逃走したと見せかけ、船に乗って真っ暗闇の海へ逃れ、森元町へ戻った」

「ふん。また証拠もない推量を繰りかえされるのなら、仰らずともわかっております。さっさと話を進めてくだされ。仕事があるのです」

「よかろう」

成田は続けた。

「深手を負った仲間は、助からなかった。一味の六人が、仲間の亡骸を甕に納めて、善長寺の墓所に埋めた。手先の知らせを受けた町方は、甕を埋めた場所を掘りかえし、腐乱した亡骸を確かめた。腹に致命傷を受けた賊に間違いなかった。残りの六人の店はすぐに知れた。なぜなら、町方は森元町の自身番である者の名を出し、町内にその者にかかり合いのある店があるかないかを訊ねた。その者の持家があった。森元町の田之助が家主に雇われている田之助店だ。福本どのは森元町の田之助店をご存じか」

「な、何を言われる。存じません」

福本は即座に言ったが、唇が細かく引き攣《つ》るのを隠すように手をあてた。

「去年の暮れ、田之助店に居住を始めたときは七人だったのが、町方が訊きこみに向かった前日、田之助店を急に発ったときは六人になっていた。六人と甕に納めたと思われるひとりは、申すまでもなく無宿だった。田之助店に居住できたのは、町方が名を出したある者が、店請人になっておったゆえだ。ある者が七人の店請人を請け、自らの持家に居住させたと見なさざるを得ない。七人が島本に押しこむための隠れ処にしたゆえだ」

「おやめくだされ。いくらなんでも、不愉快極まりない」

福本が声を荒《あら》らげた。

福本の声が聞こえたからか、間仕切の襖ごしの中之間に急に寂《しん》とした気配が流れた。廊下を通る御坊主の足音は聞こえるものの、殿中は静かである。

「福本どの。わが話はもうすぐ終る。よろしいか」

成田は、終始、落ち着いた語調で続けた。

「町方は、以上の子細を町奉行さまに伝え、ある者を捕縛する命がくだされた。申される通り、証拠はなくすべては町方の推量にすぎないが、この推量が実事であることはもはや疑いようがない。ある者に言い逃がれはできまい。品川南本宿旅籠島本の押しこみは、金貨銀貨を狙った強盗にあらず。ある者が、おのれの企ての邪魔になる島本の主人の左吉郎を始末するために謀《はか》った偽装にすぎない。福本どのも、そう思われぬか」

「さようでございましたか。町方が証拠もなく、おのれらの推量を頼りにある者を捕縛し、おのれらの推量通りに白状せよと責問《せきもん》をするのでしょうから、存分になされればよろしいのではございませんか。われら道中方は、押しこみの一味の探索を、これまで通り粛々と行うのみでございますので」

「町奉行さまは宿場支配の勘定奉行さまに、ある者の捕縛を命ずるにいたったこれまでの子細を伝えた。その際、ある者に深くかかり合いのある勘定所の役人のことも伝えた。勘定奉行さまは、言われたそうだ。配下の勘定衆にそのような悪行に手を貸す者などいるはずがない。いたとすれば、当人が迂闊にも知らぬ間にそうなっていたのであろう。当人はおのれの迂闊なふる舞いを悔い、すべてが明らかになる前に、みずから身を処すであろう。すべてが明らかになってからでは遅い。当人が斬首《ざんしゅ》に処されるのみならず、一門の改易《かいえき》となって汚名《おめい》を残すことは言うにおよばず、事と次第によっては、妻や子にも累《るい》がおよび重き処罰を受け、また縁者《えんじゃ》の多くが路頭《ろとう》にまようことになると、勘定奉行さまは憂《うれ》いておられる。福本どの、吟味役にすぎぬわたしがきたわけが、おわかりだな。今はまだ明らかになる前だから、わたしなのでござる」

福本の顔が、血の気を失いくすんだ土色になっていた。福本は唾《つば》を呑みこもうとして呑みこめず、茶托の碗に手をのばした。

「それから今ひとつ……」

と、成田が言った。

「芝口一丁目の高利貸邑里総九郎についてわかっていることがある。南相馬大原村の総九郎は、十年余前、元吉原の住吉町の五軒長屋で病のため亡くなっている。芝口一丁目の邑里総九郎は、当時、住吉町の同じ五軒長屋にいた甲州無宿の重吉という男だ。重吉の生まれは、甲州鰍沢大野村。無宿の重吉が総九郎に成り代わった。天馬党の頭の弥多吉も、甲州鰍沢大野村だ。もしかして、重吉とつながりがあったのかもな」

と、福本が手にとった碗が落ち、冷めた茶を畳にまいて転がった。

三

夏の日が暮れ、宵の空に星がきらめいた。月が空にかかるまでに、まだだいぶ間のある刻限だった。

芝口一丁目の本通りをはずれ、横町から新道へと二つ折れた町家の一角に、高い黒塀が囲う高利貸・邑里総九郎の瀟洒《しようしや》な店がある。

庭はさほど広くはないものの、手入れのいき届いた灌木や木立ちが葉を繁らせて、数寄屋造《すきやづく》りふうに意匠を凝らした住居を隠している。

新道に面した黒塀に、縦格子の引違いの木戸が開かれていて、その木戸を通った前庭に敷いた踏み石の先に、広い軒庇と石畳、そこも縦格子の両引きの広い表戸が、小ぶりな柱行灯の薄明かりに照らされていた。

その夜、町内の彼方此方で犬がやけに吠えていた。

細縞木綿の単衣の幸次郎は、両引きの格子戸の片側を、そっと開いた。三和土《たたき》の土間の先に、明障子を隙なく閉てた寄付きと、拭い板の落縁《おちえん》が、薄暗がりにくるまれていた。

幸次郎は表戸の間から、白髪雑じりに月代ののびた頭だけをおずおずと差し入れた。そして、遠慮がちな声を、

「ええ、ごめんくださいやし。ごめんくださいやし」

と、二度あげた。

応答はなかったが、なんとはなしに生温《なまぬる》く湿気《しけ》た人の気配が感じられた。

「夜分、まことに畏れ入りやす。こちら、邑里総九郎さんのお店とうかがい、お訪ねいたしやした。幸次郎と申しやす。ご亭主の総九郎さんには、もう十年以上前になりやすが、大変ご懇意にしていただいた者でございやす。何とぞ、総九郎さんにお取次を、お願いいたしやす」

幸次郎は小腰を折って、藁草履をつっかけた素足を三和土に踏み入れた。

「ごめんくださいやし。こちら、邑里……」

そのとき、寄付きの閉てた明障子に、ぼうっと明かりが射し、それがだんだん濃くなって、人の足音が近づいてきた。

障子戸がわずかに引かれて隙間ができ、手燭《てしょく》の小さな炎が見えた。

寄付きに立った人の顔が、隙間から三和土の幸次郎を凝っと見おろした。

幸次郎は小腰をかがめた恰好のまま、隙間からのぞく人の顔を見分けようとしたが、手燭の弱い明かりではよく見定められなかった。

ただ、ずい分な大男だというのはわかった。

「誰だ」

隙間の男が冷やかに質した。

「幸次郎と、申しやす。こちらのご亭主の、邑里総九郎さんをお訪ねいたしやした。総九郎さんで、いらっしゃいやすか」

隙間の男は、凝っと幸次郎を見おろしている。

「十年余前でございやす。あのころ、元吉原住吉町の五軒長屋で、総九郎さんにずい分とお世話になった、幸次郎でございやす。総九郎さんに店請人を請けていただいたお陰で、宿なしのあっしが五軒長屋に住んで、雨露《あめつゆ》をしのぐことができやした。総九郎さんのご親切を、忘れたことはございやせん。総九郎さんは、五軒長屋の幸次郎をもうお忘れでございやすか」

幸次郎は一歩を踏み出し、隙間の男を見あげて言った。

しかし、男は沈黙を守っていた。

「総九郎さんがお亡くなりになったあの夜明け前、五軒長屋の住人のあっしら四人で、総九郎さんの桶を交代ごうたいにかついで永代橋《えいたいばし》を渡り、砂村新田の火葬場まで運んだじゃございやせんか。砂村の火葬場で、夜明け前のだんだん明るくなっていく空にのぼる煙を見ながら、これからどうするかなと、思案に暮れたじゃございやせんか。あのとき、あんたは殆ど口を利かず、凝っと考えていらっしゃいやしたね。ああ、あのときこういうことをお考えだったのかなと、邑里総九郎さんの羽ぶりのいい今のご様子を見て、つくづく感心しているんでございやす」

幸次郎はまた一歩を踏み出し、隙間の男を見あげている。

「何しにきた」

男が低い声で言った。

「ああ、よかった。覚えていて、くれやしたか。懐かしいな。あっしも、総九郎さんのこと、いや、甲州の重吉さんのことは、ちゃんと覚えておりやす。重吉さん、お久しぶりでやす」

「おれは、邑里総九郎だ。人違《ちげ》えだ」

重吉は言った。

「へえ。そいつはわかっておりやす。五軒長屋の重吉さんが、あっしらの店請人だった総九郎さんに成り代わって、今じゃこんなに出世なさって、人も羨《うらや》む羽《は》ぶりのいい旦那になった。そうじゃございやせんか、重吉さん」

「金が、欲しいのか」

「懐かしくて、きただけでございやすよ、重吉さん。あっしは今、六本木町の貧乏長屋に住み、荷車屋の人足に雇われておりやす。相変わらずの食うや食わずの暮らしでやすが、昔のよしみで、羽ぶりのいい重吉さんのお情けにすがりにきたんじゃございやせん。重吉さんが総九郎さんに成り代わりご活躍なさっている噂を聞くたびに、いつかお会いしてえもんだと、常々思っておりやした。たまたま本日、その機会があってこうしてお訪ねしやした。それだけでございやす」

幸次郎が見あげ、重吉が見おろし、沈黙が流れた。

やがて、明障子が引かれ、白の帷子に黒縮緬《ちりめん》の単衣を着け、龍紋《りゅうもん》の帯を太い胴にゆったりと締めた重吉が姿を見せた。重吉は、三和土の幸次郎へ、手燭を差し向け、石像のような顔を向けた。それから、

「幸次郎さんか。じじいになりやがって」

と、唇を歪めた。

「重吉さんは、相変わらずでございやすね。いや、むしろ前よりずっと貫禄がついて、いい男になったじゃありやせんか。大えしたもんだ。仰った通り、こっちはもう老いぼれの死にぞこないでございやす」

すると、幸次郎の足下に革財布が投げられた。

幸次郎は革財布から、重吉へ顔を持ちあげた。

唇を歪めていても、重吉の垂れた目には何の感情も浮かんでいなかった。

「迷惑だ。いいか、総九郎は生きてる、死んだのは重吉だ。妙なことをほじくるんじゃねえぜ。それを持って帰れ。二度とくるな」

重吉は明障子を、ぴしゃり、と閉じた。ただ、障子に映る手燭の火は、そこに止まって動かなかった。

「わかってるよ、重吉さん。言っただろう。金をせびりにきたんじゃねえって。二度とあんたには会わねえ。あばよ。せいぜい長生きするんだな。老いぼれのおれより先に、くたばるんじゃねえぜ」

幸次郎は革財布を拾い、拭い板の落縁に投げた。そして、ゆっくりと店を見廻しながら身をかえし、表戸を出た。

重吉は、黒塀の引違いの木戸門が閉じられた音を聞き、ひと息を吐いた。帷子の下に、びっしょりと冷汗をかいた。

あの耄碌《もうろく》じじいが、まだ生きていやがったのか。

重吉は明障子を引き開け、幸次郎がおいていった落縁の革財布を拾った。あんな老いぼれに、勿体ねえぜ、と思った。

どうする。放っとくのか。それとも……

と、頭の中が混乱していた。

弥多吉らの首尾が、無性に気になった。ここでじたばたしても始まらねえとわかっていても、幸次郎がいきなり現れた所為で、気持ちが落ち着かなかった。

だが、きっと上手くいく、いつもきり抜けてきた、果報《かほう》は寝て待てと言うじゃねえかと、いつも自分に言い聞かせた。

町内の彼方此方で、犬がやけに吠えていた。

「うるせえ」

ひとりで毒突いた。

重吉は腕っ節の強さには自信があって、こういう稼業でも、用心棒はおいていなかった。どこへいくにも、大抵ひとりだった。下男下女と、使用人を数人雇っているが、みな通いだった。この広い店で、ひとり寝起きした。

重吉は自分以外、誰も信用していなかった。女房もいない。ただ、女を南飯《みなみいい》田《だ》町《ちょう》の裏店に囲っている。新橋《しんばし》北の八官町《はちかんちょう》の地獄宿《じごくやど》の売女《ばいじょ》だった。器量は大したことないが、重吉に一切逆らわず、言いなりなのが気に入った。

木戸門の板戸を閉じに、前庭に出た。星空が広がっていた。まだ犬がうるさかった。なんだ、と思ったとき、不意に背筋を冷たいものが走った。

こういうときの勘が、重吉は異様に鋭く働いた。

くそっ、あの野郎、やりやがったな、と吐き捨てた。

途端、血相が変わり、肚が据わった。

重吉は、即座に踏み石に、ずず、と草履を鳴らして踵《きびす》をかえした。

黒縮緬と帷子の裾を尻端折りにしながら店へ戻り、大股で寝間に入ると、納戸の床下に仕舞っていたひと抱えの銭箱と匕首をとり出した。唐草《からくさ》文の大風呂敷にしっかりと銭箱をくるんで黒縮緬の背にかつぎ、匕首を懐に呑んだ。

それから、台所で提灯に火を入れて提げ、土間にあった粗末《そまつ》な草履を履いて勝手口を出た。一瞬もためらわず、裏庭へ廻り、黒塀の裏木戸を潜った。

隣家の土蔵と黒塀の境の裏路地に、人通りはなかった。

とっぷりと日の暮れた町家の彼方此方で、犬が吠えている。重吉は小走りになって、裏路地をたどった。路地のあそこを曲がり、あそこを折れれば、表通りを通らずとも汐留川に出られると、この十年余で知りつくしていた。

途中、路地の裏店の住人と出会っても、高利貸の邑里総九郎に会釈はするだろうが、話しかけてくる者はいない。

後ろのほうで、人のざわめきが聞こえてくるような気はした。だが、重吉はもう決してふりかえらなかった。南相馬の総九郎に成り代わって、十年余をかけてここまで築きあげたが、一瞬のうちに、甲州無宿の重吉に戻っていた。

ついさっきまで品川南本宿の遊戯場開設の企てで頭が一杯だったのが、今は瘧《おこり》が落ちたようにどうでもよかった。重吉は背中の銭箱をゆすった。この銭があれば、別の土地で別の生き方をやってやる、と肚をくっていた。

路地をいくつか曲がり、やがて、汐留川の土手に出た。汐留橋を木挽町《こびきちょう》七丁目に渡ったとき、背中の芝口一丁目のほうの空に、呼子《よぶこ》がひりひりと吹き鳴らされた。そこでやっとふりかえり、

「江戸とは今夜でおさらばだぜ」

と、小さく嘯《うそぶ》いた。

木挽町四丁目までいき、東に折れて築地川の二ノ橋、西本願寺の本願寺橋とへて、南飯田町に向かった。途中の辻番の番人はみな顔見知りで、この恰好でも怪しまれる心配はなかった。

南飯田町の海岸端に出たとき、海の上の夜空に、いつの間にか寝待月《ねまちづき》がのぼっていた。海岸端の前方に、佃島《つくだじま》の町家の明かりが寂しく見え、はるか沖の暗い海には漁火《いさりび》が、ぽつ、ぽつ、ぽつ、と散らばっていた。

涼しい海風が重吉の頬をなで、海岸に打ち寄せる波が、あれは高利貸の邑里総九郎だと、ひそひそとささやいていた。

明石町《あかしちょう》の船頭の万作《まんさく》に話をつけ、弥多吉らが品川宿へ向かう船を用意した。万作は築地の武家屋敷の中間部屋で毎夜開かれている賭場に、大きな借金を抱えて首が廻らなくなっていた。そいつを肩代わりして、半日だけ船を借りる話をこっそり持ちかけた。

万作は邑里総九郎を知っていて、怪しみもせず承知した。今夜も中間部屋の賭場で丁半博奕《ちょうはんばくち》に耽《ふけ》っているはずだった。

万作の店から櫓をこっそり持ち出し、船をひと晩中漕いで上総《かずさ》の木更津《きさらづ》まで逃げる肚だった。夜が明けてから河岸場の船が消えたことに気づいても、そのころはもう木更津である。

楽勝だぜ、と重吉は呟いた。

ふと、南飯田町に囲っている女に、別れのひと言をかけて手切れ金をわたしてやりたいと思った。だが、町方の岡っ引きが見張っている恐れがあった。

女に大して未練はなかった。今さらつまらねえ情にほだされている場合か、と自分に言い聞かせた。

重吉は海岸の道を急いだ。

四

南飯田町から明石町へ、石橋の明石橋が架かっている。橋の袂の石堤の下に河岸場があって、歩みの板の杭に繋いだ船影が舳を並べていた。ゆるやかな波が船縁に跳ね、時どき、船縁と船縁が触れて音をたてた。

七蔵は、石堤下の河岸場に並んだ一艘の艫船梁に腰かけていた。

月がのぼってから、河岸場の暗がりがおぼろに白け、石堤の雁木《がんぎ》を降りてくる人影がぼうっと見えた。人影は一灯の提灯をかざし、風呂敷にくるんだ荷物を背負い、肩には船の櫓をかついでいた。

人影は、小さな提灯の明かりには入りきらないほどの大柄だった。尻端折りにして、太い腿《もも》と長い脛が歩みの板を軋ませ、万作の船のほうにやってくる。

艫船梁に腰かけている七蔵には、まったく気づいていなかった。

河岸場は波の窃《ひそか》なささやき以外、物憂げな静寂に閉ざされていた。先ほどまで、遠くの夜空に糸を引くように聞こえていた呼子の響きも、今はもう消え果てていた。

男が歩みの板から舳の板子へひと跨ぎすると、男の重みが艫にまで伝わった。

表船梁を跨ぎ、胴《どう》船梁を跨ごうとしかけたとき、七蔵が言った。

「邑里総九郎だな。ちょいと訊かなきゃならねえことがある。番所《ばんしょ》へきてもらおうか」

言いながら、七蔵は艫船梁から腰をあげた。

重吉は無言だった。胴船梁に片足をかけたまま立ち止まって、暗がりの中に立ちあがった町方らしくない風体の人影へ、提灯を向けた。

提灯の灯が、袴の股だちを高くとり腰には両刀を帯びた侍風体と、傍らに垂らした朱房の十手を照らした。

「邑里総九郎の前は、住吉町五軒長屋に住んでいた甲州無宿の重吉、御用だ」

重吉はしばしの無言の間をへて、声を絞り出した。

「お役人さま、あっしは邑里総九郎でも住吉町の重吉でもなく、明石町の船頭の万作でございやす。お客さんに頼まれた荷物を運ばなけりゃあなりやせん。お戯れはやめて、そこをお退《の》き願えやす」

「重吉、おれを覚えちゃいねえかい。先だって、おめえが品川南本宿の島本を訪ねた戻り、本通りへ出る往来で二人連れといき違ったじゃねえか。二人連れのひとりがおれだ。おめえの風体は目だつから、おれは覚えているぜ」

重吉は目を細め、沈黙をかえした。

「船頭の万作は、今月初め、島本に押しこんだ一味が足に使った船を、おめえに貸した廉《かど》で番所にしょっ引いた。たぶん、まさか押しこみの賊が使うとは思いもよらず貸したんだろうが、知らなかったとはいえ、咎《とが》めがねえというわけにはいかねえだろうな。それから、南飯田町のおめえが囲ってるお滝《たき》も、話を訊くため番所にいるぜ。おめえの女だからって、お滝に罪があるわけじゃねえがな。邑里総九郎の身辺を探ったら、南飯田町と明石橋を挟んだ明石町の、船頭の万作とつながりのあることが知れたのさ」

重吉は、怒りを溜めているかのように、だんだん息が荒くなった。

「ただな、おめえがここに現れるとは、じつは思いもよらなかったぜ。芝口一丁目の店に捕方《とりかた》が踏みこんで、おめえはもうお縄になっているころだなと、思っていたんだ。ところが、海岸端の道を提灯の明かりが見え、それが邑里総九郎、いや重吉とわかって、正直、吃驚したぜ。なんという変わり身の早さだと、驚いた。なるほど、船で房総のどっかへ逃げる肚かとわかった。おめえならできそうだ。だが重吉、邑里総九郎はここでいき止まりだ。おめえに町家で暴れ廻られちゃあ迷惑なんで、ここで待っていたというわけさ」

重吉は、はは、と河岸場の静寂にまいた。

「なるほど。木っ端役人の中にも、抜け目のねえのがいるのはわかったぜ。けどな、誰にもおれを止めることはできねえ。おれを怒らせたら、後悔するぜ。怪我じゃ済まねえぜ。そこを退《ど》きな。さっさと消えな。今のうちだぜ」

「腕っ節の強さが自慢かい。さぞかし悪がきだったんだろうな。重吉。おめえは腕っ節の強さの使い道を間違えた。観念しろ」

「虚仮《こけ》が」

と、重吉は提灯の灯を吹き消し捨てた。

河岸場は一旦真っ暗闇に包まれ、やがて夜空の月あかりの下、灰色に色褪《いろあ》せたほの暗さに蔽われた。海風がそよいでいた。

重吉は七蔵から目を離さず、風呂敷の結び目を解き、背負っていた銭箱をさな（船底）に鳴らした。

「銭箱を捨てたのかい。いいのかい。地獄の沙汰も金次第だぜ」

七蔵が言った途端、重吉は奇声《きせい》を発し、片手一本で櫓をぶうんとふり廻した。

そして、胴船梁から身体を躍《おど》らせ、七蔵の頭上へ櫓をふり落とした。

それを横っ飛びに一旦はずした七蔵は、船縁を足がかりにすかさず身を転じ、重吉の顔面に十手を叩きつけた。重吉は、ふり落とした櫓が艫船梁を叩いたところへ、したたかな十手の一打を浴び、

「わっ」

と、顔を歪めて胴船梁と艫船梁の間のさなに片膝をついた。

一方の七蔵は、胴船梁と表船梁の間へ飛び退き、重吉との立ち位置を入れ替えた。重吉は怒り狂って跳ね起き、七蔵へ向かって長い両手を広げ、片手の櫓を頭上に、いっそう激しく大きく何度もふり廻した。

「野郎、打《ぶ》っ殺す」

重吉はふり廻した櫓をうならせ、再び七蔵へ浴びせかけた。

七蔵は身体を小さく畳み、まるで風になびくように傾け、重吉の櫓がさなを激しく打って跳ねかえった一瞬、隣の船へ飛び移りながらふり向き様《ざま》、重吉のこめかみに十手を見舞った。

しかし、重吉は顔をそむけたばかりで、即座に七蔵を追って隣の船に身を躍らせ、櫓を大上段より遮二無二《しやにむに》打ちかかった。

かあん、と七蔵は音も高らかに十手で櫓を払い、かえす十手で重吉の顔面を三《み》度《たび》鳴らした。

重吉は、堪らず声を引き攣らせ、さなへ仰のけに叩きつけられた。仰のけになった顔面に、十手の痕の蚯蚓《みみず》腫れが見る見る浮きあがるのを、薄い月明かりがどす黒く照らした。

「重吉、いい加減にしろ」

重吉はうめき、長い足をじたばたさせながらなおも起きあがった。

「まだまだ」

重吉はなおも、七蔵へと向かってくる。

なんて野郎だ、と七蔵は呆れた。

そのとき、重吉の背後より鉤縄《かぎなわ》が腕にくるくると絡みつき、重吉の動きを封じた。歩みの板から、嘉助が鉤縄を投げたのだった。

「御用だ、重吉。観念しろ」

嘉助の太い声が河岸場に響いた。さらに、

「御用だ」

と、樫太郎が甲高く叫んで鉤縄を投げ、重吉の着物の襟に引っかかった。

嘉助と樫太郎が鉤縄を強引に牽き、重吉は体勢をくずしてよろけ、舳より歩みの板へあがった。

「うるせえ犬どもが」

重吉は櫓を捨て、懐に吞んでいた匕首を抜き出した。二人の鉤縄をつかんで逆に凄まじい力で引き摺った。

「おっとっとっと……」

嘉助と樫太郎が踏ん張ったところで、重吉は縄を次々に切り離した。

咄嗟に嘉助と樫太郎は、鍛鉄《たんてつ》の御用十手を抜いて身がまえた。

「樫太郎、同時にいくぜ」

「合点だ」

そのとき、重吉の背後で七蔵が声を投げた。

「重吉、海はこっちだ」

重吉が、声にはじけるようにふりかえった。

歩みの板の突端に七蔵が佇み、淡い月光を落とした渺々《びょうびょう》とした海が背後に広がっていた。七蔵は朱房の十手をゆっくりと帯に差し、両手をだらりと垂らした。

「雑魚《ざこ》はあとだ。まずはおめえだ」

重吉は鋭い奇声を発した。匕首を七蔵へ突きつけ、たんたん、と歩みの板を鳴らした。見る見るその両者の間が縮まった。

だが、七蔵は両手をだらりと垂らしたまま佇んでいる。

「危ない」

両者が肉薄《にくはく》し、樫太郎が叫んだ。

瞬間、七蔵は刀の柄にすっと手をかけ、片足を半歩引いて身を低く身がまえると抜刀し、重吉のふり廻した匕首の下をかい潜ってすり抜けた。

重吉は悲鳴を甲走《かんばし》らせ、身体を折って前のめりに数歩よろけた。そして、匕首を落とし、脇腹を抱えるようにうずくまった。

淡い月明かりでは暗く、嘉助にも樫太郎にも、それがどのようにしてそうなったのか、定かにはわからなかった。

ただ、嘉助と樫太郎が歩みの板の突端へ走る間に、七蔵は月光にきらめいた刀をはや傍らに下ろし、俯せた重吉を上からのぞきこんでいた。

嘉助が七蔵の後から声をかけた。

「旦那、斬っちゃったんですか」

七蔵は俯《うつぶ》せた重吉からふりかえり、

「やむを得なかった。だが、深手じゃねえ。手加減した。重吉に訊かなきゃならねえ話がある。今はまだ死なせるわけにはいかねえ」

と、嘉助と樫太郎に言って、刀の血をふり落とした。

重吉の脇腹から、血がにじみ出ていた。樫太郎が、重吉の落とした匕首を拾った。すると、重吉の身体がわずかに震え、獣のようなうなり声をもらした。

わあっ、と樫太郎が怯えて飛び退いた。しかし、

「痛てえ、いててて……」

と、重吉はうなりながら言った。そのとき、夜の海岸の道を、いくつもの御用提灯の明かりがこちらのほうへやってくるのが見えていた。

五

権三は、刃渡り一尺九寸（約五七センチ）の長どすを、柄と本鉄地の鍔《つば》、刀身、黒塗鞘をはずし、柳行李の荷物の底に仕舞って旅をしてきた。

それを今とり出して、鎺《はばき》、切羽《せっぱ》、鍔、縁《ふち》をつけた刀身の茎《なかご》を柄に入れこみ、目釘《めくぎ》を刺し、黒の撚糸《よりいと》をまいて柄頭《つかがしら》の金具を、しっかりと留めた。

長どすの拵えができると、柄のにぎり具合を、ちゃ、ちゃ、と何度かにぎりかえして確かめた。

まだ夕方の明るみが、海側の格子窓から射しこみ、刀身の小乱刃文《こみだれはもん》に青く映えた。海辺を飛翔する海鳥の鳴き声が、しきりに聞こえている。

だが、旅籠の島本は大きな重しを載せたような沈黙に包まれていた。

「ごめんなさい、権三さん」

障子戸ごしに、櫂の声がかかった。

「どうぞ」

権三は言い、長どすを鞘に納めた。

障子戸が開いて、櫂が膳ににぎり飯の皿と味噌汁の椀、漬物の小鉢、茶の土瓶《どびん》を載せて運んできた。

櫂は権三のつかんだ黒塗鞘の一刀を目に留め、あっ、と小さな声をたてた。それでも、部屋ににじり入り、権三の前に膳をおいた。

「こんな物しか、作れませんので」

櫂が静かな眼差しを権三へ向けて言った。

その眼差しの静かさが、櫂が身体に仕舞った覚悟の深さを感じさせた。

「十分です、女将さん」

権三は言った。

「宿は閉じて、お客さんはお断りしました。おふくが使用人たちに、部屋に入って今日はずっと静かにしているようにと、言ってくれました。人が訪ねてきて訊かれても、何も知らないと言うようにって……」

「それでいいと思いやす」

「でもみな、何かがまた起こったのだと、気づいています。子供たちの姿の見えないことが、おかしいと思っています」

櫂が物思わしげに沈黙し、それから、

「わたしの命に代えても、あの子たちを守らなければ、左吉郎さんにも、先代にも申しわけがたたない」

と、自分に言い聞かせるように言った。

「今夜中に方がつきやす。きっと、明日は普段と変わりのねえ一日が、また始まりやす。今夜ひと晩の辛抱ですよ。堤方村まで半刻余です。大した道のりじゃあねえが、たぶん、きつい晩になりやす。出発までには、まだだいぶ間がありやすので、それまでは楽にして……」

言いかけて、それ以上の気休めは言葉にならなかった。

「権三さん、お訊ねしてもかまいませんか」

耀が、権三の様子を凝っと見つめて言った。

「なんでしょう」

「そのお顔の疵は、どうなさったんですか」

権三は耀を見かえし、眉間から頰にかけての古い疵痕に、指先で触れた。

「見苦しい人相で、申しわけねえ。若いとき、馬鹿な喧嘩をやって、そのつけがこのあり様です。生涯、こいつとは腐れ縁です」

「見苦しくなんか、ありません。わたし、権三さんの疵を見ると、ある人を思い出すんです。遠い昔、わたしがまだ小さな子供のころ、その人の顔にもそんな疵がありました。でもわたしは、五歳の子供でしたから、その人の顔はもう覚えていないんです。その人は、若いお侍さんでした。おっ母さんとわたしと、爺ちゃん婆ちゃんの四人で暮らしていた猟師町の貧しい店で、たぶん、今考えると半月ほどだったと思うんですけれど、その人がお顔の疵の養生をしていたんです。お侍さんは、たったひとりで何人ものやくざと争って、お顔が血だらけになる大怪我を負ったんです」

「女将さんは、その人の名を、覚えていらっしゃるんで」

「青江権三郎さん、でした」

櫂は噛み締めるように言った。

「どちらのご家中のお侍さんかは、知りません。もしかしたら、ご浪人さんだったのかもしれません。おっ母さんは聞いたかも知れないけれど、わたしは聞いたかどうか、よく覚えていないんです。一度、こんなことがありました。お顔の疵を蔽う布切れをおっ母さんが換えるとき、赤い血の固まった疵が見えて、とても痛そうでした。お侍さんは、凝っと目を閉じて寝ているみたいでした。わたしはとても疵が気になって、ちょっと指先で触れてみたんです。そしたら、お侍さんは薄く目を開け、わたしに笑顔を見せて、痛い、と言ったんです。わたしは吃驚したのとなんだか恥ずかしいのとで、おっ母さんの後ろに隠れました」

権三はにぎり飯を食べ始めた。味噌汁が美味かった。

「でも、青江権三郎さんはお顔の疵がまだ癒えていないのに、半月ほどがたった霧《きり》の朝、貧しい店を出ていかれました。わたしたちがとても貧乏だったので、見かねたのでしょうね。おっ母さんとわたしが、その人を追いかけたんです。その人は鳥海橋を、まだ癒えていない疵の痛みを堪えてゆっくりと渡っていました。おっ母さんが声をかけたら、その人が言ったんです。世話になりました。礼を申します。もういかねばなりません。いくところがあります。江戸へいくつもりです。それから北へって。その人はとても寂しそうで、心細そうで、悲しそうに見えて、わたしは可哀想でなりませんでした」

糴は、目を赤く潤ませた。

権三は言った。

「青江家は備中《びっちゅう》岡山藩《おかやまはん》徒組《かちぐみ》組頭の家柄で、権三郎は青江家の三男の、先にあてのない部屋住みでやした。剣術だけは城下の剣道場の、免許皆伝の腕前でした。剣術でどうかして身をたてる道を考えたりもしやしたが、もう剣術で身をたてる世じゃあなかった。権三郎は、二十一歳。生きづらい毎日でやした。そんなころ、藩の重役の同い年の倅と、つまらねえ口論が原因で斬り合いになって、そいつを斬っちまった。喧嘩両成敗《りょうせいばい》、父親は権三郎ひとりの非じゃねえことは承知しておりやしたが、相手は藩の重役の跡継ぎだった。両家の話し合いが行われ、つまるところ、権三郎は腹を切って、藩には病死と届けて収めることになりやした。ただ、父親は倅を憐《あわ》れみ、窃に脱藩しておのれ一個の道を生きていけと、逃がしてくれたんです。江戸へ下り、品川の商人の作兵衛《さくべえ》を頼れと言われやした」

「商人の、作兵衛さん、ですか」

「おそらく、女将さんはご存じじゃありやせん。岡山から品川に着いたとき、作兵衛さんはもう亡くなっていて、お店があった場所さえわかりやせんでした。二十五年前の天明のころですから、女将さんの知らない人です。国を出たときのわずかな路銀は殆ど使い果たし、宿に泊ることもできず、途方にくれやした。腹が減って堪らず、北本宿の掛茶屋で四文の団子を買って貪り食っていたら、やくざらがそれを見て嘲笑いやがった。権三郎はみじめな自分に腹をたて、無礼者、とやくざらを罵《ののし》り喧嘩になって、それがこの様《ざま》です」

権三はまた、顔の疵を指先でなぞった。

耀は権三を見つめ、黙って頷いた。

「慈悲深《じひぶか》いおっ母さんのおとしさんと、可愛い娘の耀さんに助けられ、死ななかったんです。やくざらにさんざん痛めつけられたあと、おっ母さんに助けられてうっすらと目を開けたら、耀さんが小さな身体で権三郎の二刀を抱きかかえているのが見えやした。生き延びたと、そのときやっとわかりやした」

「二十五年前の霧の朝、青江権三郎さんは、品川を出てから、どのように生きてこられたんですか」

「人に語って聞かせるほどの話は、なんにもありやせん。当然、侍として生きる術など、あるはずもねえ。早え話が、無宿渡世の旅烏《たびがらす》になっちまって、若いときに道場で稽古を積んだやっとうの腕だけが頼りの渡世でさあ。どこそこの親分が用心棒を探している、どこそこのやくざ同士の喧嘩が始まりそうで助っ人を集めてる、そんな話を嗅ぎつけたら素っ飛んでいき、身体を張って食扶持《くいぶち》を稼ぐ渡世でさあ。でもね、女将さん。この二十五年、権三郎は品川宿で命を助けてくれたおとしさんと娘の耀さんのことは、一度だって忘れたことはねえ。朝、無事に生きて目覚めやすとね、ああ、ありがてえ、今日も朝を迎えられたと、品川のほうを向いて掌を合わせているんですぜ」

権三はにぎり飯をかじり、呑みこんだ。

「そう、あれは何年前だったたっけな。風の便《たよ》りで、品川南本宿の旅籠の島本に、櫂という器量よしが嫁いだと聞きやした。漁師の父親を災難で早くに亡くし、母ひとりに子ひとり、それに年老いた爺ちゃん婆ちゃんがいて、倹《つま》しい暮らしだったのが、さすがは器量よしの櫂が、品川宿では一流の老舗の島本に嫁いで、母親孝行、爺ちゃん婆ちゃん孝行をしたと、そんな噂でやした。倹しいだなんて、妙な言い方をして済いやせん」

櫂は目を伏せ、首を横に小さくふった。

「あの櫂さんだと、間違いねえと、すぐにわかりやした。そうか、あの櫂さんがもう嫁入りする歳になったんだと。おっ母さんのおとしさんはどうしているのかな、爺ちゃん婆ちゃんは息災《そくさい》なのかなと、懐かしくて、嬉しくて、いい心持になったのを覚えておりやす」

権三は味噌汁をすすった。

「ああ、美味《うめ》えな」

と、椀を膳に戻した。

「品川宿の老舗の島本に押しこみが入って、櫂さんのご主人の左吉郎さんが斬られて亡くなったと、その話を聞いたのは、今月の九日、相州川尻村の麴屋直弼親分の店に草鞋を脱いでいるときでやした。押しこみの話を聞いたときは魂消《たまげ》やした。居ても立ってもいられねえ気持ちになりやした。むろん、斬った張ったのやくざ渡世の者が、堅気《かたぎ》の世間じゃあなんの役にもたたねえのに、權さんお久しぶりで、と名乗り出る気は毛頭《もうとう》ありやせんでした。だとしても、さぞかし苦しい思いをなさっているに違いねえ。權さんのためにほんのわずかでも、万々が一にでもお役にたてることがあればと、麴屋の親分さんに頼んで、親分さんの使用人の馬喰のふりをして島本に宿をとり、二十五年ぶりに、こうして權さんにお目にかかることができやした。島本に宿をとって、爺ちゃん婆ちゃんはだいぶ前に亡くなり、おっ母さんのおとしさんも亡くなっていたのを知りやした。本途に申しわけねえと、心の中で何度も詫《わ》びやした。ただ、權さんに会って、おっ母さんのおとしさんの面影《おもかげ》を残していると、気づいて嬉しかった。おとしさんが權さんの中に生きていると、思いやした。おとしさんも器量よしだった。權さんは、あのころのおとしさんと同じ母親になっていた。子供らは權さんのように、きっといい子に育つに違いねえと、思いやした」

權三はそう言ったあとから、自分の言葉が、權にとっては見え透いた気休めでしかないことに気づかされた。

やがて、櫂が言った。

「権三さんが島本にきたとき、顔は覚えていなくても、青江権三郎さんなのではと思っていました。お顔に疵があったからでは、ありませんよ。霧のあの朝、鳥海橋を渡っていった青江権三郎さんだと、わけもなくそんな気がして、ただもうそう思えてならなかったんです。でも、わたしは五歳の子供で、ちゃんと青江権三郎さんのお顔を覚えていないし、もしかしたら青江権三郎さんの迷惑になってはとも思って、何も言いませんでした」

櫂は、赤く潤んだ目を権三に向けて、なおも続けた。

「でも今日の昼間、あの男がきて子供のことを言ったとき、権三さんがなぜか店の間にいて、男の話を聞いていましたね。男が姿を消したあと、権三さんはわたしのところにきて仰いました。権三さんは、味方だって」

涙が櫂の頰を伝った。

「おっ母さんが、権三さんを呼んでくれたんだと思いました。権三さんに手を貸してもらいなさいって、おっ母さんが言ってるんだと、思いました」

「二十五年前の霧の朝、櫂さんのおっ母さんが、せめて持っておいきと、二尾の干鰯をあっしの懐に差し入れてくれたんです。五歳の櫂さんは、おとしさんに寄り添って、あっしを凝っと見あげていなすった。あんときあっしは、おとしさんと櫂さんの命をひとつずつ、恵まれたんです。ですから、大事な命を恵んでいただいた恩をかえすために、櫂さんの味方をするために、あっしはきやした」

権三が言うと、櫂はもう何も言わず頷いた。

六

南馬場町の武家屋敷や寺町の往来から、荏原郡の田地へ抜ける。

南の大井道と西の戸越道へ分かれる辻があり、それをとらず、一旦北の目黒川のほうへ辻を折れ、目黒川の土手道に出る手前の分かれ道を南に曲がる田んぼ道が、池上村をへて矢口村にいたる矢口道である。

矢口道は、東海道が今の海岸端を通る以前、西の高地の矢口道をとって元品川をへて下高輪の間を結んでいた。

品川宿に宵の闇がおり、南本宿の本通りが嫖客や遊客で賑わう刻限がだいぶ収まったころ、三人は板戸を固く閉じた島本の潜戸をひっそりと出た。

浩助が提灯を手にして前をいき、櫂と権三が続いた。

櫂は、夜目によく目だつであろう杏子《あんず》色に花車《はなぐるま》文の小袖を裾短に着け、白の手甲脚絆に白足袋、後ろがけの草鞋を履いて、菅笠をつぶし島田にかぶった。

浩助は蝙蝠《こうもり》半纏を角帯でしっかりと締めて尻端折りにし、黒の手甲脚絆と跣《はだし》に草鞋を履き、やはり菅笠をかぶっていた。子供のために用意した食べ物や万一のときの薬や衣類などを小行李に入れ、それを風呂敷にくるんで背負った。

二人のあとに従う権三は、尻端折りの紺木綿の単衣に長どす一本を落とし差し、手甲脚絆草鞋掛の拵えを、紺縞の引廻し合羽を羽織って隠し、目深にかぶった三度笠で顔の疵も隠した。

品川宿から矢口道をとった。大井村をいくころ、いつの間にか月が夜空にのぼっていた。暗い田んぼ道を、蛙の鳴き声が蔽い、ほんのかすかな生ぬるい夜風が、田んぼ道にゆるく漂っていた。

大井村から鹿島《かしま》神社の社前をすぎ、新井宿村、そして堤方村である。

池上村の手前、堤方村の南はずれに品川宿からの一里塚があって、呑川に架かる堤方橋までは一里（約四キロ）足らずだった。

三人は黙々と歩みを進め、古い宿場でもある新井宿村の集落をすぎた。

村はずれをくねって呑川のほうへ延びる田んぼ道を、ほのかな月明かりが夜の闇を透かして照らし、その道はずっと先の呑川らしき土堤へ向かっていた。

呑川の土手は、まばらな柳並木が黒い影をつらねているのでわかった。

「女将さん、もうすぐ堤方橋です。いいですね」

提灯を提げて前をいく浩助が、櫂へふり向いて言った。

櫂は、「はい」と菅笠を上下させ、後ろの権三へ見かえった。

「承知。女将さん、一味の頭は種子島の短筒を使います。わかっていますね」

櫂は前へ前へといきながら、また菅笠を上下させた。手甲を着けた手を両わきに下げ、長い指を伸ばしたりにぎったりしていた。

四ツ（午後十時）には半刻ほど早い五ツ半（午後九時）すぎの刻限だったが、田んぼ道をいくのは三つの人影しかなかった。新井宿村の集落を抜けるとき、遠くで吠えた犬の声がすぐに止み、すべてが寂《しん》と寝静まっていた。

ゆるいのぼり道を土手にあがると、手摺もない板橋が呑川に架かっていた。道が板橋から川向こうの土手を下り、堤方村のほうの暗闇に消えていた。

「女将さん、ここが堤方橋です」

浩助が板橋の袂に立ち止まって、対岸のほうへ提灯をかざした。

板橋にも対岸にも人影は見えず、低い石堤の下の石ころだらけの川原に、蘆荻がぼうぼうと生えていた。堤方橋はゆるく反って、橋の下に、白い月明かりに薄墨色に映えた川面が見えた。

土手の柳は長い枝をうな垂れるように垂らし、黒い葉影が繁っていた。

櫂と権三が、浩助に並びかけた。

「誰もいませんね。まだ、四ツには間がありそうですからね」

浩助が櫂にささやきかけた。

「いや。やつらはいる。姿は見えねえが、川向こうからこっちの様子をうかがっている。人数がひとり多いんで、思案しているんです。なあに、出てきます。狙った物を捨てていったりはしません。浩助さん、呼びかけてみてください」

権三が言った。

「は、はい」

浩助は怯みながらも呼びかけた。

「おおい。そこに誰かいるのかい。言われた通り、きたぞ。子供たちは無事か。どこにいる。おおい。子供を出せ」

すると、夜の静寂に溶けてしまいそうな、微弱な、悲しげに怯えた声が聞こえてきたような気がした。

「聞こえる。子供たちの声が聞こえる」

櫂が言った。

「笹江、太一、母《かか》ですよ。迎えにきたよ」

櫂の甲高い呼び声が、夜空に流れた。母の呼びかけに、悲しげな声は夜の静寂をかきわけ、ほんのかすかに大きくなったかに思われた。

「子供をかえして」

櫂の声が甲走った。

しばしの間があった。

それから、橋向こうの土手に、ゆっくりとのぼってくる人影が見えた。人影は手拭を頬かむりにつけて顔を隠し、濁った鼠の単衣を尻端折りにした手甲脚絆草鞋掛の旅姿だった。

腰には長どす一本を差し、胸の前で腕組みをして背を丸めていた。

頬かむりは橋の袂まできて歩みを止め、櫂と両側に並ぶ浩助と権三を訝しげに睨んでいたが、荒っぽい口調を寄こした。

「そこの、もうひとりは誰でえ。女将さんと浩助さん、必ず二方がくるんですよと言ったのを聞いてなかったのかい。わかっちゃいなかったのかい。話にならねえな。子供がどうなってもいいのかい。ええっ」

すかさず権三が言った。

「ちゃんと聞いていたとも。あんたが今日きた飴売か。必ず二方がくるんですよと言った通り、女将さんと浩助さんはきただろう。だが、ほかに誰もくるなとは言ってなかった。だからおれもきたのさ。心配すんな。子供を無事に連れ戻しにきただけだ。あんたらを斬る気はない。子供を母親にかえして、どこへでも好きなところへいくがいい」

「こいつ。あのときの盗み聞きしてやがった野郎か。斬る気はねえだと。透かしたことほざきやがって。鱠《なます》にされてえか」

腹だちまぎれに唾を吐き捨てた。

「子供はどこなの。何が欲しいの。早く言って」

そのとき、橋の袂の男の背後から、提灯の薄明かりがぼんやりと浮き出て、五体の男らがぞろぞろと土手にあがってきた。そのうちのひとりが、笹江と太一らしき子供を縛めた縄をつかんでいた。

子供らは怯えて泣いていたが、泣き声がもれないように布きれで口をふさがれ

ていた。提灯の明かりが子供らを照らした。笹江と太一をはっきりと認め、

「笹江、太一、母が迎えにきたよ」

と、櫂がまた叫んだ。

川向こうの子供らは櫂の声を聞き、小さな身を懸命にくねらせた。

「櫂、待っていたぜ。がきはこの通り無事だ。がきに手をかける気はねえ。あんまり駄々をこねやがると、お仕置きをしてやるがな。おめえの声が聞こえるまでは、いい子にしていたぜ。だから今度は、おめえがいい子にする番だ。おれの言う通りにすれば、がきは無事にかえしてやる。おれは嘘は言わねえ。嘘つきは大でえ嫌いだでな」

あはは……

男らのひとりが笑い、初めの男と入れ替わって堤方橋の袂へ進んだ。菅笠をかぶり、黒っぽい上衣を尻端折りにした旅拵えだった。中背のやや小太りの体軀に、肩の高さに銃口を空に向けて短筒を手にしていた。

この男が天馬党の頭の弥多吉らしかった。

その後ろに、五人の男らがそろった。ひとりが笹江と太一を縛った縄を引っ張った。太一が転び、男は太一の後襟《うしろえり》をつかんで、荒々しく立たせた。

「子供に乱暴しないで。何が、欲しいのですか。言ってください」

櫂がまた叫んだ。

「よし、櫂、こい。ひとりで橋を渡ってこい。浩助、そこの三下《さんした》、おめえらは動くな。こっちの言う通りにしてりゃあ、がきはちゃんとかえしてやる」

弥多吉が、太い声を川ごしに寄こした。

「お、女将さん、どうします」

浩助が怯えた声で言った。

「浩助、ここで待っててておくれ。いってくる」

「なな、何を持っていくんですか」

「向こうへいけばわかるよ」

櫂は橋の向こうの弥多吉を、凝っと見つめて踏み出した。

と、それを制するように権三が言った。

「欲しい物はなんだ。まだ聞いてないぞ」

「なんだと、三下。てめえはなんだ。どこの馬の骨かもわからねえ野郎が首を突っこみやがって」

「おれの名は権三だ。あんたと同じ無宿だ。あんたは人相書が出廻っている天馬党の頭の弥多吉だな。上方を荒し廻っていた天馬党が関八州に流れてくる噂が渡世人の間に広まっていたぜ。その天馬党が、品川宿の島本に押しこんだと聞いて驚いた。島本の女将さんには、遠い昔、命を助けられた恩があってな。その恩をかえしにきたのさ。だからここにいる」

「馬鹿たれが。恩をかえしにきただと。三下の芥《あくた》に何ができる。目障りだ。とっとと消えろ。でねえと、てめえを真っ先に打ち殺すぜ」

「三下の芥で結構。けどな、できるかできねえかはやってみねえとわからねえ。さっきも言ったが、あんたらを斬りにきたんじゃねえ。子供を無事とりかえしにきただけだ。欲しい物を手に入れて子供をかえし、さっさと姿を消したほうが、あんたらの身のためじゃねえのか。江戸の町方が、島本の押しこみは天馬党の仕業だと、もう嗅ぎつけているぜ」

「こきゃあがれ、三下。欲しい物が何か、何を手に入れてえか、もう言ったじゃねえか。聞いてなかったのかい。櫂、さっさとこっちへこい。おめえが大人しくこっちへきたら、おめえの希み通り、がきをかえしてやるぜ」

「えっ、ええ？　女将さん……」

浩助が呆気にとられた。

「浩助、おめえは子供らを連れて帰れ。そのために一緒にこさせたんだよ。目障りな芥の三下も一緒にな。芥の掃除をしている暇が惜しいんだ」

そうか、と権三は狙いが櫂だと気づいた。

天馬党は何を狙ってこんな真似をしたのか、なぜさっさと逃げなかったのか、権三は天馬党の狙いがわかっていなかった。弥多吉が櫂を自分の女にする狙いなのだと、今やっとわかった。

「櫂、はやくこい」

弥多吉が喚いた。

「浩助、権三さん、ここにいて」

櫂は言い残し、堤方橋を渡っていった。

浩助のかざした提灯の明かりと、対岸の提灯の小さな明かり、そして、天上にかかる果敢《はか》ない月明かりが、櫂の歩みを映した。

堤方橋は十間（約一八メートル）足らずの小橋である。

櫂は橋の袂の弥多吉の二間（約三・六メートル）ほど手前で止まった。

「子供をかえして」

「よし。がきを連れてこい」

「へい。さあ、いけ」

と、市松が縄をかけ口をふさいだ笹江と太一を、橋の袂に引き連れてきた。

「笹江、太一」

櫂が呼びかけ、笹江と太一は目をぱっちりと見開いて母親の元へ走ろうとするのを、市松は縄を荒っぽく引いていかせなかった。

櫂が二人に駆け寄って跪き、ひしと抱いた。二人の小さな身体は震えていて、櫂は両腕に抱え、「ごめんね、ごめんね」と泣いた。二度と放すまいと思うくらい強く抱き締めた。

その櫂の菅笠の下のこめかみへ、火縄が燻《くゆ》る短筒の銃口が押しつけられた。

「櫂、言った通り、がきをかえしてやる。わかってるな。おめえはおれと一緒に遠い遠い北の国へいくんだ。そこで、おれの女房になって暮らすんだ。市松、がきを連れていけ」

「へえい。おらおら、がきを放せ。戻るぜ」

笹江と太一は櫂から引き離され懸命に抗《あらが》ったが、市松に引き摺られていった。

二人を追って立ちあがりかけた櫂の肩を、傍らの寅五郎が激しくつかみ、押さえつけた。

「おめえはたった今から、頭の女房だ。じたばたするねえ」

櫂は市松に引き摺られていく笹江と太一に、いきなさい、いきなさい、と言うように手をふった。

「浩助と権三さんが待っているから、いきなさい」

弥多吉が戯れ、櫂のこめかみに押しつけた銃口を頬へすべらせた。

「そろそろいくぜ、櫂」

櫂は銃口を突きつけられたまま、弥多吉を見あげた。涙はもう乾いていた。

「弥多吉。おまえは弥多吉と言うのだね」

「そうだ。今からおれがおめえの亭主だ。可愛がってやるだで」

「おまえはわたしのことを、わかっていないね。わたしは左吉郎の女房で、島本の女将なのだよ」

うふふ、と弥多吉は嘲笑った。

「今まではな。だが、これからは、おめえはおれの女房だ」

「こんなものを突きつけたら、みんなお前の言いなりになると、思っているのかい。人を見くびってはいけないよ」

櫂の言葉つきが急に変わって、指の長い掌で短筒の銃身をつかんだ。

弥多吉はうす笑いを消さず、むしろ、櫂が戯れに銃身をつかんだと思った。すると、櫂は銃身を頭より高く差しあげ片膝立ちになった。すかさず、懐に呑んでいたひとにぎりの鰺切《あじぎり》を抜き出し、あっ、とうす笑いを凍りつかせた弥多吉の腹へ、鰺切のにぎりまで突き入れた。

束の間、弥多吉は呆気にとられ、自分の腹に突き入れられた鰺切を見て動かなかった。だが、束の間がすぎたとき、絶叫をあげ櫂の首をつかんだ。太い指を櫂の白い首の皮に喰いこませた。

と同時に、短筒が火を噴いた。放たれた玉が、櫂を挟んで弥多吉に並んでいた寅五郎の顔の半分を吹き飛ばした。

寅五郎は、櫂が鰺切を弥多吉の腹に突き入れたのを見て、「このあま」と、長どすを半ば抜いた恰好のまま、顔の半分を吹き飛ばされ、声もなく堤方橋から堤下の蘆荻の中へ突っこんでいった。

市松は、子供たちを引き摺って、浩助と権三が待ち受ける橋の袂から三間（約五・五メートル）ほどまできたところで、弥多吉の絶叫と銃声にふりかえった。

弥多吉が片膝立ちの櫂の首をつかんでのしかかり、寅五郎が堤下へ吹き飛んでいくのが見えた。

ああっ、と市松は吃驚して言葉を失った。

その背後の橋板が軽やかに鳴り、見かえった一瞬、三度笠を伏せるようにして駆けてくる権三に首筋を一閃《いっせん》された。

血飛沫の雨が降り、市松は操《あやつ》り糸のきれた木偶のようにくずれ落ちた。

櫂は弥多吉に首を絞められながらも、押しつぶされなかった。弥多吉の腹から鰺切を必死に抜きとり、今度はのしかかる弥多吉の胸に突きたてにかかった。

弥多吉は腹から血を噴きこぼれさせながら、櫂の手首をつかんで喚いた。

「や、やめろ。てめえ……」

弥多吉は短筒から離した手を拳にして櫂に浴びせたが、櫂は歯を食いしばって堪え、銃身をにぎったまま、弥多吉の顔面へ台尻《だいじり》を叩きつけた。

台尻が弥多吉の片目を潰し、再び、弥多吉の絶叫が堤方橋に走った。弥多吉は片膝を落とした。

芹沢南と政之助兄弟、そして兵六は、寅五郎が火を噴いた種子島に顔面を吹き飛ばされて堤下へ落下していくのを、呆然と目で追った。弥多吉の背後にいた三人は、弥多吉が櫂にのしかかった背中しか見えなかった。

弥多吉の絶叫が再び夜を引き裂いたとき、片膝を落とした弥多吉と櫂がもつれる頭上を、三度笠をかぶった権三が、合羽を鳥のように羽ばたかせ飛び越えてくるのが見えた。

市松の素っ首を一閃してすり抜けた権三は、数歩走って、櫂と弥多吉の頭上すれすれに飛翔し、地上に降り立った一瞬、芹沢南を大上段に両断した。そしてすかさず、かえす刀で政之助の一撃を跳ねあげ、胴抜きに潜り抜けた。

南は土手道から田んぼのほうへ、仰のけに転落していき、政之助は刀を落とし腹を抱えて横転し、悲痛な声を絞り出した。

兵六は権三に身がまえたが、思いもかけぬ展開に震えていた。

芹沢南は束の間に斃《たお》され、政之助も暗がりの先で瀕死の泣き声を絞り、弥多吉は胸に鯵切を突き入れられ、断末魔の喘《あえ》ぎをもらしていた。

一瞬、兵六は権三と睨み合い、咄嗟に反転して土手道を逃げ出し、権三は兵六を追って土手道の暗闇に消えた。

かえり血を散らし模様のように浴びた櫂は、弥多吉の傍らに呆然と坐りこみ、胸を大きくはずませていた。

「権三さん……」

と、最後のひとりを追って、暗い土手道の彼方に消えた権三の名を、呟くように呼んだ。だが、橋の向こうから笹江と太一が母を懸命に呼び続けている声に気づき、櫂はようやく立ちあがったのだった。

結　旅　鳥

月が変わって次第に夏らしくなった五月初め、七蔵は北町奉行所の桐之間に、目安方の久米信孝と対座していた。

北町奉行・小田切土佐守の登城の御駕籠が出立し、大白洲の裁許所は開かれていない午前の刻限である。公事人溜の低いざわめきや、南側の庭のもちの木で小鳥の囀りが聞こえていた。

久米は膝の上の掌へ尺扇をあてながら、七蔵との間の空間へ、心なしか物憂げな目を泳がせて続けた。

「……というわけで、道中方の福本武平の病死が、今朝、勘定奉行さまに届けられたそうだ。これで、勘定所は表向きの体裁をどうにか保つことができた。道中方の組頭が天馬党の押しこみ騒ぎになんらかのかかり合いがあったと、表沙汰になれば、上役の勘定奉行さまのお立場もただでは済まない。福本武平が、邑里総九郎の吟味が始まる前に病死してくれたおかげだ。これでな……」

と、久米は尺扇で腹切りの仕種をして見せた。

「何もかもが有耶無耶になった。勘定奉行さまのお立場も安泰だし、福本一門の縁者らもほっと胸を撫でおろしているだろう。ある意味、この度の一件によって名うての天馬党の始末もついたのだから、われら町方としては、道中方に天馬党始末の手柄を持っていかれたとは言え、まずまずだったのではないか」

「天馬党始末については、町方も道中方も、なんの手柄もたてていないことはみな知っていますよ。せめて、邑里総九郎は町方が捕えて、少しは町方の面目は施せたとは思いますが」

「せめてじゃないよ。邑里総九郎を捕えたのは町方の大手柄、というより、まんさんの手柄だ。さすがまんさんだよ。まんさんが明石町で総九郎を捕えなかったら、総九郎をとり逃がして、町奉行所の面目は丸潰れになるところだった。危ない危ない……」

久米は、尺扇をいやいやをするようにふって見せた。

「偶然、南飯田町の女の店から明石町の船頭の万作の店へ向かったところへ、総九郎が逃げてきただけです。まさか、総九郎をとり逃がすとは、思いもしませんでしたので、こっちも面喰らいました」

あはは、と七蔵が軽々と笑い、久米もおかしそうに笑い声をそろえた。

「しかし、邑里総九郎が甲州無宿の重吉だったとは、これこそまさかまさかだよ。幸次郎という無宿者が生きて江戸にいたから、どうにか正体を暴いたがね。南相馬の総九郎に成り代わって、高利貸でも、目だたぬようひっそりやっていれば、こんなことにはならなかったろうにな」

「今までの自分とはまったく違う者に成り代わって生きるってえのは、一体どういうことなんでしょうね。面白いんでしょうかね。それとも苦しいんでしょうかね。わたしには、総九郎に成り代わった無宿の重吉が、久米さんの言われたようにひっそりと暮らしていればいいものを、高《たか》が遊戯場、高が賭場のためにあそこまでやって、自分で自分を破滅へ追いこんだように思えてならないんです。重吉は愚《おろ》かな、所詮は小悪党にすぎませんが、あそこまで破れかぶれな重吉の生き方は、不気味です」

「高が遊戯場、高が賭場のためといっても、そのために動く元手が大きすぎれば、人の性根を変える。歪めると言ってもいい。お金儲けをしてはいけませんかと、破れかぶれになって言い始めるのさ。そんな破れかぶれな重吉を、まんさんは見事捕まえた。お手柄だよ」

「結果がそうなっただけです。やつと戦った先だっての夜のことを思い出すと、冷汗が出ます。ひとつ間違ったら、こっちがお陀仏でした」

ふうん、と久米は七蔵を見つめた。

「ところで、島本の客の権三という馬喰の素性で、わかったことはあるのかい」

「道中方が、下袋陣屋の手代の末槙修に聞いたそうですが、末槙修が相州川尻村の麹屋直弼に問い合わせたところ、権三という馬喰は品川宿へ荷馬を仕入れにいったまま、まだ戻ってきていないそうです。品川宿の宿を出たのなら、一体どこへ消えたのか、無事なのか、それともなんぞ災難に遭ってどっかで動けなくなっているのか心配なことだと、返事があったようです。ともかく、権三の素性については、麹屋直弼のほうから詳しい知らせはないそうです」

先月の夜の、矢口道の呑川に架かる堤方橋であった斬り合いの末に、天馬党らしき一味の生き残りの六人すべてが斃された顛末《てんまつ》は、江戸の町方にも詳細が報告されている。

「ふうん、妙な話だな。馬喰の権三か。もしかしたら、脛に疵を持つではなく、顔に疵を持つ凶状《きょうじょう》持《も》ちなのかもな」

「島本の女将と、浩助という使用人に直に聞けば、権三がなぜ女将と浩助と一緒にあの呑川の堤方橋にいったのか、事情がわかるかもしれませんが、道中方は町方のわたしらには、殆ど話してくれませんので、権三の素性も、なぜ姿を消したのかも不明のままです。ただ、わかっているのは、あの一件で天馬党がとうとう壊滅したと、それだけは確からしいですね」

七蔵は、島本の湯殿で会った顔に古疵のある権三の顔を思い出して言った。

同じ日の午後、島本の女将の櫂は、内証で帳簿に向かっていた。亡き亭主の左吉郎の喪が明けるまで、まだ喪服を着けている。

ぽつりぽつりと、お客は増えているものの、島本のやり繰りは相変わらずぎりぎりなんとかなっているだけである。けれど、左吉郎の喪が明けるまで、あと半月余の辛抱である。今の苦境は乗り越えられる自信が、櫂にはあった。

あれほどのことも、すぎてしまえば、夢を見たように、淡く果敢《はか》なく、何もかもがとりとめなく思われるのが不思議だった。

あの夜の出来事に比べれば、今のやり繰りの苦境などなんでもない。そう思うと、またあの夜の一部始終が櫂の脳裡に甦ってくる。

記憶は夢を見たように淡く果敢ないのに、震えるほどの恐怖と燃えたぎる怒りと、自分でもなぜと思うほどの勇気は、思い出すたびに櫂の身体を熱くした。

あのとき……

と、櫂は帳簿をつける手を止めた。

櫂は堤方橋を駆け戻って、笹江と太一を抱きしめた。

子供らは浩助に縄を解かれ、口をふさいでいた布きれもはずされ、力いっぱい母親にすがり声を放って泣いた。そして、泣きながら櫂の顔に散ったかえり血を、小さな指先でぬぐった。

「ああ、よかった。ありがとう、ありがとう……」

櫂は子供らを抱き締め、感謝の気持ちを口にせずにいられなかった。傍らの浩助も提灯の明かりを震わせ、涙をぬぐった。

そのとき、呑川の対岸の上流のほうで、夜の静寂《しじま》を破って、人の悲鳴が聞こえたのだった。みなが声を失い、呑川の対岸を見遣った。

呑川は天上の月光に照らされ、淡い墨色の流れを彼方へと横たえていた。しかし、彼方の土手は分厚い暗みと重たげな沈黙に閉ざされ、何も見えなかった。

「権三さん」

耀は声を、沈黙の彼方へ甲走らせた。

しばしの沈黙があった。それから声がかえってきた。

「耀さん。全部、終りやした。もう何も心配はありません。子供たちの手をしっかりにぎって、お帰んなさい」

「ありがとう、権三さん。あなたのお陰で……」

「いいえ。耀さんがやったんです。あっしはほんのちょっと、耀さんのお手伝いをしただけです。大《てえ》したもんだ。鳥海橋の、おっ母さんのおとしさんと、幼かった耀さんを思い出しやした」

「権三さん、帰りましょう。わたしたちと一緒に」

「いえ。あっしは無宿者の権三でやす。あっしが島本を訪れた用は、済ませやした。ここでお暇《いとま》をさせていただきやす。浩助さん、ここにもひとり、仏になった野郎がおりやす。申しわけねえが、あとの始末をお頼みいたしやす」

「は、はい。承知しました。お任せください」

浩助が声をかえした。

「ではみなさん、お達者で」

権三さん、と耀は再び呼んだが、もう声はかえってこなかった。子供らが何も見えない夜の彼方へ、さよなら、さよなら、と手をふった。

櫂はため息をついた。

あのことも、もう夢の中の出来事のようにしか思い出せない。ときが流れて夢を忘れてしまうように、わたしはこのことも忘れてしまうのかしら、と思った。

その櫂の脳裡に、三度笠と縞の合羽の権三の野の道をゆく姿が浮かんだ。

と、表の往来に笹江と太一の声が聞こえた。南馬場町の妙蓮寺の手習所から、子供らが帰ってきた。

櫂は帳簿を閉じて納戸に仕舞い、内証を出た。店の前の往来から離れのある中庭へ通る土間へ降りた。手習帳を提げた笹江と太一が、櫂の元へ走ってくる。

往来側の前庇の下に、おふくのよく肥えた姿が見えた。

おふくは、暑そうに手で火照《ほて》った顔を扇いでいる。あの日以来、子供らが恐がるので、しばらく、手習所へおふくが送り迎えをすることになった。

「ただ今」

笹江と太一は嬉しそうに、迎えた櫂にすがった。

「お帰り」

と、櫂は子供らを抱き寄せた。

「母がいてよかった」

「いてよかった」

笹江と太一が言い、

「笹江と太一がいて、母も嬉しいよ」

と櫂が言った。

母と子はこのごろ、しばしばその言葉を言い交わすようになった。

光文社文庫

文庫書下ろし／長編時代小説
夜《や》叉《しや》萬《まん》同《どう》心《しん》 一《いち》輪《りん》の花《はな》
著者　辻《つじ》　堂《どう》　魁《かい》

2022年2月20日　初版1刷発行

発行者　鈴木広和
印刷　堀内印刷
製本　ナショナル製本

発行所　株式会社 光文社
〒112-8011　東京都文京区音羽1-16-6
電話 (03)5395-8149 編集部
8116 書籍販売部
8125 業務部

ISBN978-4-334-79312-8　Printed in Japan

組版　萩原印刷

光文社文庫最新刊

ショートショートの宝箱V　光文社文庫編集部・編

風の証言　増補版　鬼貫警部事件簿　鮎川哲也

黒い手帳　探偵くらぶ　久生十蘭

夜叉萬同心　一輪の花　辻堂　魁《かい》

故郷《さと》がえり　決定版　研ぎ師人情始末(十五)　稲葉　稔

鵺《ぬえ》退治の宴　闇御庭番(九)　早見　俊